古典詩歌研究彙刊

第十三輯

龔鵬程 主編

第14冊

吳文英的生涯和他的「節序懷人」詞

蘇 虹 菱 著

國家圖書館出版品預行編目資料

吳文英的生涯和他的「節序懷人」詞／蘇虹菱 著 -- 初版 --
新北市：花木蘭文化出版社，2013〔民 102〕
目 2+216 面；17×24 公分
（古典詩歌研究彙刊 第十三輯；第 14 冊）
ISBN 978-986-322-082-4（精裝）
1.（宋）吳文英 2. 宋詞 3. 詞論
820.91 102000931

ISBN-978-986-322-082-4

9 789863 220824

古典詩歌研究彙刊
第十三輯 第十四冊 ISBN：978-986-322-082-4

吳文英的生涯和他的「節序懷人」詞

作 者 蘇虹菱
主 編 龔鵬程
總 編 輯 杜潔祥
出 版 花木蘭文化出版社
發 行 所 花木蘭文化出版社
發 行 人 高小娟
聯 絡 地 址 235 新北市中和區中安街七二號十三樓
電話：02-2923-1455／傳真：02-2923-1452
網 址 http://www.huamulan.tw 信箱 sut81518@gmail.com
印 刷 普羅文化出版廣告事業
初 版 2013 年 3 月
定 價 第十三輯 20 冊（精裝）新台幣 28,000 元

吳文英的生涯和他的「節序懷人」詞

蘇虹菱 著

作者簡介

蘇虹菱，清華大學中國文學系博士。著有《張炎「清空」、「質實」說與其創作實踐關係探討》、《吳文英的生涯和他的「節序懷人」詞》。現任清華大學、臺灣大學、臺灣藝術大學兼任助理教授，研究及教學方向為中國古典文學與中文寫作。

提　　要

　　本文探討南宋格律派詞人吳文英（1207？～1267？）《夢窗詞》中懷念過往戀情的「懷人」詞之藝術特色。文中首先回顧吳氏的清客生涯。長年清客生涯的漂泊不定及空虛感，導致吳文英將情感寄託於具濃厚私人書寫意味的「懷人」詞之中。由於經常往來於杭州、蘇州二地，帶有感情回憶的空間之召喚，是其書寫「懷人」詞的誘因之一。吳氏的「懷人」詞，以「節序懷人」詞為大宗。節序對宋人而言極具吸引力，而其對吳文英的意義，是一種固定且年年往復的時間標記。處在空間與時間的循環之中，使得吳氏的「懷人」詞呈現出「耽溺」的美感，具體展現在詞中頻頻重複的情節與意象上。而且，由其「節序懷人」詞的字句、結構安排可見，詞人面對美好事物瞬間消褪的哀愁及感嘆，此正與詞體的特質相應。最後，文中舉出《夢窗詞》中一般類型的「懷人」詞與「詠物懷人」詞，分析它們與「節序懷人」詞的意象、情節方面相互滲透之處。歸納而言，吳氏的「懷人」詞是一意象重複、情節互補的整體，然而分別觀之又充滿模糊曖昧的色彩，詮釋空間寬廣。

目

次

緒　論

第一節　研究吳文英「懷人」詞的意義

　　本文將探討南宋格律派詞人吳文英（1207？～1267？）《夢窗詞》中懷念過往戀情的「懷人」詞之情意內涵與藝術特色。

　　現存的《夢窗詞》共三百四十首，若以主題概分，可分為「登臨酬唱、詠物分韻、戀情相思」三大類。〔註1〕登臨酬唱與詠物分韻兩種類型的詞作，和吳文英的職業生涯或對外之人際交往直接相關，可看出詞人呈現於外的形象與文采。而戀情相思一類，性質則屬於私人書寫，除真情流露的一面外，亦反映出詞人面對情感及自我的態度。緣此，研究此類詞作，有助於掌握詞人私人生活之輪廓，對了解一位作家的幫助甚大。

　　從詞史的角度來看，詞以「言情」為主，在詞的傳統裡，敘寫男女之情的作品佔大宗。不過，唐宋詞所描述的「男女之情」範圍雖廣，但多半是指文人與歌伎或特定女子交際或交往引發的風流情事。唐宋詞人之中，如溫庭筠、柳永、晏幾道、秦觀、周邦彥、姜夔、吳文英等人的情詞，皆各具特色。觀察唐宋情詞的發展，可以歸納出幾個趨勢：一是由代言體抒情逐步轉向自傳式抒情；二是詞中抒情主體由女

〔註1〕陶爾夫、劉敬圻，《南宋詞史》（哈爾濱：黑龍江人民出版社，1994年），頁337。

性轉爲男性；三是抒情對象的「個性化」；四是抒情手法的轉變與深化。前述四點，在吳文英的情詞中均可見充分體現。時代稍晚於吳文英的詞人如周密、張炎、王沂孫等人，他們經歷南宋覆亡，以詠物寄託家國之痛，或抒發身世飄零之感，在情詞的創作方面較無引人注目之作。因此，宋代的情詞發展至吳文英爲總結階段，故探討吳氏情詞之特色，在詞史上具有深刻意義。

　　而吳文英的情詞之中，最具特色的就是那些追憶往日情事，沉溺在戀情失落的感傷裡，流露出「綿綿長恨」之感的「懷人」詞。〔註2〕研究夢窗詞的陳洵（1871～1942）、夏承燾（1900～1986）、楊鐵夫（生卒年不詳）等多位詞學家皆注意「懷人」詞在夢窗詞中的特殊性質，並致力於考掘其抒情對象。呂正惠分析周邦彥、姜夔、吳文英等詞人的寫作基本模式是，「每到一個地方，一定回想到自己的過去，特別是過去的一段情事，沈緬於回憶之中，並以目前的流落自傷自憐。」〔註3〕這段話確實掌握住前述幾位詞人寫作的重要模式。又，美國漢學家宇文所安斬截地說：「在中國的傳統裡，恐怕沒有誰的詩像吳文英的詞那樣執著地與回憶和回憶的行爲纏繞在一起。」〔註4〕此語更強調吳文英在這方面的突出表現。筆者認爲，除了瞭解「共相」，更有必要深入分析個別詞人的特殊筆法，因詞人受到自身天賦條件、際遇與創作習慣影響，勢必表現出特有之腔調與抒情敘事手法。緣此，本文將探討吳文英詞中許多具有「懷人」之意，並且足以作爲其風格代表的詞作之特色。

第二節　　「懷人」詞的定義及範圍

　　本文欲探討《夢窗詞》中蘊含「懷人」之意的詞作，然何以不採

〔註2〕楊海明，《唐宋詞史》（江蘇：古籍出版社，1987年），頁519。

〔註3〕呂正惠，〈宋詞的再評價〉，《抒情傳統與政治現實》（台北：大安出版社，1989年），頁132。

〔註4〕見氏著，鄭學勤譯，《追憶──中國古典文學中的往事重現》（台北：聯經，2006年），頁183。

一般習見之「戀情詞」或「情詞」、「豔詞」名稱，而以「懷人」詞一
名概稱？原因有二：第一，「戀情詞」一語容易令人混淆，單單欲定
義何謂「愛情」便遭遇極大的困難。綜觀唐宋詞之發展可發現，「詞」
與「歌妓」的關係是密不可分的。唐五代詞中以「代言體」寫歌妓心
聲的詞已佔有不少分量，入宋以後，傳統「代言體」的書寫模式產生
轉變，以男性角度出發，描述士人與歌妓之間的交往、曖昧情誼的詞
作漸漸多了起來。以往的研究通常把描寫士人與歌妓交往的這一類詞
統稱為戀情詞或愛情詞，這些稱呼都易引起困擾。宋代的歌妓制度與
唐制大致相同，不同之處則在宋代的歌妓更具有「社會化」與「商品
化」的特質。〔註5〕宋代的歌妓主要可以分為官妓、家妓與市井妓三
大類。其中，服務於宮廷的教坊妓與安置在軍營的營妓及州郡所轄的
歌妓統稱為「官妓」。一般士大夫家多置家妓，以應宴飲佐觴之需求。
至於流落到歌樓酒館賣藝、賣身的，則為市井妓。〔註6〕提到宋代詞
人和歌妓的關係，常被討論的詞人有柳永、晏幾道、秦觀、周邦彥、
姜夔、吳文英幾位。他們所寫的那些和歌妓有關的詞，究竟出自男女
相悅之情？知音相惜？還是純粹逢場作戲？至今仍可見相關研究為
此爭論。〔註7〕所以，為避免爭議，本文採用「懷人」這一既有涵括
詞旨的功能，又具中性色彩的術語，用以指稱吳文英詞中那些與他的

〔註5〕 沈松勤，《唐宋詞社會文化學研究》（杭州：浙江大學出版社，2000
　　　　年），頁51。
〔註6〕 同上，頁52。
〔註7〕 如諸葛憶兵認為，「宋詞人都是『蝶戀花』式的多情愛戀，見一個愛
　　　　一個，處處留情。」他並不認為宋代詞人與歌妓之間存有真情，將
　　　　宋代的戀情詞一概視為詞人自作多情或出自自我安慰的心理投射。
　　　　見〈宋戀情詞情感價值評估〉，《宋代文史考論》（北京：中華書局，
　　　　2002年），頁31。而周茜則舉姜夔、吳文英的情詞為說，認為他們
　　　　「完成了對情詞的重要改造，使情詞的感情表達從虛飾走向真實，
　　　　由普泛走向具體，真實地表現了男子的戀愛心理，達到很高的藝術
　　　　境界。」見〈深情長是暗相隨——白石、夢窗情詞比較〉，《渝州大
　　　　學學報》，第19卷第5期，頁71。兩篇論文在宋代詞人對其所遇對
　　　　象用情真摯與否，或用情深淺的程度方面，看法極為不同。

特殊生命型態相關的追憶情事之作。

再者，雖然在詩詞的傳統中，「懷人」這一主題所涵蓋的對象範圍廣闊，包含抒發對朋友、兄弟、情人等關係的思念之情，傑出之作亦所在多有。限於筆者的才力，在此難以盡考。〔註 8〕然而本文所謂「懷人」詞，乃沿用夏承燾等幾位學者所用之專門術語，意指吳文英寫給特定抒情對象（儘管詞的抒情對象是一位或兩位仍有爭議）的詞作，權衡之下，仍較「戀情詞」一語貼切，因為《夢窗詞》中的確有許多藉由「追憶」、「懷念」的形式書寫男女情感的詞作。

至於夢窗「懷人」詞的範圍，在陳洵、楊鐵夫與劉永濟三位學者的研究中均曾提及，在此暫時擱下「懷人」詞所懷「對象」的問題，〔註 9〕將三家評斷為「懷人」詞的作品表列於下。首先是陳洵的《海綃說詞》，此書選錄《夢窗詞》七十闋，細味陳洵的評說，寓含「懷人」之意的詞有三十二首：

詞　牌	詞題或詞序	首　　句	詞　　說〔註 10〕
霜葉飛	重九	斷煙離緒	殘蛩對上寒蟬，又換一境。蓋蠻素既去，則事事都嫌矣
澡蘭香	淮安重午	盤絲繫腕	起五句全敘往事，至第六句點出寫裙是睡中事。「榴」字融人事入風景，褪萼見人事都非，卻以風景不殊作結
渡江雲	西湖清明	羞紅顰淺恨	此詞與〈鶯啼序〉第二段參看
風入松	無	聽風聽雨過清明	思去妾也。

〔註 8〕　以唐詩為例，從杜甫的〈天末懷李白〉與王維〈九月九日憶山東兄弟〉的詩題可清楚看出詩人所懷的對象，和他們之間的關係。而杜甫的〈月夜〉詩詩題雖看不出懷人之意，但由詩句「今夜鄜州月，閨中只獨看。遙憐小兒女，未解憶長安。香霧雲鬟濕，清輝玉臂寒。何時倚虛幌，雙照淚痕乾」可看出對妻兒的思念之情。

〔註 9〕　按三位學者在夢窗「懷人」詞所懷對象的看法上，提出了「去妾」、「故伎」及「楚伎」的說法。

〔註 10〕在此僅摘錄評說中涉及判斷是否具有「懷人」情意的文字，以下《改正夢窗詞選箋釋》、《吳夢窗詞箋釋》、《微睇室說詞》的原則亦同。

三姝媚	無	吹笙池上道	「方亭」即西園之林亭，「雙鴛」即悃悵不到之雙鴛，彼猶有望，此但記憶〔註11〕
瑞鶴仙	無	淚荷拋碎璧	堂空塵暗，則人去已久
瑞鶴仙	無	晴絲牽緒亂	「吳苑」是其人所在，此時覺翁不在吳也
齊天樂	無	煙波桃葉西陵路	此與〈鶯啼序〉蓋同一年作。彼云十載，此云十年也
鶯啼序	無	殘寒正欺病酒	「清明」、「吳宮」是其最難忘處
祝英臺近	除夜立春	剪紅情	前闋寫人家守歲之樂，全爲換頭三句，追攝遠神，與「新腔一唱雙金斗」一首〔註12〕同一機杼
珍珠簾	春日客龜溪，過貴人家，隔牆聞簫鼓聲，疑是按歌，佇立久之	蜜沈爐煖萸煙裊	此因聞簫鼓而思舊人也。亦爲其去姬而作
浣溪沙	無	門隔花深夢舊遊	「春墮淚」爲懷人，「月含羞」因隔面
風入松	無	蘭舟高蕩漲波涼	此非賦桂，乃借桂懷人也。「西園送客」是一篇之眼。「客」者，妾也
解連環	無	暮檐涼薄	起三句與〈新雁過妝樓〉「風檐近、渾疑玉佩丁東」同意，蓋亦思去妾而作也
尾犯	贈陳浪翁重客無門	翠被落紅妝	此因浪翁客吳，而思在吳之人也。在吳之人即其去姬
青玉案		新腔一唱雙金斗	「疏酒」，因無翠袖故也。卻用上闋人家度歲之樂層層對照
玉胡蝶	無	角斷簽鳴疏點	「書」字，謂得其去姬書扎也
點絳脣	無	時霎清明	此亦思去姬而作
絳都春	無	南樓墜燕	「墜燕」，去妾也

〔註11〕參照〈風入松〉（聽風聽雨過清明）詞。
〔註12〕按此句出自〈青玉案〉（新腔一唱雙金斗）。

憶舊遊	別黃澹翁	送人猶未苦	言是傷春，意是憶別，此恨有觸即發，全不注在澹翁也
新雁過妝樓	無	夢醒芙蓉	「宜城放客」，分明點出，「江楓夜落」，其人在吳
解蹀躞	無	醉雲又兼醒雨	此蓋其人去後，過其舊居而作也
鶯啼序	荷，和趙修全韻	橫塘棹穿豔錦	當爲其去姬作
踏莎行	無	潤玉籠綃	讀上闋幾疑眞見其人矣
青玉案	無	短亭芳草長亭柳	此與「黃蜂頻撲秋千索」異矣。豈其人已沒乎？
浪淘沙	無	燈火雨中船	「春草」，邂逅之始，「秋煙」，別時，「來去年年」遂成往事
鷓鴣天	化度寺作	池上紅衣伴倚欄	「楊柳閶門」，其去姬所居也
夜行船	寓化度寺	鴉帶斜陽歸遠樹	此與〈鷓鴣天〉皆寓化度寺作。彼之「池上」，化度寺中之池。此言西池，西園中之池。當時別地也。兩首合看意乃大明。
點絳脣	有懷蘇州	明月茫茫	詞中句句是懷人
惜秋華	重九	細響殘蛩	亦思去姬而作
風入松	鄰舟妙香	畫船簾密不藏香	當與〈解蹀躞〉一闋參看，蓋亦爲其去姬而作也
朝中措	聞桂香	海東明月鎖雲陰	思去姬也

　　上表中有直言「思去妾」的，也有雖不指明對象，但從陳氏的說法可以推測，這些是他認爲寓含「懷人」之意的，或者可以和其他「懷人」詞作合看的詞。至於楊鐵夫對吳文英「懷人」詞的看法，情形較爲複雜。其《改正夢窗詞選箋釋》選《夢窗詞》兩百零四首，具有「懷人」之意的詞有八十七首：

詞　牌	詞題或詞序	首　　句	箋　　　　釋
瑣窗寒	玉蘭	紺縷堆雲	姬本蘇倡，從良後居蘇州西園約十年乃回杭
瑞鶴仙	無	淚荷抛碎璧	此憶姬之作

瑞鶴仙	無	晴絲牽緒亂	此憶姬之作
滿江紅	甲辰歲盤門外寓居過重午	結束蕭仙	此憶姬之詞
解連環	無	暮簷涼薄	此亦憶姬之詞
夜飛鵲	蔡司戶席上南花	金規印遙漢	此亦憶姬之詞
玉燭新	無	花穿簾隙透	此憶姬之作
慶春宮	無	殘葉翻濃	此在妓席憶姬之詞
塞垣春	無	漏瑟侵瓊管	此因元日而憶姬之作
齊天樂	白酒自酌有感	芙蓉心上三更露	此飲酒時憶姬之作
齊天樂	無	新煙初試花如夢	此亦憶姬之詞
掃花遊	西湖寒食	冷空澹碧	此疑為姬去第一個寒食復遇姬而作
風流子	芍藥	金谷已空塵	此以芍藥比姬，詩之比體也
法曲獻仙音	放琴客，和宏庵均	落葉霞翻	夢窗實借題以自道其苦耳即謂此詞為夢窗憶姬之作可也
六么令	七夕	露蛩初響	此七夕憶姬之作
荔枝香近	七夕	睡輕時聞	此七夕憶姬之作
解蹀躞	無	醉雲又兼醒雨	此亦憶姬之詞
浣溪沙	無	波面銅花冷不收	此西園憶姬之詞
點絳脣	無	推枕南窗	此亦憶姬之作
點絳脣	無	時霎清明	此西園清明憶姬之詞
訴衷情	無	陰陰綠潤暗啼鴉	此亦憶姬之作
訴衷情	無	柳腰空舞翠裙煙	此亦憶姬之作，似作於姬去後第一年者
訴衷情	無	西風吹鶴到人間	此七夕憶姬之作，蓋姬曾約七夕歸來而不踐也
醉桃源	贈盧長笛	沙河塘上舊遊嬉	此因贈人而憶姬之作
望江南	茶	松風遠	此憶姬之作

月中行	和黃復庵	疏桐翠井早驚秋	此亦憶姬之作
菩薩蠻	無	落花夜雨辭寒食	此寒食憶姬之詞，夢窗每逢清明寒食必有憶姬之作
祝英臺近	悼得趣，贈宏庵	黦春陰	此悼人亡姬因憶去姬之作
祝英臺近	除夜立春	剪紅情	此立春憶姬之作
西子妝慢	湖上清明薄遊	流水麴塵	此為姬去後第一個清明遊湖憶姬之作
夢芙蓉	趙昌芙蓉圖，梅津所藏	西風搖步綺	此見芙蓉圖而憶姬之作
澡蘭香	淮安重午	盤絲繫腕	此由蘇客淮安逢端節痛故伎並憶姬之作。但此憶非憶之於去後，乃憶之於去前，與他作不同
無悶	催雪	霓節飛瓊	此詞亦是憶姬之作
珍珠簾	春日客龜溪，過貴人家，隔牆聞簫鼓聲，疑是按歌，佇立久之	密沈爐暖餘煙嫋	此聞歌憶姬之作
風入松	為友人放琴客賦	春風吳柳幾番黃	玩「吳柳」二字，似已於其姬有關
風入松	無	聽風聽雨過清明	此西園清明憶姬之作
風入松	桂	蘭舟高蕩漲波涼	此西園見桂憶姬之詞
風入松	鄰舟妙香	畫船簾密不藏香	此聞香憶姬之作
鶯啼序	無	殘寒正欺病酒	此憶去姬並憶故伎及楚伎之詞
鶯啼序	荷，和趙修全均	橫塘棹穿豔錦	此憶姬之詞
天香	蠟梅	嬋葉黏霜	此亦憶姬之作
玉漏遲	瓜涇度中秋夕賦	雁邊風訊小	此七夕憶姬之作〔註13〕
永遇樂	乙巳中秋風雨	風拂塵徽	此亦憶姬之作
玉蝴蝶	無	角斷簽鳴疏點	此客淮安憶姬之作，時姬尚未去也

〔註13〕按詞題為「瓜涇度中秋夕賦」，此曰「七夕憶姬」，當為筆誤。

絳都春	燕亡久矣，京口適見似人，悵然有感	南樓墜燕	此憶故伎及楚伎之詞
絳都春	余往來清華池館六年，賦詠屢矣。感今傷昔，益不堪懷，乃復作此解	春來雁渚	此遊園憶姬之作
惜秋華	七夕	露罥蛛絲	此七夕憶姬之詞
惜黃花慢	次吳江小泊，夜飲僧窗，惜別邦人。趙簿攜小妓侑尊，連歌數闋，皆清眞詞。酒盡已四鼓，賦此詞餞尹梅津	送客吳皋	此贈別憶姬之作
十二郎	垂虹橋，上有垂紅亭，屬吳江	素天際水	恨不能與姬同來，仍有憶姬之意
燭影搖紅	元夕雨	碧澹山姿	此詞亦有憶姬之言
木蘭花慢	重泊垂虹	醉清杯問水	此亦憶姬之詞
喜遷鶯	同丁基仲過希道家看牡丹	凡塵流水	此因看牡丹而悼故伎之作
聲聲慢	詠桂花	藍雲籠曉	此亦憶姬之作
倦尋芳	上元	海霞倒影	此亦憶姬之作
三姝媚	無	吹笙池上道	此亦憶姬之作
晝錦堂	無	舞影燈前	此爲憶姬之作蓋夢窗作客還家日有感而賦也
花心動	柳	十里東風	此亦憶姬之詞
新雁過妝樓	無	夢醒芙蓉	此詞專爲去姬而作
尾犯	贈陳浪翁重客無門	翠被落紅妝	此亦憶姬之詞借題發揮者也
尾犯	甲辰中秋	紺海掣微雲	此夢窗初次憶姬之詞

夜合花	自鶴江入京，泊葑門有感	柳暝河橋	此因小泊憶姬之作
生查子	稽山對雪有感	暮雲千萬重	此亦憶姬之作
一剪梅	贈友人	遠目傷心樓上山	此亦憶姬之作託言贈友，玩其「剪成釵勝待歸看」句，非牀頭人何足語此
桃源憶故人	無	越山青斷西陵浦	此以詞牌爲題，亦憶姬之作也
聲聲慢	和沈時齋八日登高均	憑高入夢	看他用整冠事而想到月鉤纖纖即纖手意，亦有去姬之思乎
點絳脣	有懷蘇州	明月茫茫	此寓越憶姬之作，懷地及懷人也
浣溪沙	無	一曲鸞簫別彩雲	此亦憶姬之作
一剪梅	賦處靜以梅花		
枝見贈	老色頻生玉鏡塵	此亦憶姬之作	
踏莎行	無	潤玉籠綃	此疑端節憶姬之詞
思佳客	賦半面女髑髏	釵燕攏雲睡起時	此借女髑髏爲憶去姬及故伎之詞
極相思	題陳藏一水月梅扇	玉纖風透秋痕	此亦憶姬之作且疑此扇係姬遺物
朝中措	聞桂香	海東明月鎖雲陰	此亦憶姬之詞
點絳脣	無	香汎羅屏	此憶楚伎之作
夜遊宮	無	人去西樓雁杳	此憶楚伎之詞
夜行船	寓化度寺	鴉帶斜陽歸遠樹	此亦憶姬之作
鷓鴣天	化度寺作	池上紅衣伴倚欄	此亦憶姬之作
鳳棲梧	甲辰七夕	開過南枝花滿院	此七夕憶姬之詞。甲辰正爲姬去之年，去時在春，候至秋而不來，那能不憶？況七夕雙星正足動情乎？
鳳棲梧	化度寺池蓮一花最晚有感	湘水煙中相見早	此見池蓮憶楚伎之作
唐多令	無	何處合成愁	此亦憶姬之作
好事近	無	雁外雨絲絲	此亦憶姬之作

憶舊遊	別黃澹翁	送人猶未苦	此在吳送人因憶姬之作
宴清都	無	病渴文園久	此亦憶姬之作
青玉案	無	短亭芳草長亭柳	此憶故伎之詞
青玉案	無	新腔一曲唱雙斗	此憶姬之詞
好事近	無	飛露灑銀床	此亦憶姬之作
杏花天	重午	幽歡一夢成炊黍	此亦憶姬之詞
浪淘沙	無	燈火雨中船	此殆舟中憶姬之作

　　相較於《改正夢窗詞選箋釋》，楊鐵夫在全本三百四十首的《吳夢窗詞選箋釋》中，新增的「懷人」詞有二十首：

詞　牌	詞題或詞序	首　句	箋　　釋
瑞鶴仙	丙午重九	亂紅生古嶠	丙午爲姬去後第三年。此因登高節憶姬作
齊天樂	無	煙波桃葉西陵路	此爲重遊得姬故地，感舊之作
掃花遊	春雪	水雲共色	此爲重到西園憶姬之作
風流子	芍藥	溫柔酣紫曲	此亦憶姬之詞
隔蒲蓮近	泊長橋過重午	榴花依舊照眼	此是在吳江憶姬之詞
浣溪沙	無	門隔花深夢舊遊	此是以冶遊託諸夢境之詞
秋蕊香	七夕	懶浴新涼睡早	此爲七夕憶姬之作
夜遊宮	無	春語鶯迷翠柳	此亦憶姬之詞
定風波	無	密約偷香□踏青	此爲夢窗憶故伎之作
金盞子	吳城連日賞桂，一夕風雨，悉已零落。獨寓窗晚花方作小蕾，未及見開，有新邑之役。 猖來西館，籬落間嫣然一枝可愛，見似人而喜，爲賦此解	賞月梧園	此時侍姬未去。「似人」，人雖似指姬，而詞無感慨，止與〈澡蘭香・懷安重午〉之回憶而已

惜秋華	七夕	露胃蛛絲	此亦當是七夕憶姬之詞
聲聲慢	宏庵宴席,有持桐子侑俎者,自云其姬親剝之	寒筲驚墜	此亦憶姬之詞
高陽臺	落梅	宮粉雕痕	「最愁人,啼鳥晴明,葉底青圓」句箋釋:梅之結子,本非可愁。可愁者,姬棄兩子而行,睹子思母,不最可愁乎?
三姝媚	過都城舊居有感	湖山經醉慣	此詞憶姬、痛國,雙管齊下,語深意沉,絕不干犯時忌
點絳脣	越山見梅	春未來時	凡在紹興之作,自在姬去之後,故必帶憶姬情緒
西江月	無	江上桃花流水	此亦憶姬之詞
夜行船	寓化度寺	鴉帶斜陽歸遠樹	蘇州無此寺,當在姬去後寓杭作
夜行船	無	逗曉闌干沾露水	此亦憶姬之作
生查子	秋社	當樓月半奩	此亦憶姬之作
霜天曉角	無	香莓幽徑滑	此為憶楚伎而作
采桑子慢	九日	桐敲露井	此詞疑在杭京憶姬作

　　而其原先在《改正夢窗詞選箋釋》一書中認為是懷人詞的,到了《吳夢窗詞選箋釋》,刪去了六首:

詞　牌	詞題或詞序	首　　句	箋　　　　釋
夜飛鵲	蔡司戶席上南花	金規印遙漢	客問曰:「此詞與夢窗借題憶姬之作何異?子不以去姬屬夢窗,而屬主人,何也?」答曰:「余初意亦如是。繼思『中郎舊恨』明指蔡姓主人,又『恨今朝、不共清尊』,主人宴客有出家姬以侑酒者,若為夢窗之姬,則不能挈以赴宴。此所以定為不屬夢窗而屬主人耳。」
法曲獻仙音	放琴客,和宏庵韻	落葉霞翻	〈塞翁吟〉詞有「雕櫳人去後」一語,知宏庵實有是事,與夢窗同

祝英臺近	悼得趣，贈宏庵	黯春陰	刪去「憶姬」之語
無悶	催雪	霓節飛瓊	刪去「憶姬」之語
喜遷鶯	同丁基仲過希道家看牡丹	凡塵流水	刪去「憶姬」之語
聲聲慢	和沈時齋八日登高韻	憑高入夢	刪去「憶姬」之語

綜合以上二表，總計楊鐵夫所認定的吳文英「懷人」共有一百零一首，數量超過現存夢窗詞作的四分之一。至於劉永濟《微睇室說詞》選錄的七十九闋詞中，具有「懷人」之意者則爲下列二十五首：

詞 牌	詞題或詞序	首 句	詞 說
霜葉飛	重九	斷煙離緒	「蠻素」，白居易侍妾小蠻、樊素也，今以指其去妾
瑞鶴仙	無	晴絲牽緒亂	「花飛」句言妾去也。「垂楊」句指妾去之地。
宴清都	連理海棠	繡幄鴛鴦柱	此詞既以楊妃比花，以明皇與楊妃離合之事貫穿其中，實則又以楊妃比去妾以抒寫自己離情
高陽臺	落梅	宮粉雕痕	小說有倩女離魂事，詞中用此事與〈鶯啼序〉歇拍「怨曲重招，斷魂在否」同意，皆有所指
風入松	無	聽風聽雨過清明	「綠暗」二句憶別時、別地而生傷感也
點絳唇	有懷蘇州	明月茫茫	此詞題曰「有懷蘇州」，懷蘇州之人也 其思去妾之情，盡在不言中而意特纏綿
祝英臺近	除夜立春	剪紅情	「幽素」即幽情，言此事今日猶繫幽情，未能忘也
風入松	鄰舟妙香	畫船簾密不藏香	「樓燕」句本言人獨處，故曰「鎖幽妝」，但託「燕說」。吳詞之「燕」，多以代其去妾

瑞鶴仙	無	淚荷拋碎璧	上文所謂愁，步步寫來，到此始將愁之原因逼出，即「燕去堂空」也。「燕」，乃吳詞常用來暗指去妾者
珍珠簾	春日客龜溪，過貴人家，隔牆聞簫鼓聲，疑是按歌，佇立久之	蜜沈爐煖萸煙裊	換頭句點春日，情繫舊人。夢窗懷舊之情，每逢清明而切，知此時所關，有最難忘者在
踏莎行	無	潤玉籠綃	曰「隔江人」，楊鐵夫謂去吳之人，則是指其去妾在雨中生秋怨。如說自身是與去妾隔江，似較與詞意相合
浪淘沙	無	燈火雨中船	換頭句感舊事而傷情也。「莫過西園」，傷情之地，不忍重過也。「凌波香斷」，西園之人已去，空餘綠苔也
點絳脣	無	時霎清明	此亦春暮懷舊之詞，「清明」爲夢窗最傷心之時，「西園」則其最傷心之地
青玉案	無	短亭芳草長亭柳	按從詞情觀之，殆爲悼念亡妓之作
解蹀躞	無	醉雲又兼醒雨	陳洵說：「此蓋其人去後過其舊居而作」，是也
鶯啼序	無	殘寒正欺病酒	此詞之作，在妓歿之後。夢窗老年獨客，追念往事，情不能已，故有此纏綿往復之詞，正姜夔所謂「少年情事老來悲」也
三犯渡江雲	西湖清明	羞紅顰淺恨	此詞大意是描述清明憶舊遊之情事，至其事爲何，從內容上看，從其用典看，則爲昔年有所遇，今未能忘，故有此作
絳都春	燕亡久矣，京口適見似人，悵然有感	南樓墜燕	此因在京口見似亡妓而興感，與去妾無關，更無所謂楚妓
花心動	柳	十里東風	夏承燾謂夢窗懷人諸座，其時春，則悼亡妾。此詞雖有「淚點」語，尚未傷其人亡，當是與之初

			別時作，故有「去年」、「今年」之語
澡蘭香	淮安重午	盤絲繫腕	「玉隱」句言玉肌之人睡於紺色紗帳中也。此三句皆指當年舊事
解連環	無	暮檐涼薄	起三句以時序景物引動人情。「故人」，似指去妾
齊天樂	無	煙波桃葉西陵路	「魂斷潮尾」指遣妾後情事
點絳脣	無	推枕南窗	「雨簾」二句乃言燕為雨簾所礙，不能調其雛燕。意則念去妾因故不能撫其子
浣溪沙	無	門隔花深夢舊遊	此憶舊之詞
鷓鴣天	化度寺作	池上紅衣伴倚欄	此詞夢窗寓杭時憶去妾作

比對陳、楊、劉三位學者對夢窗「懷人」詞的判斷，結果如下：〔註14〕

詞　牌	首　　句	楊選本	楊全本	陳　本	劉　本
瑣窗寒	紺縷堆雲	✓	✓		
渡江雲三犯	羞紅鬢淺恨			✓	✓
霜葉飛	斷煙離緒			✓	✓
瑞鶴仙	淚荷拋碎璧	✓	✓	✓	✓
瑞鶴仙	晴絲牽緒亂	✓	✓	✓	✓
瑞鶴仙	亂紅生古嶠		✓		
滿江紅	結束蕭仙	✓	✓		✓
解連環	暮檐涼薄	✓	✓	✓	✓
水龍吟	淡雲籠月微黃	✓	✓		
夜飛鵲	金規印遙漢	✓			
玉燭新	花穿簾隙透	✓	✓		
慶春宮	殘葉翻濃	✓	✓		

〔註14〕三家皆斷定具有「懷人」意味的詞加上灰底標示。

塞垣春	漏瑟侵瓊管	✓	✓		
宴清都	繡幄鴛鴦柱				✓
齊天樂	芙蓉心上三更露	✓	✓		
齊天樂	新煙初試花如夢	✓	✓		
齊天樂	煙波桃葉西陵路		✓	✓	✓
掃花遊	冷空澹碧	✓	✓		
掃花遊	水雲共色		✓		
風流子	金谷已空塵	✓	✓		
風流子	溫柔醅紫曲		✓		
法曲獻仙音	落葉霞翻	✓			
六么令	露蛩初響	✓	✓		
隔浦蓮近	榴花依舊照眼		✓		
荔枝香近	睡輕時聞	✓	✓		
解蹀躞	醉雲又兼醒雨	✓	✓	✓	✓
浣溪沙	門隔花深夢舊遊		✓	✓	✓
浣溪沙	波面銅花冷不收	✓	✓		
點絳唇	推枕南窗	✓	✓		✓
點絳唇	時霎清明	✓	✓	✓	✓
秋蕊香	懶浴新涼睡早		✓		
訴衷情	陰陰綠潤暗啼鴉	✓	✓		
訴衷情	柳腰空舞翠裙煙	✓	✓		
訴衷情	西風吹鶴到人間	✓	✓		
夜遊宮	春語鶯迷翠柳		✓		
醉桃源	沙河塘上舊遊嬉	✓	✓		
望江南	松風遠	✓	✓		
定風波	密約偷香□踏青		✓		
月中行	疏桐翠井早驚秋	✓	✓		
祝英臺近	黯春陰	✓			

祝英臺近	剪紅情	✓	✓	✓	✓
西子妝慢	流水麴塵	✓	✓		
夢芙蓉	西風搖步綺	✓	✓		
澡蘭香	盤絲繫腕	✓	✓	✓	✓
無悶	霓節飛瓊	✓			
珍珠簾	蜜沉爐暖萸煙裊	✓	✓	✓	✓
風入松	春風吳柳幾番黃	✓	✓		
風入松	聽風聽雨過清明	✓	✓	✓	✓
風入松	蘭舟高蕩漲波涼	✓	✓	✓	
風入松	畫船簾密不藏香	✓	✓	✓	✓
鶯啼序	殘寒正欺病酒	✓	✓	✓	✓
鶯啼序	荷塘棹穿艷錦	✓	✓	✓	
天香	蟬葉黏霜	✓	✓		
玉漏遲	雁邊風訊小	✓	✓		
金盞子	賞月梧園		✓		
永遇樂	閣雪雲低	✓	✓		
玉胡蝶	角斷箋鳴疏點	✓	✓	✓	
絳都春	南樓墜燕	✓	✓	✓	✓
絳都春	春來雁渚	✓	✓		
惜秋華	細響殘蛩	✓	✓	✓	
惜秋華	露罥蛛絲		✓		
惜黃花慢	送客吳皋	✓	✓		
十二郎	素天際水	✓	✓		
燭影搖紅	碧澹山姿	✓	✓		
木蘭花慢	醉清杯問水	✓	✓		
喜遷鶯	凡塵流水	✓			
聲聲慢	藍雲籠曉	✓	✓		
聲聲慢	寒筲驚墜		✓		

高陽臺	宮粉雕痕		✓		✓
倦尋芳	海霞倒影	✓	✓		
三姝媚	吹笙池上道	✓	✓	✓	
三姝媚	湖山經醉慣		✓		
畫錦堂	舞影燈前	✓	✓		
花心動	十里東風	✓	✓		✓
新雁過妝樓	夢醒芙蓉	✓	✓	✓	
尾犯	翠被落紅妝	✓	✓	✓	
尾犯	紺海掣微雲	✓	✓		
夜合花	柳暝河橋	✓	✓		
生查子	暮雲千萬重	✓	✓		
一剪梅	遠目傷心樓上山	✓	✓		
點絳脣	春未來時		✓		
桃源憶故人	越山青斷西陵浦	✓	✓		
聲聲慢	憑高入夢	✓			
點絳脣	明月茫茫	✓	✓	✓	✓
浣溪沙	一曲鸞簫別彩雲	✓	✓		
一剪梅	老色頻生玉鏡塵	✓	✓		
踏莎行	潤玉籠綃	✓	✓	✓	✓
思佳客	釵燕攏雲睡起時	✓	✓		
極相思	玉纖風透秋痕	✓	✓		
朝中措	海東明月鎖雲陰	✓	✓	✓	
點絳脣	香汎羅屏	✓	✓		
夜遊宮	人去西樓燕杳	✓	✓		
青玉案	重遊龜溪廢園		✓		
西江月	江上桃花流水		✓		
夜行船	鴉帶斜陽歸遠樹	✓	✓	✓	
鷓鴣天	池上紅衣伴倚闌	✓	✓	✓	✓

卜算子	涼挂曉雲輕		✓		
鳳棲梧	開過南枝花滿院	✓	✓		
夜行船	逗曉闌干沾露水		✓		
鳳棲梧	湘水煙中相見早	✓	✓		
生查子	當樓月半奩		✓		
霜天曉角	香莓幽徑滑		✓		
唐多令	何處合成愁	✓	✓		
好事近	雁外雨絲絲	✓	✓		
憶舊遊	送人猶未苦	✓	✓	✓	
宴清都	病渴文園久	✓	✓		
青玉案	短亭芳草長亭柳	✓	✓	✓	✓
青玉案	新腔一曲唱雙斗	✓	✓	✓	
好事近	飛露灑銀床	✓	✓		
杏花天	幽歡一夢成炊黍	✓	✓		
浪淘沙	燈火雨中船	✓	✓	✓	✓
采桑子慢	桐敲露井		✓		

　　綜合三位學者的意見，本文擬探討的吳文英「懷人」詞範圍，細分爲「節序懷人」、「一般懷人」與滲入懷人色彩的「詠物懷人」詞三類，總計共七十七首：

編號〔註15〕	詞　牌	首　　　句	分　　類
1	瑣窗寒	紺縷堆雲	詠物
3	渡江雲三犯	羞紅顰淺恨	節序
5	霜葉飛	斷煙離緒	節序
6	瑞鶴仙	淚荷拋碎璧	一般
7	瑞鶴仙	晴絲牽緒亂	節序

〔註15〕此編號乃指在《吳夢窗詞箋釋》一書中的順序。

9	瑞鶴仙	亂紅生古嶠	節序
15	滿江紅	結束蕭仙	節序
16	解連環	暮檐涼薄	一般
31	水龍吟	淡雲籠月微黃	節序
33	玉燭新	花穿簾隙透	一般
37	慶春宮	殘葉翻濃	一般
38	塞垣春	漏瑟侵瓊管	節序
46	齊天樂	芙蓉心上三更露	一般
48	齊天樂	新煙初試花如夢	一般
51	齊天樂	煙波桃葉西陵路	一般
56	掃花遊	水雲共色	一般
60	應天長	麗花鬥靨	節序
61	風流子	金谷已空塵	詠物
62	風流子	溫柔酣紫曲	詠物
70	六么令	露蛩初響	節序
72	隔浦蓮近	榴花依舊照眼	節序
75	荔枝香近	睡輕時聞	節序
83	解蹀躞	醉雲又兼醒雨	一般
93	浣溪沙	門隔花深夢舊遊	一般
99	點絳唇	推枕南窗	一般
100	點絳唇	時霎清明	節序
104	訴衷情	陰陰綠潤暗啼鴉	一般
118	定風波	密約偷香□踏青	節序
125	秋蕊香	懶浴新涼睡早	節序
132	祝英臺近	剪紅情	節序
133	西子妝慢	流水麴塵	節序
135	夢芙蓉	西風搖步綺	詠物
138	澡蘭香	盤絲繫腕	節序

160	珍珠簾	蜜沉爐暖萸煙裊	節序
162	風入松	聽風聽雨過清明	節序
163	風入松	蘭舟高蕩漲波涼	詠物
167	鶯啼序	殘寒正欺病酒	節序
168	鶯啼序	荷塘棹穿艷錦	詠物
174	永遇樂	春酌沈沈	一般
175	永遇樂	風拂塵徽	節序
176	永遇樂	閣雪雲低	詠物
177	玉胡蝶	角斷簽鳴疏點	節序
182	絳都春	南樓墜燕	一般
184	惜秋華	細響殘蛩	節序
186	惜秋華	露罥蛛絲	節序
188	惜秋華	路遠仙城	詠物
192	醉蓬萊	□碧天書斷	節序
222	聲聲慢	寒筲驚墜	一般
228	高陽臺	宮粉雕痕	詠物
233	倦尋芳	海霞倒影	節序
235	三姝媚	吹笙池上道	節序
236	三姝媚	湖山經醉慣	一般
238	晝錦堂	舞影燈前	一般
248	八聲甘州	記行雲夢影	一般
249	新雁過妝樓	夢醒芙蓉	一般
253	尾犯	紺海掣微雲	節序
255	夜合花	柳暝河橋	一般
258	生查子	暮雲千萬里	一般
262	桃源憶故人	越山青斷西陵浦	一般
271	點絳唇	明月茫茫	一般
275	浣溪沙	一曲鸞簫別彩雲	一般

280	踏莎行	潤玉籠綃	節序
290	朝中措	海東明月鎖雲陰	一般
295	夜遊宮	人去西樓燕杳	一般
297	思佳客	自唱新詞送歲華	節序
298	六醜	漸新鵝映柳	節序
308	夜行船	鴉帶斜陽歸遠樹	一般
310	鷓鴣天	池上紅衣伴倚闌	一般
314	鳳棲梧	開過南枝花滿院	節序
326	好事近	雁外雨絲絲	一般
328	宴清都	病渴文園久	一般
332	青玉案	短亭芳草長亭柳	一般
333	青玉案	新腔一曲唱雙斗	一般
334	好事近	飛露灑銀床	一般
335	杏花天	幽歡一夢成炊黍	節序
336	浪淘沙	燈火雨中船	一般
338	采桑子慢	桐敲露井	節序

第三節　研究回顧

　　論夢窗情詞，實無法避免「本事」說的影響。夢窗情詞的「本事」之說起源於陳洵，之後夏承燾提出以季節區分夢窗懷人詞對象的說法，而楊鐵夫更指實地說夢窗「每逢清明、寒食，必有憶姬之作，知姬必以三月中行，觸景故傷情也。」〔註16〕二位學者的說法或有可商榷之處，但不可忽略的是，他們均注意到「節序」確實為吳氏「懷人」詞之重要關目。為使論文的眉目清楚，有關學者對夢窗情事的主張及相關細節，將於第一章第四節討論。在此先說明「本事」研究方法在夢窗詞研究上的重要性及其侷限。

―――――――――――

〔註16〕楊鐵夫，〈吳夢窗事迹考〉，楊《箋》，頁23。

　　致力於考證夢窗詞情事的學者，可能難免於面對「以譜證詞」、「以詞定譜」之循環論證的質疑。然而，若其詞作的確隱含情事的影子，則掌握情事的輪廓對了解詞作就具有重大幫助。謝思煒以詮釋學的觀點說：「作家與作品的循環是理解作品的唯一途徑。」他並且認為，吳文英的情況正是如此。〔註17〕至於他所謂的「本事」，是「內在於作品而非附會的」，〔註18〕意思是並沒有明確的證據（例如詩文或墓誌銘等）可以幫助我們了解吳文英的愛情經驗，僅能據文本所透露的線索加以組織，方能獲得其情事的概括印象。如陳文華說：

> 按夢窗情詞，深刻纏綿，其中必有人在，此凡讀吳詞者，多能有此感受，則欲明其旨，乃必於本事考索中得之，方不致蹈空作解。〔註19〕

> 夢窗述其感情事件，恆有同一情節、同一意象，於各詞中反復出現之狀況，如前所舉之送客、去燕，而西園之地、清明之時，亦屢屢現於毫端，然皆與其情事緊密相關。……若謂其只是泛寫，不必指實，反不能令人信服矣。〔註20〕

重點在於，考察詞作背後的本事，方法必須得體。例如，要說夢窗詞「其中必有人在」，除了要求讀者「親身感受」外，還得有旁證。而夢窗的情事確實還有旁證，請看万俟紹之〈江城子‧贈妓，寄夢窗〉一詞：

> 十年心事上眉端，驚夢殘，瑣窗寒。雲絮隨風，千里度關山。琴裡知音無覓處，妝粉淡，釧金寬。　　瑤箱吟卷懶重看。憶前歡，淚偷彈。我已相將，飛棹過長安。為說崔徽憔悴損，須覓取，錦箋還。〔註21〕

〔註17〕謝思煒，〈夢窗情詞考索──兼論本事考索及情詞發展歷史〉，《文學遺產》，1992年第3期，頁86。

〔註18〕同上，頁87。

〔註19〕陳文華，《海綃翁夢窗詞說詮評》（臺北：里仁書局，1996年），頁350。

〔註20〕同上，頁350～351。

〔註21〕《全宋詞》（北京：中華書局，1998年），第4冊，頁2948。

以及翁逢龍的〈瑞龍吟〉詞：

> 清明近。還是遞趲東風，做成花訊。芳時一刻千金，半晴
> 半雨、酬春未準。雁歸盡。離字向人欲寫，暗雲難認。西
> 園猛憶逢迎，翠紈障面，花間笑隱。　　曲徑池蓮平砌，
> 絳裙曾與，濯香湔粉。無奈燕幕鶯簾，輕負嬌俊。青榆巷
> 陌，蹋馬紅成寸。十年夢、秋千弔影，鞦羅塵褪。事往憑
> 誰問。畫長病酒添新恨。煙冷斜陽緊。山黛遠、曲曲闌干
> 憑損。柳絲萬尺，不如輕鬢。〔註22〕

万俟紹之〈江城子〉的詞題已言明主旨，是寫給一位歌妓，並寄給夢
窗的。可以說，万俟紹之是一位的「傳信者」身份，爲女子傳遞心曲
給予在杭州的夢窗。〔註23〕詞中的「十年心事」，正與夢窗「懷人」
詞多次提及的時間相符。「瑣窗寒」三字，又與歷來詞家公認有「詠
物兼懷人」意味的〈瑣窗寒〉（紺縷堆雲）詞調吻合。再者，崔徽、
裴敬中故事，亦爲夢窗自比情事時所習用之事。以上四點，似乎爲我
們提供了一條較爲明確的線索，證明夢窗情事確實有之。而〈瑞龍吟〉
雖未明言是爲夢窗而作，但仔細玩味翁逢龍詞中的「十年夢、秋千弔
影，鞦羅塵褪」句，與夢窗〈風入松〉詞句「黃蜂頻撲秋千索，有當
時、纖手香凝。惆悵雙鴛不到，幽階一夜苔生」所提及的「秋千」、「鴛
鞋」的意象近似。按沈義父《樂府指迷》自敘云，「壬寅（按：1242）
秋，始識靜翁（按：翁逢龍號處靜）於澤濱，癸卯，識夢窗，暇日相
與倡酬，率多填詞」，〔註24〕足見三人曾有一段時間往來密切，討論
詞法。因此推測翁逢龍熟悉夢窗的傷心情事，並進而賦詞述之，亦有
可能。

　　總之，無論從吳文英詞中共通的意象、情節，或其同時代人所寫
的詞均可看出，他的「懷人」詞絕不是率意而作，也並非因靈感枯竭

〔註22〕同上，頁 2943。

〔註23〕Grace S. Fong. *Wu Wenying and the Art of Southern Song Ci Poetry*
(Princeton: Princeton Univ. Press) ,1987. pp.22.

〔註24〕〔宋〕沈義父著，蔡嵩雲箋釋，《樂府指迷箋釋》（北京：人民文學
出版社，1998 年），頁 43。

才不斷重複同一主題，而是刻意爲之。因此，掌握夢窗詞中的「情事」，對解讀夢窗的「懷人」詞仍是必要且重要的。

　　至於以「本事」解讀夢窗「懷人」詞的侷限，則想必研究吳文英的學者經常面對的難題或困惑是，何以閱讀同一份文本，但每位研究者所述說的關於吳文英的愛情「本事」卻出現明顯之分歧？有沒有更好的方式，能讓我們理解夢窗懷人詞的「本事」？

　　既然夢窗詞的本事是「內在於作品而非附會的」，那麼，欲尋求解決之道，唯有回到文本自身。夏承燾和楊鐵夫均注意到，在特定的季節或節序懷人是吳文英情詞的一大特點，因此，以「節序懷人」詞爲根柢，再推及其他類型的懷人詞，或許是可行的辦法。學界有關吳文英「節序懷人」詞的研究，較早是黃坤堯發表的〈吳文英的節令詞〉一文。這篇文章從「反映風俗」的層面切入，將吳文英的節序詞分類，作概略評說。〔註25〕而方秀潔在《吳文英與南宋詞的藝術》書中分析吳文英書寫戀情回憶的詞時雖以吳文英的多首「節序懷人」之作爲例，〔註26〕不過並沒有進一步探討節序對吳文英的意義，以及節序與夢窗懷人詞的關係。近年來，大陸詞學界對吳文英及其詞的興趣十分濃厚，相關的專書、期刊論文相繼發表，當中與吳氏情詞或節序懷人詞有關的研究，筆者將在論文中酌情引用或與其對話。在此先略述四本吳文英研究的書中，與本論題有關的論點。四本專著以田玉琪的《徘徊于七寶樓臺──吳文英詞研究》時間最早，〔註27〕此書著重從詞彙、句法、修辭、用典及詞調等方面分析夢窗詞的語法風格特徵，對

〔註25〕黃坤堯，〈吳文英的節令詞〉，《中國文化研究所學報》，第 4 期，頁
　　　　101～119。
〔註26〕按方氏引用的詞例共十首，其中與節序相關的有六首：〈霜葉飛‧重
　　　　九〉(斷煙離緒)、〈風入松〉(聽風聽雨過清明)、〈鶯啼序〉(殘寒正
　　　　欺病酒)、〈滿江紅〉(結束蕭仙)、〈鳳樓梧‧甲辰七夕〉(開過南枝
　　　　花滿院)、〈荔枝香近‧七夕〉(睡時輕聞)。見 Grace S. Fong. *Wu Wenying
　　　　and the Art of Southern Song Ci Poetry.* pp. 104~129。
〔註27〕田玉琪，《徘徊于七寶樓臺──吳文英詞研究》(北京：中華書局，
　　　　2004 年)。

夢窗的懷人詞著墨不多。較值得注意的是他主張吳文英與蘇妾分手的時間應當從理宗淳祐四年（1244）提早至淳祐二年（1242），此點容待第一章第四節探討夢窗情事時再行討論。而錢鴻瑛的《夢窗詞研究》則指出，吳文英在節序詞裡融入個人的生活經驗，難以強分節序詞或懷人詞，〔註28〕因此，她採取將吳氏的某些節序詞視之爲側重吟詠節序風情之作，而將一部分的節序詞視爲「愛情詞」的策略，分節析論。如此雖可反映出吳氏節序詞的複雜性，然未將節序詞一併討論，不免有未竟全面之遺憾。至於周茜《映夢窗 凌亂碧──吳文英及其詞研究》一書，則是在黃坤堯的研究基礎上，舉出數首節日懷人詞加以評析，〔註29〕其論點雖有可取之處，如指出夢窗「端午」詞中相似之意象反復出現，「重九」詞具有時空濃縮之特色等，可惜未發揮成爲較具系統的論述。本文將吸收夏承燾、楊鐵夫與當代學者的研究成果，以「節序懷人」詞爲主軸，分析當中的情意內涵與形式特色，俾使夢窗詞的研究更爲完整。

至於吳蓓的《夢窗詞彙校箋釋集評》一書的出版，於夢窗詞研究實爲一大突破。〔註30〕此書在楊鐵夫《吳夢窗詞箋釋》的基礎上，蒐羅各家學者對夢窗詞的賞析，將夢窗全集重新加以校、注、評析，筆者對夢窗詞的理解，有諸多得益於此書之處。只不過，吳氏提出以「騷體造境法」作爲詮釋夢窗詞的方法，其說值得商榷。按吳蓓的說法，所謂「騷體造境法」是：

> 「騷體」，從繼承屈騷傳統而來；「造境」，則有取王國維《人間詞話》中所說的「有造境，有寫境」。所謂的「造境」，即是現實中沒有的爲著某種目的憑空虛設出來的境

〔註28〕錢鴻瑛，《夢窗詞研究》（上海：上海古籍出版社，2005 年），頁109。

〔註29〕周茜，《映夢窗 凌亂碧──吳文英及其詞研究》（廣州：廣東教育出版社，2006 年），頁 62～75。

〔註30〕吳蓓，《夢窗詞彙校箋釋集評》（杭州：浙江古籍出版社，2007 年）。本文徵引此書之處頗多，爲免繁冗，以下引用時一律簡稱《彙校集評》。

界。〔註31〕

　落實在詞作的解讀上，吳蓓以「騷體造境法」重讀吳文英的酬贈詞如〈解語花・立春風雨中餞處靜〉（簷花舊滴）、〈尾犯・贈陳浪翁重客吳門〉（翠被落紅妝）等作品，再從應酬詞推及夢窗其他類型的如詠物、懷人等詞作，認爲夢窗乃將酬贈或詠物假託男女之情或閨房之意的形式呈現，以營造出模糊的迷離效果，並非眞有其事。但是，此一原爲解決「情事說」的疏失而提出的新詮釋角度，卻可能招致新的問題。最顯著的例子是夢窗的「重九懷人」詞〈霜葉飛〉（斷煙離緒），詞中的「彩扇咽、寒蟬倦夢，不知蠻素」一句，吳氏認爲，「蠻素」指當時陪伴在身邊的美人。而以「騷體造境法」來看，極有可能是指「當年相處甚歡的友人」。〔註32〕不指實地說「蠻素」代指何人，此點較能爲人所接受，然而若將在詩詞中一般代指女性的「蠻素」轉而借指夢窗的友人，如此未免失之牽強了。

　　以上乃針對幾本重要的吳文英研究專書中和他的「懷人」詞解讀有關的部分略作析論。而欲推究吳文英何以偏好在特定的節序懷人，必須從他的生涯切入。提及吳文英的生平研究，不可忽視晚清詞學家朱祖謀（1857～1931）及夏承燾二人在這方面的貢獻。朱祖謀在校勘夢窗詞的同時，利用正史、詩詞別集、筆記資料與歷代方志，考訂夢窗詞涉及的年代、人名、地名等，寫就〈夢窗詞集小箋〉，與三校本夢窗詞同時刻入《彊村叢書》中。朱〈箋〉的重要性在於把握住夢窗詞中的一些重要線索，概要說明吳文英的行蹤與交遊。〔註33〕後來，夏承燾繼作〈夢窗詞集後箋〉，以朱〈箋〉爲基礎再作增補、改正。〔註34〕比起〈小箋〉，〈後箋〉更深入地闡發了夢窗的身世與情事。只

〔註31〕同上。〈前言〉，頁10。
〔註32〕同上，頁19。
〔註33〕朱祖謀，〈夢窗詞集小箋〉，《彊村叢書》第12冊《夢窗詞集》（下文簡稱《彊村叢書》本《夢窗詞集》）（台北：廣文書局影印本，1970年），頁4110。
〔註34〕〈後箋〉完成於一九三二年夏天，據夏承燾自敘，朱祖謀在世時，

是，由於目前所知有關吳文英的生平資料非常有限，在沒有新的事證
出現之前，很難對他的生卒年及家世提出更爲明確的看法。不過，從
《夢窗詞》中許多以「陪某某某遊」或「席間賦詞」爲題的詞作可知，
吳文英和另一位南宋詞的名家——姜夔的身分相似，都是以藝事人的
江湖遊士，或許掌握南宋江湖遊士的生活方式，是目前了解吳文英其
人最有效的一種方式。在此之前，王萬儀《經驗與形式之間：姜夔的
遊士生涯與其詞作之關係研究》已從「身分」的角度切入，研究南宋
的重要詞人姜夔。〔註35〕這篇論文對筆者思考吳文英的生涯問題幫助
甚大。

　　而本文既以夢窗的「節序懷人」詞爲探討重心，自不可忽略有關
宋代節序的研究成果。學界從事宋代節序詞研究者頗多，學位論文之
中，《宋代節令詞研究》對節序詞作詳細的分類整理；〔註36〕《兩宋
上巳清明寒食詞研究》將探討的範圍縮小，說明上巳、清明、寒食三
個節序的由來，以及它們在宋代逐漸合流的情形。〔註37〕其他幾部學
位論文則就單一節序的由來與知名詞作分別加以評析。〔註38〕回顧節

他曾經拿〈後箋〉中的幾則條目向朱祖謀請益，得到了朱氏的印可。
本來朱氏有意整理〈小箋〉，重寫定本，後來因爲身體狀況欠佳，整
理〈小箋〉的事也就作罷。朱祖謀死後，夏氏比對〈小箋〉，刪除掉
重複的部分，以他後來考證所得五十餘條事證，出版〈夢窗詞集後
箋〉。見夏承燾，〈夢窗詞集後箋〉，《唐宋詞論叢》，頁217。

〔註35〕 王萬儀，《經驗與形式之間：姜夔的遊士生涯與其詞作之關係研究》
　　　　（新竹：清華大學中國文學研究所碩士論文，1994年）。

〔註36〕 廣重聖佐子，《宋代節令詞研究》（台北：臺灣大學中國文學研究所
　　　　碩士論文，1994年）。

〔註37〕 張金蓮，《兩宋上巳清明寒食詞研究》（台北：東吳大學中國文學研
　　　　究所碩士論文，1993年）。

〔註38〕 以宋代節序詞爲主題的論文還有：陶子珍，《兩宋元宵詞研究》（台
　　　　北：東吳大學中國文學研究所碩士論文，1992年）。劉學燕，《兩宋
　　　　七夕重九詞研究》（台北：東吳大學中國文學研究所碩士論文，1996
　　　　年）。曾淑姿，《兩宋中秋詞研究》（台北：東吳大學中國文學研究所
　　　　碩士論文，1996年）。楊子聰，《兩宋元旦與除夕詞研究》（台北：華
　　　　梵大學東方人文思想研究所，2008年）。

序詞的研究史，許多研究似乎都側重於節序詞作爲「風俗行爲表徵」
的一面。〔註 39〕它們著重介紹某一節序的由來、風俗活動及特殊掌
故，接著再舉出幾首詞，證實其富含社會文化意義。如果用這樣的方
式解讀吳文英的節序詞，恐怕僅能得到表面的歸納結果。再者，夢窗
詞的研究者應當不會認爲詞中所呈現的是詞人「如實」、「完整」的戀
愛情節，而詞人選擇將哪些情節寫進詞裡？這對於詞的美感營造有何
幫助？這兩個問題將是筆者關心且欲盡力探索的。

第四節　章節安排

本論文的章節擬定如下：

第一章先從瞭解吳文英其人著手，將從南宋遊士階層形成的幾
點原因切入，依次探討當時江湖遊士維持生計的幾種方式，以及社會
上對遊士的觀感，再就目前可掌握的資料，描繪吳文英的生涯風貌，
並參照吳文英的應酬詞作，探究遊士身分對其詞風的影響。至於歷來
有關吳文英情事的討論，將在本章的最後一節加以析辨，以釐清某些
爭議，作爲理解其懷人詞之基礎。第二章首先從宋人筆記了解節序
對宋人生活的重要性，以及隨之產生的較具特色的詞篇，再將焦點集
中在吳文英身上，說明節序對他的意義。第三章專門探討吳文英的
「節序懷人」詞。宋代的節序詞，純爲娛樂或反映風俗的無謂之作確
實不少。相較之下，吳文英懷人詞中涉及節序者就顯得格外特出。詞
人總在過節時憶起情人，興起無限惆悵之感。本文探討吳文英的懷人
詞，將會把焦點集中在立春、元夕、清明、寒食、端午、七夕、重九
等「節序懷人」詞上。第四章將分析夢窗「節序懷人」詞的藝術特
色，擬從結構觀察這類作品的寫作手法，凸顯吳文英如何透過懷人
詞展現對詞藝的精進追求。第五章則在前一章的研究基礎上，把夢窗
詞中一些「非節序懷人」的詞納入討論，分析它們與「節序懷人」詞

〔註 39〕沈松勤，《唐宋詞社會文化學研究》，頁 241。

的互通之處。

　　平心而論，吳文英及夢窗詞研究是宋詞研究中一個較不足的環節，筆者期待透過吳氏「懷人」詞及其藝術的分析探討，給予這位爭議性較高的詞人一個公允的評價。設若將吳文英詞裡呈現的一個耽溺於昔日戀情回憶的才子形象，視爲其對生命座標的一次又一次確認，也許最終將能投射到一個更爲巨大且更富意義的命題：透過「詞」這種特殊的體式，一位詞人如何體現自我，並達成他的藝術追求。

第一章　吳文英生涯概述

　　吳文英，字君特，號夢窗，晚號覺翁，四明（今浙江寧波）人。他一生布衣，正史無傳，又因生平事跡隱微，研究者連其基本的生命座標亦難以確立。截至目前爲止，諸家所定生卒年皆止於推測，仍有商榷的空間。〔註1〕以往學界對吳文英和翁逢龍、翁元龍兄弟的關係

〔註 1〕目前學界對吳文英生卒年的擬測存在多種說法：(1)夏承燾定爲 1200
～1260 年。見〈吳夢窗繫年〉，《唐宋詞人年譜》，頁 455～476。(2)
楊鐵夫定爲 1205～1276 年後。見〈吳夢窗事蹟考略〉，《改正夢窗詞
選箋釋》（台北：廣文書局，1971 年），頁 1～6。(3)陳邦炎定 1212
～1272 年。見〈吳夢窗生卒年管見〉，《文學遺產》，1983 年第 1 期，
頁 64～67。(4)謝桃坊定爲 1207～1267 年。見〈詞人吳文英事跡考
辨〉，《詞學》第 5 輯（上海：華東師範大學出版社，1986 年），頁
80～89。(5)何林天定爲 1227～1267 年。〈吳文英考辨〉，《山西師大
學報》，第 21 卷第 2 期，1994 年 4 月，頁 30～31。
以上幾種說法，以夏承燾所定的 1200～1260 年最爲學人普遍接受。
其他學者多半針對夏承燾的說法提出修正。因目前唯一能肯定的是
夢窗入蘇州倉幕的時期爲理宗紹定五年（1232）至淳祐四年（1244），
諸家多以這段時期爲基礎座標往前逆推夢窗之生年。據朱德慈考
證，夢窗少年時期曾有作客杭州長達十年的經歷，這補充了謝桃坊
對吳文英生年推測上證據不夠充分之處。見〈吳夢窗早年客杭考〉，
《詞學》第 10 輯，頁 97～105。以夢窗入蘇州倉幕、少年客杭的經
歷往前逆推，再考慮他和幕主吳潛（1196～1262）、史宅之（1205～
1249）與詞友周密（1232～1298）等人的輩分關係，定於 1207 年較
合乎情理。在卒年方面，吳熊和引用周密《齊東野語》記載榮王涼
邸落成的時間，及嗣榮王還京與晉封福王等三事與夢窗投贈的詞比

曾多加探討，這個問題因為關連到吳文英的出身，有必要在此花費一些篇幅說明。在生平事蹟不彰的情況之下，欲了解文英其人，必須掌握他所屬的特殊階層——「文藝遊士」的特質。因此，本章第二節將從南宋文藝遊士形成的背景切入，以求了解「身分」對他的影響；第三節敘述他的遊士生涯及相關詞作。第四節則要說明與吳文英生命緊密連繫的兩個城市：杭州與蘇州。他在杭州和蘇州度過了大部分的人生，而他的「懷人」詞在某方面亦可視為在這兩個城市生活的記憶濃縮。

第一節　吳文英的身世問題

　　與吳文英同時代的人絕少提及他的家庭背景，只有周密（1232〜1298）在他的《浩然齋雅談》中提及：「翁元龍字時可，號處靜，與吳君特為親伯仲，作詞各有所長。」〔註2〕後來朱祖謀箋〈探春慢・憶兄翁石龜（逢龍）〉一首時說：「周公謹謂：『翁時可與吳君特為親伯仲。』時可名元龍。君特兄稱石龜，殆時可昆弟行也。」將翁逢龍與翁元龍的兄弟關係連結起來。〔註3〕《夢窗詞》的箋注者楊鐵夫接受朱祖謀的說法，定出三人的排行順序，認為翁逢龍是長兄，吳文英居次，翁元龍最幼。至於文英姓「吳」的原因，楊鐵夫推測是「出後於外家」，〔註4〕即從母姓以承繼母親娘家的香火之意。楊鐵夫的說法

　　對，證得〈水龍吟・壽嗣榮王〉（望中璇海波新）一詞作於咸淳二年（1266），其說可信。見〈夢窗詞補箋〉，《文學遺產》，2007 年第 1 期，頁 68。綜合而言，就目前所見的內、外緣資料而言，筆者認為將吳文英的生卒年定在 1207〜1267 年左右較為恰當，範圍較接近謝桃坊所擬定的生卒年。

〔註 2〕《浩然齋雅談》（板橋：藝文，1966 年），卷下，頁 7。

〔註 3〕見〈夢窗詞集小箋〉，《彊村叢書》本《夢窗詞集》，頁 4110。朱祖謀根據〔清〕厲鶚輯《宋詩紀事》云：「逢龍號石龜，四明人。嘉熙中平江通判。」見（台北：鼎文書局，1971 年），卷 65，頁 3175。不過，《宋詩紀事》並沒有明確指出翁逢龍與元龍是兄弟關係。

〔註 4〕〈吳夢窗事蹟考略〉，《改正夢窗詞選箋釋》，頁 2。

爲許多學者接受，並發展出後續的推測。〔註5〕而吳文英是否曾改姓的問題再牽扯上他入蘇州倉幕任職的資格，問題更形複雜。夏承燾〈吳夢窗繫年〉指出，吳文英曾經擔任蘇州倉幕的幕僚。郭鋒針對這一點立論，認爲宋代的辟舉制度非常嚴格，要想當官，不由進士則由納粟捐官、恩蔭等途徑，吳文英既沒有中進士，又缺乏財力捐官。〔註6〕於是他把吳文英入倉幕和改姓結合，認爲吳文英改姓的原因是爲了獲得辟舉爲吏的機會。這個說法的問題在於，他先說明宋代任「官」的途徑有三種：科舉、納粟、恩蔭，結論卻歸結到吳文英透過改姓辟舉爲「吏」是有可能的事。但是宋代官、吏的分野非常清楚，辟舉任官之法是否適用於一般的胥吏，值得考慮。更何況，即使有其他證據證實在宋代確實有人透過改姓的方式得到差事，也不能據以逆推吳文英與翁氏兄弟的血緣關係。郭氏的論點儘管有待商榷，但卻能引發我們思考一個問題：許多研究者認定吳文英所擔任的所謂「倉幕幕僚」工作，實際性質爲何？這個問題的答案可以讓我們更透徹地了解吳文英看待仕途的態度。此點後文將再作分析。

　　近來謝桃坊引用清代戴枚主修，董沛等纂《鄞縣志》卷 29〈翁元龍傳〉記載：「翁元龍字時可，一字處靜，工長短句，與同里吳文英齊名」反駁楊鐵夫的說法，主張吳文英和翁氏兄弟絕非親兄弟。〔註7〕《鄞縣志》的根據同樣來自《浩然齋雅談》一書。而且，《鄞縣志》所記載翁元龍、逢龍兄弟的排行，正與楊鐵夫之說相反。〔註8〕二位學者對吳文英身世的看法迥異，乃因所據版本不同，在各據一本的情況下，欲對吳文英與翁氏兄弟間的關係作出判斷並不容易。而參

〔註5〕　如村上哲見認爲，由於吳文英的母親出身低賤，使得他不具備應舉的資格。見式著，〈吳文英及其詞〉，《詞學》第9輯（上海：華東師範大學出版社，1992年），頁75。
〔註6〕　郭鋒，〈吳文英蘇州倉幕考〉，《南宋江湖詞派研究》（成都：巴蜀書社，2004年），頁263。按這篇文章與常言：〈吳文英蘇州倉臺幕僚考〉《西北師大學報》，第40卷第2期（2003年3月）內容一致。
〔註7〕　謝桃坊，〈詞人吳文英事迹考辨〉，頁86～87。
〔註8〕　清光緒三年（1877）刊本，頁16。

酌吳文英寫給翁元龍、逢龍兄弟的詞，難以證明三人是兄弟。《夢窗詞》中寫給翁逢龍（字際可，號石龜）的有兩首，全文如下：

> 徑苔深，念斷無故人，輕敲幽戶。細草春回，目送流光一羽。重雲冷，哀雁斷，翠微空，愁蝶舞。蕩鳴漸，遊蓬小，夢枕殘雲驚窹。　　還識西湖醉路，向柳下並鞍，銀袍吹絮。事影難追，那負燈床聞雨。冰綃憑誰照影，有明月，乘興去。暗相思，梅孤瘦、共江亭暮。〈探春慢・憶兄翁石龜〉〔註9〕

> 斷夢遊輪。孤山路杳，越樹陰新。流水凝酥，征衫沾淚，都是離痕。　　玉屏風冷愁人。醉爛漫、梅花翠雲。傍夜船回，惜春門掩，一鏡香塵。〈柳梢青・與龜翁登研意觀雪，懷癸卯歲臘朝斷橋並馬之遊〉〔註10〕

第一首詞題「憶兄翁石龜」可能給人翁逢龍爲吳文英兄長的印象。然首句稱翁石龜爲「故人」，這不是稱呼親兄長的口吻。且此詞詞題〔明〕毛晉《宋六十名家詞》作「龜翁下世後登研意」，更令人懷疑「憶兄」二字的可靠性。〔註11〕「細草春回」句表示時光匆匆，又到一年之春。「重雲冷」以下四個三字句裡的意象陰暗憂愁，呈現眼前的是一片空蕩蕩的畫面，與「斷無故人」的傷感是一致的。「鳴漸」指流水。〔註12〕「夢枕殘雲」一句說上片所述全爲夢中之景，〔註13〕然而筆者認爲，也有可能只是順著時間的轉換，寫他獨自泊船江中，夜半醒來，觸動往日的回憶。「還識西湖」以下敘述舊遊，稍有爭議

〔註9〕 楊《箋》，頁287。
〔註10〕 同上，頁289。
〔註11〕 《宋六十名家詞・夢窗詞稿》（上海：上海古籍出版社，1989年），頁340。
〔註12〕 《彙校集評》，頁705。又，楊《箋》引蘇軾、蘇轍詩爲注，似乎也認爲「燈床聞雨」的典故和兄弟之情有關。見是書頁288。然楊箋所引的蘇軾詩詩題有誤，「對床老兄弟，夜雨鳴竹屋」並非出自〈懷子由〉一詩，而是寫給他的好友李常的，題爲〈過建昌李野夫公擇故居〉。《蘇軾詩集》，卷23，頁1220～1221。
〔註13〕 《彙校集評》，頁705。

的可能是「燈床聞雨」四個字，有的注本認為這暗示了夢窗與翁逢龍的兄弟關係。〔註14〕按這四個字本出自唐人韋應物詩〈示全真元常〉：「寧知風雪夜，復此對床眠。」〔註15〕後來蘇軾曾多次在詩中提及「夜雨對床」的情景，表現與其弟蘇轍的深摯之情。〔註16〕然北宋王楙的《野客叢書》已指出，「夜雨對床」之典不僅用於兄弟之間，也適用於表現朋友間的深情厚誼。〔註17〕我們仔細探究韋應物原詩的意思，當知所寫本就不是兄弟之間的感情，因為是寫給他的兩個外甥全真、元常的。而且，即使是經常運用這個典故寫兄弟之情的蘇軾，也在寫給好友李常（字公擇）的詩裡寫道：「對床老兄弟，夜雨鳴竹屋。」〔註18〕所以不能因為「燈床聞雨」而認定吳文英和翁逢龍就是兄弟。在這裡，「事影難追，那負燈床聞雨」，可能僅表示感嘆和翁逢龍兩人同遊西湖的回憶難以復現。「冰谿」呼應上片的「鳴澌」，「憑誰照影」以下強調思舊之情，並有尋訪故友之意。最後以梅與人俱瘦之景結束，意謂自己因憶友而消瘦。第二首〈柳梢青〉詞題的「癸卯歲」是理宗淳祐三年（1243）。上片說的「孤山路杳」即略要提及前次同遊

〔註14〕　陶爾夫、劉敬圻，《吳夢窗詞傳》（遼寧：黑龍江人民出版社，1992年），頁533。

〔註15〕　全詩為：「余辭郡符去，爾為外事牽。寧知風雪夜，復此對床眠。始話南池飲，更詠西樓篇。無將一會易，歲月坐推遷。」見孫望編著，《韋應物詩集繫年校箋》（北京：中華書局，2002年），卷7，頁373。

〔註16〕　例如〈辛丑十一月十九日，既與子由別於鄭州西門之外，馬上賦詩一篇寄之〉：「寒燈相對記疇昔，夜雨何時聽蕭瑟。」〔宋〕蘇軾撰，〔清〕王文誥、馮應榴輯註《蘇軾詩集》（台北：學海出版社，1983年），卷3，頁96。

〔註17〕　見范之麟編，《全宋詞典故辭典》（湖北：湖北辭書出版社，1996年），頁470轉引《野客叢書》云：「人多以夜雨對牀為兄弟事用。如東坡與子由詩引此，蓋祖韋蘇州〈示元（按原文如此）真元常〉詩：『寧知風雨夜，復此對牀眠』之句也。然韋又有詩〈贈令狐士曹〉曰：『秋齋滴滴對牀寢，山路迢迢聯騎行。』則是當時對牀夜雨，不特兄弟為然，於朋友亦然。」（北京：中華書局，1987年），頁111。〈贈令狐士曹〉詩見《韋應物詩集繫年校箋》卷2，頁97。

〔註18〕　〈過建昌李野夫公擇故居〉，《蘇軾詩集》，卷23，頁1220～1221。

西湖斷橋的事,「越樹陰新」指這次登遊的「研意」所在之處在紹興。
〔註19〕「離痕」寓含別意,或許二人此番同遊之後便要分開。下片則
寫賞雪、歸返的情況。

　　而吳文英寫給翁元龍(字時可,號處靜)的一首詞是〈解語花・
立春風雨中餞處靜〉:

> 檐花舊滴,帳燭新啼,香潤殘冬被。澹煙疏綺。凌波步、
> 暗阻傍牆挑薺。梅痕似洗,空點點、年華別淚。花鬢愁、
> 綵燕沾雲膩。　　還闞辛盤蔥翠。念青絲牽恨,曾試纖指。
> 雁回潮尾。征帆去、似與東風相避。泥雲萬里。應剪斷、
> 紅情綠意。年少時、偏愛輕憐,和酒香宜睡。〔註20〕

上片從歲時景象寫起,「挑薺」指「挑菜」,是古時春季風俗之一。
〔註21〕整句的意思是說女子受風雨所阻,無法挑薺。也因為風雨的關
係,梅花瓣上佈滿水珠,似乎是為了年華消逝所落下的淚滴,姿態可
憐。過片處的「綵燕」指立春時婦女剪春燕插戴髮上的習俗。〔註22〕
下片開頭落實「立春」二字。「辛盤」指五辛盤,亦是立春時的應景
擺設。〔註23〕「念青絲牽恨,曾試纖指」句或許出自杜甫〈立春〉詩:
「盤出高門行白玉,菜傳纖手送青絲。」〔註24〕由詞意判斷,可能是
寫以往立春時身旁有女子陪伴,如今獨自一人,想起來頗為傷感,因
此才有「恨」。在這種情況之下,又想起友人即將遠行,「征帆去」意
指翁處靜將有異地之行。「剪斷紅情綠意」是自勸也是勸人之語,最
後,「年少時、偏愛輕憐,和酒香宜睡」以他事蕩開,結束全詞。

〔註19〕　《彙校集評》,頁 706。
〔註20〕　楊《箋》,頁 47。按汲古閣本題為「立春風雨,并餞翁處靜江上之
　　　　役」。見《宋六十名家詞》,頁 340。
〔註21〕　說見《吳夢窗詞傳》,頁 156 引《武林舊事》卷 2〈挑菜〉。《東京夢
　　　　華錄(外四種)》,頁 348。
〔註22〕　見〔宋〕陳元靚編,《歲時廣記》,卷 8。《宋代筆記小說》(石家莊:
　　　　河北教育,1995 年),第 12 冊,頁 259。
〔註23〕　〔梁〕宗懔,《荊楚歲時記》(台北:藝文印書館,1966 年),頁 4。
〔註24〕　說見楊《箋》,頁 49。杜甫詩見〔清〕楊倫箋注,《杜詩鏡銓》(台北:
　　　　華正,1993 年),卷 15,頁 736。

　　這首詞的詞意較爲隱晦，楊鐵夫主張是夢窗感傷蘇姬離去兼送翁處靜。而吳蓓則認爲這是夢窗獨有之「騷體造境法」，借女子之口吻送別翁處靜。〔註25〕筆者認爲，詞中涉及女子的描寫，多半爲詞人想像或記憶中的畫面，若說是轉換身分，以女子的口吻訴說不捨離別之感，恐有扞格不入之處。

　　以上的討論僅能確定翁元龍與翁逢龍應爲兄弟，此點從兩人名（元龍、逢龍）、字（時可、際可）號的關聯可得到印證，只是究竟這兩人誰爲兄、誰爲弟？在文獻不足的情況下，暫時難以判定。至於吳文英所寫的三首詞，從詞題至情意內容，皆不足以證實吳文英與翁氏兄弟具有血緣關係。〔註26〕筆者認爲，吳文英與翁逢龍的關係，就如同他與吳潛、史宅之等幾位曾擔任蘇州地方官的交情類似，或有深淺，主要仍建立在「幕主」、「門客」關係的基礎之上。至於他和翁元龍，既爲同鄉，又皆身爲大官門下之清客，〔註27〕身分的關係使兩人頗有相知相惜之感。而研究者之所以將吳文英和曾中科舉、任蘇州通判的翁逢龍視爲兄弟，部分原因出自欲強調吳文英出身自文學世家，〔註28〕然而我們從側面看出，其實他的出身可能極爲平凡甚至卑微。

　　既然外緣證據難以幫助我們在生平研究方面獲得長足進展，欲了解吳文英其人，須借助其他線索。吳文英生活的時期約當南宋寧宗（1195～1224）後期至理宗（1225～1264）朝。理宗朝的一大特色是「更化」、「維新」的次數多。〔註29〕理宗即位前期，史彌遠因擁立

〔註25〕《彙校集評》，頁126。
〔註26〕這一點，謝桃坊和何林天的文章中均已指出。謝文出處見註7，頁87～88。何文出處見註1，頁30～31。
〔註27〕翁元龍曾爲理宗宰相杜範的門客，見《鄞縣志》，卷29，頁16。
〔註28〕如楊鐵夫云：「今雖不知其父名，但所生三子皆以文學顯，知必爲文學中人。」見《改正夢窗詞選箋釋·事蹟攷略》，頁1。
〔註29〕楊宇勛指出，理宗以更改年號與替換宰相的方式宣示他振興國政、一新耳目的決心，此即所謂「更化」。而理宗朝總計更改六次年號、十五位宰相。見氏著，《南宋理宗中、晚期的政爭（A.D. 1233～1264）：

有功得以把持權柄。史彌遠死後，理宗親政，雖然也曾力求振作，可惜積弊已深，效果不彰。之後又有權相丁大全、賈似道專擅朝政，政爭不斷，加上吏治腐敗的情況極嚴重，敗象更爲明顯。〔註30〕朝中景況如此，外交上蒙古侵逼漸迫，國家籠罩在一片山雨欲來的氣氛之中。

　　楊海明指出，南宋後期是一個有著多重傷痕的時代，他用「傷痕文學」一詞指稱姜夔、吳文英的某些詞篇，認爲這些作品反映出時代的傷痕、個人的傷痕和戀情生活的傷痕。〔註31〕將「傷痕文學」這個術語套用在姜、吳兩人的詞作上或許不夠精準，不過，讀夢窗詞，確實可以感受到其中瀰漫著濃重的哀傷與感嘆，部分或許和時代的整體氛圍關係密切。而像姜夔、吳文英這樣缺乏仕宦經歷的文人，欲了解其生命型態，唯有從他們的「身分」著手方能獲得較爲清晰的圖像。下一節將從南宋文藝遊士形成的背景切入，繼而將焦點集中在吳文英身分與其交遊，並參照他的應酬之作，了解遊士生涯對其創作的影響。

第二節　遊士・謁客・閑人：南宋文藝型遊士出現之背景

　　南宋的詩壇有所謂的「江湖詩人」，〔註32〕而在晚清，亦有詞學家提出「江湖詞人」的概念。朱祖謀（1857～1931）跋密韻樓景宋本周密《草窗韻語》就說：「南宋江湖詞人兼以詩傳者，前唯白石最著。

　　　　從史彌遠辛後相位的更替來觀察》（台南：成功大學歷史語言研究所
　　　　碩士論文，1991 年），頁 7。
〔註30〕除官員貪贓枉法之外，冗官充斥也是一大問題。見何忠禮、徐吉軍，
　　　　《南宋史稿》（杭州：杭州大學出版社，1999 年），頁 315～319。
〔註31〕楊海明，《唐宋詞史》（江蘇：江蘇古籍，1987 年），頁 496。
〔註32〕「江湖詩人」一詞乃自理宗寶慶元年（1225），臨安書商陳起刊刻
　　　　《江湖集》而得名。入選《江湖集》的詩人眾多，風格紛雜。代表
　　　　詩人有劉過、姜夔、戴復古、劉克莊、方岳等人。其中有些詩人也
　　　　會作詞，而以姜夔的成就最高。

草窗生當末造，雖風格稍弱，而舉體修潔，庶幾似之。」〔註33〕「江湖」二字意謂著這些詩人、詞人的身分與生活型態，他們多因舉業未成，以布衣的身分託身江湖、遊歷四方，尋求安身之所。雖然憑藉著個人的資質稟賦，各逞其才，他們的生命基本情調和所遭遇、面對的人生問題是非常接近的。有一個名詞經常和這些江湖詩人、詞人聯繫在一起，那就是——「遊士」。

宋代的遊士可以分為「科舉遊士」和「文藝遊士」兩種。科舉遊士形成的背景與科舉考試密切相關；文藝遊士產生的因素比較複雜，包含社會、經濟等因素。在此大略說明兩種類型遊士的成因，以便區分其身分特質。

先說「科舉遊士」。宋代選拔官員的途徑主要為科舉考試。科舉制度完備於宋代，其正面意義在於有助社會階層流動，貧寒士子有機會透過考試翻轉身分；而士族子弟若不能通過科舉考試，則不但無法延續家業，更有甚者，家道中落的例子亦所在多有。〔註34〕宋代科舉包括貢舉、武舉、童子舉、制舉等項目，貢舉之中又設有進士、明經和諸科。實際考試科目隨著時代而略有變動。〔註35〕不過，一般來說，仍以進士科出身地位較高，加上名公卿相多出於此，因此成為應考士人的首要目標。

雖然王安石變法時有意以學校教育逐漸取代科舉取士，大體而言，有宋一代進士科在科舉考試中的主流地位是不曾動搖的。由於科舉是一個庶民家庭起家、翻身的重要寄託，整個社會自然對科舉投注了許多心力，隨之而來的就是激烈的競爭。據賈志揚估計，「到十三世紀中葉，光是中國南部（即南宋帝國）的考生大概達四十萬人以上。」

〔註33〕轉引自蕭鵬，《群體的選擇——唐宋人選詞與詞選通論》（台北：文津出版社，1992 年），頁 133。

〔註34〕張邦煒，〈兩宋時期的社會流動〉，《宋代婚姻家族史論》（北京：人民出版社，2003 年），頁 348～349。

〔註35〕白鋼主編，朱瑞熙著，《中國政治制度通史‧宋代卷》（北京：人民出版社，1996 年），頁 632。

〔註36〕當然，錄取的員額與此相較根本不成比例。幸運通過考試的士人，從此進入人生的另一個階段——仕宦。沒能通過考試的，有人返回故里講學或依賴其他方式謀生；有人繼續留在京城，等待下一次考試。而士人聚集或滯留在京城的時日一久，便容易造成社會問題。南宋的劉宰（1165～1238）在〈上錢丞相論罷漕試、太學補試箚子〉中提到：

> 遊士之聚於都城，散於四方，其初惟以鄉舉員窄，經營漕牒，夤緣京庠補試太學爲名，積而久之，來者日眾，其徒實繁。而又迫於饑寒，誘於聲色，始有夤緣親故以求獄訟之關節者，而獄訟始不得其平；有事縉紳之脣吻者，而毀譽始不得其眞；有爲場屋之道地者，而去取始不得其實。〔註37〕

宋代的科舉分爲解試、省試、殿試三級。解試的管道有州試（鄉試）、轉運使司試（漕試）、〔註38〕國子監試（太學試）等，通過其中一項即可參加省試。各州、轉運司、國子監統一在八月十五日考試。〔註39〕劉宰的上書提到，諸州發解各有定額，競爭較激烈的溫州、福州二地，溫州的應考考生有一萬八千人，解額卻只有九十名，福州則有八千名考生，解額四十名。這正是所謂的「鄉舉員窄」，無怪乎士人要透過漕試或太學補試另尋出路了。各地士人赴杭趕考所須的旅費，和到京之後的生活費，成爲他們很大的經濟負擔。歐陽守道說：

> 禮部、國子監學在京師，四方之士有不遠數千里試焉。近

〔註36〕賈志揚，《宋代科舉》（台北：東大圖書股份有限公司，1995年），頁56。

〔註37〕〔宋〕劉宰，《漫塘集》（台北：台灣商務印書館，1979年），卷13，頁8。

〔註38〕漕試是由各轉運史司負責舉行考試，參與考試的有本路官員的親戚、寓居本路的士人等，也因此產生冒認官員親戚或獨厚權勢子弟的弊病。參《宋史》卷109〈選舉志二〉。

〔註39〕《中國政治制度通史・宋代卷》，頁633。

> 且儉者，旅費不下三萬。不能儉者不論，遠者或倍或再倍
> 也。十十七八無常產，居家養親，不給旦夕，而使茫然遠
> 行，售文於一試。試禮部，得官猶可言也。試國子監學、
> 補諸生，釋褐未可期，道塗往來滋數矣。〔註40〕

平常家庭多年的積蓄，很可能就在子弟的一次應試之中花費殆盡。要是沒考中，不管是決定繼續留在京城還是返鄉，均可能面對經濟上的困難。某些僑寓京城的士人，或許出於生計相逼，或許急於謀求出路，便以涉入獄訟、製造輿論和代人疏通考場胥吏等方式從中牟利，也因此造成社會對遊士的負面觀感。

　　另一種類型的遊士是「文藝遊士」。南宋文藝遊士形成的社會因素，依張宏生歸納，主要有五項：(1)南渡造成的社會結構變化。(2)土地兼併劇烈。(3)冗官員額眾多，科舉競爭激烈。(4)通貨膨脹，士人生活不易。(5)都市生活的吸引。〔註41〕「科舉競爭激烈」的情況已見於前文，歸根究柢，這正是文藝遊士產生的關鍵因素。致力於文事的士人們考不中科舉，自然得另謀出路。這些士人即以他們的學識、文藝才能，和官員、名士往來，博取名聲或經濟上的支援。爲獲得經濟支援，他們的作爲可分爲幾種：一種是以進獻詩、文、詞換取財物。據南宋末年的筆記資料記載，那些因獻詞、獻詩而得到聲名或錢財的例子，多和理宗後期的宰相賈似道有關：

> 賈師憲當國日，臥治湖山，作堂曰半閒，又治圃曰養樂，
> 然名爲就養，其實怙權固位，欲罷不能也。每歲八月八日
> 生辰，四方善頌者數以千計。悉俾翹館謄考，以第甲乙，
> 一時傳頌，爲之紙貴，然皆謟詞諛語耳。〔註42〕

〔註40〕　轉引自郭鋒，《南宋江湖詞派研究》（四川：巴蜀書社，2004 年），頁
　　　　 13～14。原文出自〔宋〕歐陽守道，《巽齋文集》（台北：臺灣商務
　　　　 印書館，1971 年影印四庫全書珍本），卷 12，〈送劉季清赴補序〉，
　　　　 頁 11。
〔註41〕　《江湖詩派研究》（北京：中華書局，1995 年），頁 8～10。
〔註42〕　〔宋〕周密，《齊東野語》（北京：中華書局，2004 年），卷 12，頁
　　　　 219。

　　壺山宋謙父自遜，一謁賈似道，獲楮幣二十萬緡以造華居
　　是也。〔註43〕

可見南宋文藝遊士以詞以詩干謁當道的生活方式，和「市場需求」也
有關係。

　　「文藝遊士」中有一部分人進入官員或貴家門下擔任清客，從事
教授幕主子弟或伴其附庸風雅的工作。當時稱這一類人物為「館客」、
「食客」。《夢梁錄》中有一條相關記載：

　　閑人本食客人，孟嘗君門下，有三千人，皆客矣。姑以今
　　時府第宅舍言之，食客者，有訓導蒙童子弟者，謂之「館
　　客」。又有講古論今、吟詩和曲、圍棋撫琴、投壺打馬、撇
　　竹寫蘭，名曰食客，此之謂「閑人」。〔註44〕

由此看來，這些「館客」和「食客」的謀生之道較接近戰國時期的遊
士，只不過戰國遊士獻的是計謀策略，而南宋遊士獻的是詩歌詞章。
文藝遊士擔任官員或貴家公子「賓客」的時間有長有短，須視他們和
館主相處的狀況，以及館主的仕途遭遇而定。時間長者如姜夔，他在
張鑑府上待了十年，「情甚骨肉」，後因張鑑過世，才使這段賓主關係
劃上句點。又如賈似道的館客廖瑩中，是一個多才多藝的文人，曾
「以所藏陳簡齋、姜白石、任斯庵、盧柳南四家書為小帖，所謂世綵
堂小帖者。」〔註45〕他雖然考中進士，有出任地方官的機會，卻選擇
待在賈似道身邊，長達二十年。在賈似道的「翹館」諸客當中，廖瑩
中的權力最大。也因此，當賈似道失勢，他自知難以倖免，選擇自
殺。〔註46〕

〔註43〕評戴復古〈寄尋梅〉。見〔元〕方回選評，李慶甲集評校點，《瀛奎
　　　　律髓彙評》（上海：上海古籍出版社，2005年），卷20，頁840。
〔註44〕〔宋〕吳自牧，《夢梁錄》，卷19「閑人」條。見〔宋〕孟元老等著，
　　　　周峰點校，《東京夢華錄（外四種）》（北京：文化藝術出版社，1998
　　　　年），頁294。
〔註45〕〔宋〕周密著，吳企明點校，《癸辛雜識・後集》（北京：中華書局，
　　　　2004年），頁86。
〔註46〕同上，頁77。

　　當時社會上對遊士的觀感並不好，也許應該更精確地說，目前見諸記載的，均為負面事件。例如方回（1227～1307）就批評以詩求售於權貴的江湖詩人說：

　　　　慶元、嘉定以來，乃有詩人為謁客者，龍洲劉過改之之徒不一人，石屏亦其一也。相率成風，至不務舉子業。干求一二要路之書為介，謂之「闊匾」，副以詩篇，動獲數千緡，以至萬緡。〔註47〕

這段話表明他對江湖詩人的行徑深感不以為然。的確，某些江湖遊士為求取聲名或貪求金錢而獻詩奉承權貴的行徑實易引起反感。

　　儘管許多南宋遊士的名聲並不好，他們之中當然還是有以清高自持的，譬如姜夔。即使才能受許多人看重，姜夔仍脫離不了偃蹇困頓的處境，這令他不免感嘆：「四海之內，知己者不為少矣，而未有振之於窶困無聊之地者。」〔註48〕和姜夔往來的眾多名士之中，就屬張鑑和他的交情最深，對他的生活幫助最大。姜夔早年遊於湖南，期間結識江湖詩人蕭德藻。蕭德藻將姪女嫁給他，並帶著他同寓湖州。中年寓居杭州，和張鑑交往的這段期間，是他人生中難得安定的時期。張鑑是南宋中興名將循王張俊的後裔，他的兄長張鎡也是當時的名士，姜夔詩詞集中有多首寫給張鎡、張鑑兄弟的作品。在〈自敘〉中，姜夔提到他和張鑑的相處，以及張鑑死後，他的心情和處境：

　　　　舊所依倚，唯有張兄平甫，其人甚賢。十年相處，情甚骨肉。而某亦竭誠盡力，憂樂同念。平甫因念其困躓場屋，至欲輸資以拜爵，某辭謝不願；又欲割錫山之膏腴以養其山林無用之身。惜乎平甫下世，今惘惘然若有所思。人生百年有幾，賓主如某與平甫者復有幾，撫事感慨，不能為懷。平甫既歿，稚子甚幼，入其門則必為之悽然，終日獨坐，逡巡而歸。思欲捨去，則念平甫垂絕之言，何忍言去！

〔註47〕《瀛奎律髓彙評》，卷20，頁840。
〔註48〕〈姜堯章自敘〉，周密，《齊東野語》卷12，頁211～212。

留而不去，則既無主人矣！其能久乎？〔註49〕

最後一句道出身為賓客的無奈。主人既已過世，就算不忍輕別，也沒有辦法。姜夔早年曾經考過進士，不過並沒有考上。而宋代除了由科舉之途入仕以外，也可以經由納粟、恩蔭等方式任官。這就是他說張鑑「因念其困躓場屋，至欲輸資以拜爵」的原因。由此可見，張鑑不把姜夔當作一般只知求取經濟援助的賓客看待，而是真心關心他的前途，想幫助他安頓下來。但一般風塵俗吏的生涯並不是姜夔尋求的最終安頓，他因此婉謝了張鑑的好意。讀姜夔寫給張鑑的詩詞，可知兩人的交情絕非泛泛。例如：〈平甫見招不欲往〉其一：「老去無心聽管弦，病來杯酒不相便。人生難得秋前雨，乞我虛堂自在眠。」〔註50〕口吻率直不矯情，壓根不像是有求於人的賓客寫給「主人」的作品。張鑑死後，姜夔離開杭州，旅居浙東、嘉興、金陵之間，最後死於西湖。死後還是靠著吳潛等人的幫助才得以安葬。〔註51〕

姜夔的〈自敘〉讓我們了解，一個江湖遊士的地位，來自當世名公鉅儒的讚許、推崇。姜夔是肯定自己才華的，可是現實的壓力亦逼迫他省思這種漂泊無根的生活究竟意義何在？他的詩詞反映出這種矛盾的心態，並不時流露濃厚的孤寂感。姜夔的情況只是一個理想的典型，許多江湖遊士終其一生未能得到幕主或貴家公子的賞識，只能流寓四方，尋找機會以寄託身家。而吳文英的情況與姜夔相比較，雖然不若姜氏幸運，但是觀察他和吳潛、史宅之等官員的交往情形，亦屬於正面的關係，也有發展出真摯的交情。

〔註49〕 同上，頁 212。

〔註50〕 〔宋〕姜夔著，夏承燾校輯，《白石詩詞集》（北京：人民文學出版社，1998 年），頁 45。

〔註51〕 按吳潛〈暗香〉（曉霜一色）詞序云：「猶記己卯、庚辰之間，初識堯章於維揚。至己丑嘉興再會，自此契闊。堯章死西湖，嘗助諸丈為殯之，今又不知幾年矣。自昭忽錄示堯章，暗香、疏影二詞，因信手酬酢，并廣潘德久之詩云。」見《全宋詞》第 4 冊，頁 2749。

第三節　吳文英的清客生涯

　　吳文英的身分和姜夔相似，也是一名文藝型遊士，爲了維持生計，吳文英曾出入於吳潛、賈似道、嗣榮王趙與芮等權臣貴冑之門，淳祐三年（1243）還曾作詞投贈方蕙巖。明代朱存理編撰的《鐵網珊瑚》收錄吳文英詞十六闋，卷首標明「文英新詞稿」，下署「文英惶懼百拜」。十六首詞中的第一首〈瑞鶴仙・癸卯歲爲先生壽〉（轆轤春又轉）詞，〔註52〕就是他投贈方蕙巖的作品。〔註53〕從吳文英的身上可以看出，南宋文藝型遊士的謀生方式及生涯並非單一、穩定的，可能在某一段時期之內是某位特定官員的門客，偶爾則需以投贈詩詞來贏得他人的垂青。

　　雖然遊士的生涯不甚穩定，不過吳文英一生的行蹤不出今日的浙江、江蘇兩省。學者研究吳文英的遊蹤，除了依據他詞作的題、序，也參考與他交往的人物的傳記資料及相關詩詞而定。在這方面，朱祖謀、夏承燾的研究已讓我們了解夢窗生涯的輪廓。而其生涯和詞作的分期大致相符，楊鐵夫即將夢窗詞作分爲四個部分：「辛卯（1231）以前，爲少年作品；由壬辰（1232）至癸卯（1243），爲中年旅吳作品；由甲辰（1244）至淳祐九年（1249），爲旅杭作品；由淳祐九年至淳祐十一年（1251），爲旅越作品。至國亡以後，止有上列四詞，〔註54〕則蟬蛻餘音也。」〔註55〕田玉琪則將吳文英的生涯劃分爲前、後期，前期又細分爲：「十年江浙漫遊時期」和「十年入幕

〔註52〕同上。

〔註53〕方蕙巖（生卒年不詳），名千里，字鵬飛，三衢人。官至舒州簽判，作有《和清眞詞》。見王德毅主編，《宋人傳記資料索引》第1冊，頁71。按此詞詞題，楊《箋》作「癸卯歲壽方蕙巖寺簿」，見是書頁15。

〔註54〕按楊鐵夫前後文之意，當指〈繞佛閣〉（蒨霞艷錦）、〈三姝媚・過都城舊居有感〉（湖山經醉慣）、〈古香慢・賦滄浪看桂〉（怨蛾墜柳）、〈西平樂慢〉（岸壓郵亭）四詞。見〈吳夢窗事蹟攷略〉，《改正夢窗詞選箋釋》，頁7。

〔註55〕同上。

蘇州時期」。後期為：「十年漂泊蘇杭和越中時期」和「晚年漫遊和作客嗣榮王府時期」。〔註56〕兩位學者的分期可以看出，在理宗紹定五年（1232）至淳祐十一年（1251）這段期間，是吳文英在生涯資料及創作方面較可考知的時期，而他的活動地點主要圍繞著蘇州、杭州、紹興三個城市。

有關吳文英十年江、浙漫遊時期的資料甚少，他早年的行蹤難以確切掌握，只知他年輕時遊過德清，曾為德清縣令賦詞，德清位於今江蘇境內。〔註57〕朱德慈〈吳夢窗早年客杭考〉一文指出，吳文英早年曾寓居杭州，其根據為〈惜紅衣〉（鷺老秋絲）詞序云：「余從姜石帚遊苕雪間三十五年矣，重來感今傷昔，聊以詠懷。」姜石帚的身份，夏承燾考證為當時杭州士人，「苕雪」位於今江蘇湖州。朱氏的文章指出，吳文英贈石帚諸詞皆作於杭州附近，據此推斷吳文英早年曾遊歷杭州一帶。而夢窗客杭的時間，約在理宗嘉定十四年（1221）至紹定四年（1231）之間。〔註58〕而透過張如安的考證，更進一步讓人相信吳文英早年客杭的可能性。他指出，吳文英年輕時在杭州極可能擔任臨安府尹袁韶（1159～1237）的門客，袁韶任職府尹的時間長達十年（1220～1230），這十年恰好也與吳文英屢屢在詞中提及的「十載西湖」經歷吻合。〔註59〕並且，收於《文英新詞稿》，寫作時間及對象頗有爭議的〈西平樂慢·過西湖先賢堂，感今傷昔，泫然出涕〉一詞，其所感所傷的對象也是袁韶。〔註60〕這項考證結果對於我們確認

〔註56〕田玉琪，《徘徊於七寶樓臺——吳文英詞研究》，頁28～47。
〔註57〕詞集中有〈賀新郎·為德清照令君賦小垂虹〉（浪影龜紋皺）詞為證。說見〈吳夢窗繫年〉，頁457。詞見楊《箋》，頁140。
〔註58〕《詞學》第10輯（上海：華東師範大學出版社，1992年），頁97～105。
〔註59〕見〈吳夢窗生平考證二題〉，《中國韻文學刊》，2000年第2期，頁54～56。此條資料承蒙陳文華先生告知，在此特別致上謝忱。
〔註60〕夏承燾認為此詞絕非弔吳潛，見〈吳夢窗繫年〉，頁464。吳熊和則認為〈西平樂慢〉一詞乃為吳潛所作，並出自夢窗晚年手筆。見〈夢窗詞補箋〉，頁70。

夢窗年輕時的生涯，甚至是所謂「西湖情事」的發生時間，具有很大幫助。

　　吳文英生平之中最能夠確定的一段經歷，唯有理宗紹定五年（1232）入蘇州倉幕爲清客的經歷。〔註61〕直至淳祐三年（1243）離蘇赴杭，總計他待在蘇州的時間超過十年以上。下文以吳文英在蘇州的清客生涯爲起點，分三個階段敘述其生平事蹟，並舉相關詞作爲說。

（一）十載寄吳苑：理宗紹定五年（1232）～淳祐三年（1243）

　　在蘇州，吳文英寫了幾首以參加倉幕送舊活動爲主題的詞，這些詞多數以「陪」爲題，譬如〈聲聲慢·陪幕中餞孫無懷於郭希道池亭，閏重九前一日〉：

> 檀欒金碧，婀娜蓬萊，游雲不蘸芳洲。露柳霜蓮，十分點綴成秋。新彎畫眉未穩，似含羞、低護牆頭。愁送遠，駐西臺車馬，共惜臨流。　　知道池亭多宴，掩庭花、長是驚落秦謳。膩粉闌干，猶聞憑袖香留。輸他翠漣拍甃，瞰新妝、時浸明眸。簾半卷，帶黃花、人在小樓。〔註62〕

及〈木蘭花慢·遊虎丘（陪倉幕，時魏益齋已被親擢，陳芬窟、李方庵皆將滿秩）〉：

> 紫騮嘶凍草，曉雲鎖、岫眉顰。正蕙雪初消，松腰玉瘦，憔悴眞眞。漸穿險磴，步荒苔、猶認瘞花痕。千古興亡舊恨，半丘殘日孤雲。　　開尊。重弔吳魂。嵐翠冷、洗微醺。問幾曾夜宿，月明起看，劍水星紋。登臨總成去客，更軟紅、先有探芳人。回首滄波故苑，落梅煙雨黃昏。〔註63〕

前一首〈聲聲慢〉是夢窗名作，《中興以來絕妙詞選》和《陽春白雪》均選入書中。第二首〈木蘭花慢〉的風格近似於〈八聲甘州〉（渺空

〔註61〕可考的蘇州詞第一首爲〈聲聲慢·陪幕中餞孫無懷於郭希道池亭，閏重九前一日〉（檀欒金碧）。見楊《箋》，頁250。

〔註62〕同上。

〔註63〕同上，頁230。

煙四遠），流露出興亡感慨。兩首詞均體現夢窗鍛煉字句的工夫及創作方面的才華。先說〈聲聲慢〉。這首詞作於理宗紹定五年（1232），[註64]題爲「陪幕中餞孫無懷於郭希道池亭，閏重九前一日」。上片主要描寫郭園的秋日景致，開頭「檀欒金碧，婀娜蓬萊，游雲不蘸芳洲」三句極爲工巧。「檀欒」形容竹子秀美之貌，[註65]而「婀娜」比喻柳條的姿態；「金碧」意指郭園的亭臺華麗，「蓬萊」比喻園中假山之雅致脫俗，有如蓬萊仙島。「露柳」二句渲染秋意。「新彎畫眉」則點出這場餞別宴的時間在「閏重九」前一晚。過片「愁送遠」處帶出餞行送別之意。詞的下片從往日的宴飲場面寫起，述說倉幕中的孫無懷等人經常在此聽歌、飲宴，爲他們獻唱的歌姬歌藝過人，而她衣袖的餘香至今仍留存在欄杆之上。「輸他」句意思是倉幕臨流送遠的場面不敵歌女妝扮齊整，明眸映水的畫面。結尾的「簾半卷，帶黃花、人在小樓」則帶有一種幽遠的情致，予人想像的空間。

再看〈木蘭花慢〉一詞，題爲「遊虎丘（陪倉幕，時魏益齋已被親擢，陳芬窟、李方庵皆將滿秩）」。「虎丘」是吳地名勝，其上有吳王劍池、靈巖寺等景點。[註66]「倉幕」，根據《吳縣圖經續記·倉務》云：「南倉，在子城西。北倉，在閶門側。皆前後臨流。每歲輸稅於南，和糴於北。」[註67]主要掌理糧米運輸的職務。魏益齋、陳芬窟、李芳庵三人皆是倉幕中人，但生平不詳。「親擢」的「擢」指「所授之官在官品上有所上升，或從品轉爲正品，或升一品或一品以上」。[註68]「滿秩」指任期已滿。開頭「紫騮嘶凍草」三句寫清晨出遊，天色陰暗，密雲滿佈。當時正是「蕙雪初消」時節，「松腰玉

〔註64〕〈吳夢窗繫年〉，《唐宋詞人年譜》，頁458～459。

〔註65〕〔漢〕枚乘〈梁王菟園賦〉云：「修竹檀欒，夾池水，旋菟園，並池道。」見〔唐〕歐陽詢等撰《藝文類聚》（臺北：新興書局，1960年），第65卷，頁1747。

〔註66〕《吳郡記》，第1冊，卷16，頁457～459。

〔註67〕〔宋〕朱長文撰，金菊林校點（南京：江蘇古籍出版社，1999年），頁16。

〔註68〕龔延明，《宋代官制辭典》（北京：中華書局，1997年），頁651。

瘦，憔悴眞眞」的「眞眞」指虎丘上的眞娘墓。這兩句用唐人譚洙題
眞娘墓詩：「虎邱山下冢累累，松陌蕭條盡可悲。何事世人偏好色，
眞娘墓上獨題詩」之意。〔註69〕眞娘是唐代名妓，葬於虎丘劍池之
西。「漸穿險磴」三句寫登臨的路線，並可見時間的轉移，從「曉雲」
過渡到「殘日」，顯示眾人在虎丘盤桓將近一日。而由「蒼苔」、「瘞
花痕」引出上片結尾對著殘日孤雲而生的興亡之感。下片正面寫開宴
送行之事。「重弔吳魂」指葬於虎丘的魂魄。「問幾曾夜宿」句表示詞
人可能曾和魏、陳等人夜宿此地，然而今次遊歷過後卻將要相互道
別。「劍水星紋」切合「劍池」，亦爲虎丘一景。「軟紅」代指京城，
〔註70〕蘇軾詩句寫道：「軟紅猶戀屬車塵。」詩句後自注「前輩戲言，
有西湖風月，不及東華軟紅香土。」〔註71〕「東華」指北宋的首都汴
京。在此，軟紅則指杭州而言。「先有探芳人」指魏益齋三人入京之
行，猶如先行探訪春色。詞的最後，結束一天的遊賞，離開虎丘時，
回首只見「落梅煙雨黃昏」的朦朧景色。

　　在以上的兩首詞裡，吳文英考量到場合的需求，巧妙地運用典故
與前人詩句，展露他文采出眾的一面。其餘作於蘇州時期，以「陪」
爲題的詞還有〈龍山會・芙蓉（陪毗陵幕府載酒雙清）〉（石徑幽雲
冷）與享有盛名的〈八聲甘州・靈巖（陪庾幕諸公游）〉（渺空煙四
遠）等。從這些詞或許可以一窺吳文英在蘇州倉幕的角色，應該不是
擔任嚴肅、正式的職務，而較偏向前文說的「清客」、「閑人」的性質。
還有哪些證據可以證明這一點呢？首先，若說吳文英是倉幕的編制內
人員，但在夢窗詞中全然未見其調職或轉任其他職務的痕跡，這一點
難以解釋。再者，參考吳潛寫給吳文英的相關詞作亦能清楚看出，
〔註72〕他的身分就是江湖清客。歷來說吳文英在蘇州擔任的所謂

〔註69〕說見《彙校集評》，頁568。原出處見〔元〕高德基《平江紀事》，《叢
　　　書集成新編》（台北：新文豐出版社，1985年），第95冊，頁74。
〔註70〕說見《吳文英詞新釋輯評》，頁633。
〔註71〕〈次韻蔣穎叔錢穆父從駕景靈宮〉，《蘇軾詩集》，卷36，頁1921。
〔註72〕請參照後文「暮途爲客：淳祐十一年以後」段落有關吳文英生平的

「倉幕僚屬」的工作，並非實際差遣，而僅只是蘇州地方官員的門下清客。

作為清客，吳文英努力地和幾位蘇州的地方長官建立良好的關係。前文說過，他和翁逢龍的關係正是建立在翁氏曾擔任蘇州通判的基礎上。另有兩位和吳文英交情較深的蘇州知府不可不提，除一般較熟悉的吳潛（1196～1262）之外，另一位就是史宅之（1205～1251）。吳潛是嘉定十年（1217）狀元，其人為官清正，聲名頗著。他曾兩度拜相，不過居相位的時間皆十分短暫。吳潛因反對理宗立忠王為太子，出言觸怒理宗，終因沈炎彈劾，貶化州團練使、循州安置，死於貶所。〔註73〕吳潛喜愛結交江湖名士，集中與吳文英唱和之作多首，有《履齋詩餘》行世。吳文英寫給吳潛的〈金縷歌·陪履齋先生滄浪看梅〉充滿歷史興亡感嘆，並流露出對國勢的憂心與無奈，是夢窗詞集中佳作之一：

> 喬木生雲氣。訪中興、英雄陳迹，暗追前事。戰艦東風慳借便，夢斷神州故里。旋小築、吳宮閒地。華表月明歸夜鶴，嘆當時、花竹今如此。枝上露，濺清淚。　　遨頭小簇行春隊。步蒼苔、尋幽別塢，問梅開未。重唱梅邊新度曲，催發寒梢凍蕊。此心與、東君同意。後不如今今非昔，兩無言、相對滄浪水。懷此恨，寄殘醉。〔註74〕

這是吳文英集中感慨深重的佳作之一，一方面出自其對吳潛所懷之敬意與感佩，一方面則由於在山雨欲來的氛圍深深籠罩之下，敏感的詞人感受特別深刻。

另一位吳文英交遊甚密的蘇州知府是史宅之。史宅之是理宗前期宰相史彌遠的兒子，和吳文英同為四明人，吳文英與其來往密切，有多首詞投贈。史宅之曾於理宗嘉熙二年（1238）閏四月至三年正月，淳祐元年（1241）三月至三年二月兩度擔任平江（蘇州）知府，

補充資料。
〔註73〕〔元〕脫脫等，《宋史》，第36冊，卷418，頁12515～12520。
〔註74〕楊《箋》，頁338。

〔註75〕正是吳文英待在蘇州倉幕的時間。

總計吳文英寫給史宅之的詞共有十首，除了祝賀、應酬之外，亦有眞情流露之作。如〈燕歸梁・對雪醒作，上雲麓先生〉一詞：

> 一片遊塵拂鏡灣。素影護梅殘。行人無語看春山。背東風、兩蒼顏。　夢飛不到梨花外，孤館閉、五更寒。誰憐消渴老文園？聽谿聲、寫冰泉。〔註76〕

「雲麓先生」即史宅之，「消渴老文園」是夢窗自稱。整首詞的意象黯淡，「遊塵」、「梅殘」、「蒼顏」，兼以置身於封閉的空間，使整首詞充滿自憐意味。

在陪伴倉幕及蘇州地方官的生活之外，吳文英經常活動的地點是當地貴公子郭清華（希道）的府第，即夢窗詞裡所謂的「清華池館」。〔註77〕夢窗所寫的陪倉幕餞行詞〈聲聲慢〉（檀欒金碧），地點就在郭清華家，推測郭氏和倉幕中人的往來也頗爲頻繁。吳文英〈絳都春〉詞序自述，他「往來清華池館六年，賦詠屢矣，感昔傷今，益不堪懷」，全詞如下：

> 春來雁渚。弄艷冶、又入垂楊如許。困舞瘦腰，啼濕宮黃池塘雨。碧沿蒼蘚雲根路。尚追想、凌波微步。小樓重上，憑誰爲唱，舊時金縷。　凝佇。煙羅翠竹，欠羅袖、爲倚天寒日暮。強醉梅邊，招得花奴來尊俎。東風須惹春雲住。□莫把、飛瓊吹去。便教移取薰籠，夜溫繡戶。〔註78〕

開頭「春來雁渚」三句引發重遊之感。「困舞瘦腰」二句形容楊柳枝上沾雨，一副不勝柔弱，楚楚可憐的模樣。「碧沿蒼蘚雲根路」的「雲根」指石頭，〔註79〕「沿」字表現出行走間的流動感。〔註80〕由「路」

〔註75〕田玉琪，《徘徊於七寶樓臺——吳文英詞研究》，頁15。

〔註76〕楊《箋》，頁302。

〔註77〕郭清華其人生平不詳，推測可能是蘇州當地的貴家公子。

〔註78〕楊《箋》，頁211。

〔註79〕見黃畬，《山中白雲詞箋》（杭州：浙江古籍出版社，1994年），頁406〈祝英台近〉（帶飄飄）詞注。

〔註80〕見楊《箋》，頁211。

而思及美人之「凌波微步」，脈絡清晰。「小樓重上」以下三句蓋與〈聲
聲慢〉詞下片：「知道池亭多宴，掩庭花、長是驚落秦謳。膩粉闌干，
猶聞憑袖香留。輸他翠漣拍甃，瞰新妝、時浸明眸。簾半卷，帶黃花、
人在小樓」相互呼應。下片用杜甫〈佳人〉：「日暮翠袖薄，佳人倚修
竹」字面，〔註81〕表示佳人已不在此地。「強醉梅邊」二句具有勉力
留春之意。而以「飛瓊」比喻梅花，結尾「便教移取薰籠，夜溫繡戶」
脫胎自周邦彥〈花犯・詠梅〉詞意：「更可惜，雪中高樹，香篝熏素
被。」〔註82〕意謂移取梅花熏被，使繡戶充滿清香。

　　夢窗集中其他與郭清華有關的詞不少。如：〈婆羅門引〉（風漪
亂翠）詞題提到：「郭清華席上為放琴客而心有所盼，賦以見喜。」
〔註83〕並且，吳文英也為郭清華的夫人寫過一首名為〈絳都春〉（香
深霧暖）的壽詞。而〈花心動〉（入眼青紅）題為「郭清華新軒」；〈花
犯〉（小娉婷）則是應「郭希道送水仙索賦」而作。〔註84〕這些詞說
明吳文英在蘇州經常忙於宴飲、應酬，並且寫一些應景的詞，為人錦
上添花。

（二）蘇州、杭州、紹興三城轉徙：淳祐四年（1244）～十一年（1251）

　　淳祐四年（1244）至十一年（1251）之間，吳文英過著蘇州、杭
州、紹興三城轉徙的生活。淳祐四年（1244），吳文英旅居紹興。另
一方面，淳祐四年（1244）十月至六年三月，史宅之任紹興知府，
〔註85〕田玉琪推測，吳文英於淳祐四年旅居紹興，或許便是投奔史宅
之去了。〔註86〕隔年，吳文英再返蘇州，作〈聲聲慢・壽魏方泉〉（鶯

〔註81〕　《杜詩鏡銓》，卷5，頁231。
〔註82〕　《清真集校注》，頁103。
〔註83〕　楊《箋》，頁143。
〔註84〕　以上三首詞分見楊《箋》，頁205、273、113。
〔註85〕　見吳廷燮撰，張忱石點校，《南宋制撫年表》（與北宋經撫年表合刊）
　　　　　（北京：中華書局，2004年），卷上，頁431。
〔註86〕　見〈喜遷鶯〉詞序：「甲辰冬至寓越，兒輩尚留瓜涇蕭寺。」楊《箋》，

聲團徑）詞獻給當時任平江知府的魏峻。〔註87〕淳祐六年赴杭，之後
則無資料證實其再有前往蘇州的行跡。淳祐六年至九年，吳文英皆在
杭州，直到淳祐九年（1249），因吳潛知紹興府之故，再次旅居紹興。
據夏承燾說，集中〈浣溪沙‧仲冬出迓履翁，舟中即興〉（新夢遊仙
駕紫鴻）詞可能就是本年所作。〔註88〕

　　此外，在淳祐六年至九年間，吳文英有詞投贈賈似道。史料記載，
賈似道於淳祐六年擔任京湖制置使，九年任京湖安撫制置大使，十年
三月任兩淮制置大使。〔註89〕於此期間，夢窗曾投贈三首詞，分別是：
〈宴清都‧壽秋壑〉（翠匣西門柳）、〈木蘭花慢‧壽秋壑〉（記瓊林宴
起）和〈水龍吟‧過秋壑湖上舊居寄贈〉（外湖北嶺雲多）。至於另一
首〈金盞子‧賦秋壑西湖小築〉（卜築西湖），投贈的時間可能在理宗
景定元年（1260），賈似道入朝為相之後不久。〔註90〕從詞作內容來
看，多應酬之意，並無深刻之情感。

　　淳祐十一年（1251）的二月，吳文英在杭州，杭州太守趙與重修
當地名勝豐樂樓，吳文英應邀作〈鶯啼序〉題於壁上，傳為美談。
〔註91〕茲錄其詞：

> 天吳駕雲閬海，凝春空燦綺。倒銀海、蘸影西城，四碧天
> 鏡無際。彩翼曳、扶搖宛轉，雯龍降尾交新霽。近玉虛
> 高處，天風笑語吹墜。　　清濯緇塵，快展曠眼，傍危闌
> 醉倚。面屏障、一一鶯花，薜蘿浮動金翠。慣朝昏、晴光
> 雨色，燕泥動、紅香流水。步新梯，黷視年華，頓非塵
> 世。　　麟翁袞舃，領客登臨，座有誦魚美。翁笑起，離

頁 241。

〔註87〕按魏峻字叔高，號方泉，娶理宗之姊四郡主為妻。見《癸辛雜識‧
　　　　後集》，頁 58。又，據《姑蘇志》，魏峻於淳祐五年四月至六年三月
　　　　任蘇州知府。（上海：上海書店，1990 年），第 1 冊，頁 179。
〔註88〕見〈吳夢窗繫年〉，《唐宋詞人年譜》，頁 473。
〔註89〕見《宋史》，卷 474，頁 13780。
〔註90〕見〈吳夢窗繫年〉，《唐宋詞人年譜》，頁 482。
〔註91〕見〔宋〕周密，《武林舊事》，卷 5。《東京夢華錄（外四種）》，頁 377。

席而語，敢詫京兆，以役爲功，落成奇事。名良慶會，賡
歌熙載，隆都觀國多閒暇，遣丹青、雅飾繁華地。平瞻太
極，天街潤納璇題，露床夜沉秋緯。　　清風觀闕，麗日
罘罳，正午長漏遲。爲洗盡、脂痕茸唾，淨捲麴塵，永晝
低垂，繡簾十二。高軒駟馬，峨冠鳴佩，班回花底修禊飲，
御爐香，分惹朝衣袂。碧桃數點飛花，湧出宮溝，遡春萬
里。〔註92〕

〈鶯啼序〉是現存詞調中最長的一個詞調，宋詞中少有作者，而夢窗
選擇此調賦詠名勝，可見其自恃才華過人的一面。

（三）暮途為客：淳祐十一年（1251）以後

淳祐十一年（1251）以後，吳文英的行蹤，目前仍缺乏資料得知
其行跡。而在蘇州與他交情頗爲密切的幕主吳潛，於理宗寶祐四年
（1256）四月至開慶元年（1259）十月，以觀文殿大學士沿海制置使
兼判慶元軍府。慶元府的治所即在吳文英的故鄉鄞縣。在這段期間，
吳文英是否投靠他，不得而知。

從有限的資料中可知，理宗景定元年（1260），吳文英在紹興，
爲嗣榮王趙與芮門客，作〈燭影搖紅〉（天桂飛香）、〈水龍吟〉（望中璇
海波新）壽嗣榮王；〈宴清都〉（萬壑蓬萊路）、〈齊天樂〉（玉皇重賜瑤
池宴）獻榮王夫人。〔註93〕此後行蹤則難以確考，更不知其所終。

總結吳文英的生涯，可說積極地和蘇、杭、越三地的地方官或顯
貴人士交往，大部分的生活圍繞著公私應酬、聚會，以他出色的文采
博取名聲及維持生活。只是，這樣的生活型態終究是不穩定的。而且，
三城轉徙的生活形態容易一再被喚起先前的經驗和感受，使他難以抗
拒地沉浸在往日的回憶之中。正是因爲身分的關係，現存《夢窗詞》
中的應酬之作不少，統計約有一百一十首左右（詳見附錄二），約佔

〔註92〕楊《箋》，頁188。
〔註93〕詳見吳熊和，〈夢窗詞補箋〉的考證。《文學遺產》，2007年第1期，
　　　　頁67～68。

現存《夢窗詞》詞的三分之一。筆者整理出《夢窗詞》中應酬的詞作，從中歸納出八個主題：餞別（二十二首）、陪遊（七首）、道賀（兩首）、祝壽（十五首）、賦名屋池館（二十四首）、席間賦詞（十五首）、與友人酬唱（十一首）、酬贈（十五首）。（見「附錄」）

　　由「附錄二」可見吳文英交遊層面甚廣，上至王公卿相，下至地方官吏、名士、江湖詩人均有。在這些詞之中，無謂之作不少。例如，在酬贈這個主題中，如〈瑞鶴仙・贈絲鞋莊生〉（萬心抽瑩繭）〔註94〕、〈一寸金・贈筆工劉衍〉（秋入中山）〔註95〕，都是形式精緻卻缺乏深厚情感的作品，僅在典故的運用上翻新出奇以逞其才。而壽詞的典型作法是將壽星的名字嵌入詞句，再加上與其姓氏有關的名人典故組織成篇。

　　不過，並非吳文英所有的應酬詞作都是如此。周茜曾考證吳文英和周密、尹煥、沈義父、馮去非、施樞、陳郁、翁孟寅等七位同時代文人的交往，並舉出吳文英寫給他們的詞，說明吳文英與這些文人的交情之深摯。〔註96〕另外，吳文英長年飄零江湖，結交許多江湖遊士或幕僚人物，在寫給這些人的詞作中，除了表達相知相憐的感情之外，也抒發身世寥落之感。如〈繞佛閣・與沈野逸東皋天街盧樓追涼小飲〉中說：「浪迹尙爲客，恨滿長安古道。還記暗螢穿簾街語悄。嘆步影歸來，人鬢花老。」〔註97〕又〈憶舊遊・別黃澹翁〉（送人猶未苦）中說：「賦情頓雪雙鬢，飛夢逐塵沙。嘆病渴淒涼，分香瘦減，兩地看花。」〔註98〕

　　以上所述爲吳文英的職業生涯及其人際交遊網絡的概況。普遍而言，友情的慰藉或許能稍微安撫遊士寂寞的心，而男女情感之遇合更往往成爲一種救贖，讓漂泊無依的心靈暫時找到歸宿。以柳永的〈鶴

〔註94〕楊《箋》，頁 11。
〔註95〕同上，頁 26。
〔註96〕《映夢窗　凌亂碧──吳文英及其詞研究》，頁 203～218。
〔註97〕楊《箋》，頁 29。
〔註98〕同上，頁 336。

沖天〉爲例,即爲此種心理的反應:

> 黃金榜上。偶失龍頭望。明代暫遺賢,如何向。未遂風雲
> 便,爭不恣狂蕩。何需論得喪,才子詞人,自是白衣卿
> 相。　　煙花巷陌,依約丹青屛障。幸有意中人,堪尋芳。
> 且恁偎紅翠,風流事、平生暢。青春都一晌。忍把浮名,
> 換了淺斟低唱。〔註99〕

詞人在功業或人生追求上受到挫折,轉而尋求「意中人」之慰藉的情
形,屢屢見諸詞篇。詞裡的「意中人」指煙花柳巷的市井妓,這也是
唐宋詞人與歌妓交往的形式之一。根據李劍亮的研究,唐宋詞人與歌
妓交往的方式可分爲「青樓尋歡」、「家妓獻唱」、「官署聽歌」、「攜妓
出遊」等四種形式。〔註100〕後三種交往的形式多半是官員或貴公子
才有能力辦到,而一般基層文人與歌妓交往的方式,多是出入青樓,
尋求生理或情感方面的安慰。才華較高的文人也許有機會應邀參與達
官貴人的宴會,而在宴席上應其官妓或家妓的請求,作詞以贈。以吳
文英爲例,他的〈聲聲慢〉(春星當戶)一詞題爲「飲時貴家,即席
三姬求詞」,即爲應席之作。而其情感生活,與柳永一樣,和歌妓的
關係頗深。他的「節序懷人」詞曾述及:「青樓彷彿,臨分敗壁題詩,
淚墨慘淡塵土」(〈鶯啼序〉(殘寒正欺病酒))、「青樓舊日,高歌取醉,
喚出玉人梳洗」(〈永遇樂・乙巳中秋風雨〉(風拂塵徽)),可見經常
出入青樓,與歌妓的往來亦頗爲密切。

　　至於吳氏情事的內容,以及所引發的爭議,將在下一節詳細析
論。

第四節　吳文英「懷人」詞情事辨析

　　《夢窗詞》中涉及男女私情的詞作數量頗多,而這些詞絕大多數
是以「追憶」的手法呈現,即筆者所謂的「懷人」詞。吳文英的「懷

〔註99〕薛瑞生校註,《樂章集校註》(北京:中華書局,1994年),卷下,頁
　　　239。
〔註100〕《唐宋詞與唐宋歌妓制度》,頁55～67。

人」詞反映出，主人翁在蘇州與杭州兩個城市裡一步一回頭，不斷回望，深陷在往事的漩渦之中。尤其杭州的「西湖」和蘇州的「西園」多次出現，令他魂夢牽縈，流連難捨。箇中原因，和吳文英的生涯脫離不了關係：他成長後的日子主要是在當時南宋數一數二的繁華城市杭州、蘇州度過的；而且，他的「懷人」詞也反映出生命中最深刻的情事亦發生在此二地。

　　吳文英「懷人」詞的研究，主要是以所謂「情事說」爲主軸發展，同時也和全集的箋釋進程緊密聯繫在一起。歷來詮釋夢窗的「懷人」詞，多建立在「情事」基礎之上立說，但由於缺乏外在的證據，形成眾說紛紜的情況。目前學界在夢窗情事問題上的爭議主要有二，一爲「懷人」詞抒情對象之人數，二爲情事發生之先後順序。以下先列舉學者的主張及論證，釐清抒情對象歸屬幾人的問題，再針對這些說法的矛盾之處提出商榷。

　　夢窗情事之研究，乃以夏承燾提出的「二妾說」爲主軸發展，並與《夢窗詞集》的箋釋過程有著緊密聯繫。在「二妾說」之前，陳洵即已提出夢窗詞中具有「思去妾」之意。他的《海綃說詞》選夢窗詞七十首加以評說，並仔細分析其章法布置。據陳文華的研究，《海綃說詞》中直接、間接提及和「去妾」有關的詞共有四十三首，比例頗高，而他對夢窗情事的詮釋也對夏承燾有所啓發。〔註101〕不僅如此，陳洵以「去妾」爲抒情對象解讀夢窗詞的作法，在上個世紀九零年代的夢窗詞研究仍發揮其影響，此點容待後文詳述。

　　在陳洵之後，夏承燾作〈夢窗詞集後箋〉、〈吳夢窗繫年〉，勾勒出吳文英情事的輪廓及懷人詞的抒情對象爲：

> 集中懷人諸作，其時夏秋，其地蘇州者，殆皆憶蘇州遣妾；
> 其時春，其地杭者，則悼杭州亡妾。一遣一死，約略可稽。
>
> 〔註102〕

〔註101〕　《海綃翁夢窗詞說詮評》，頁 347～348。
〔註102〕　夏承燾，〈吳夢窗繫年〉，《唐宋詞人年譜》（上海：中華書局，1961

這個說法發表後不久便獲得回應。夏承燾在日記裡提到廈門大學的周岸登（癸叔）的來信說：

> 夢窗有二妾，一名燕，湘產，而娶于吳，曾一至西湖，卒于吳。一爲杭人，不久遣去，見於《乙稿》〈三姝媚〉、〈畫錦堂〉。又少年戀一杭女，死於水。見於〈定風波〉及「飲白醪感少年事」二詞。〔註103〕

周氏主張夢窗有二妾的看法和夏氏的意見相同，至於「少年戀杭女」之說，夏氏則未表認同。從上述的兩段引文可以看出，夢窗「懷人」詞所涉及的地點主要在蘇州（吳）與杭州（杭）兩地，而一直以來學者爭論的癥結即在於夢窗詞中涉及兩地的情事描寫之對象，究竟該分別看待或歸屬一人？再加上夢窗集中的「懷人」詞，只有淳祐四年～六年間所寫的數首「節序懷人」詞標明寫作時間，而事涉杭州或西湖的「節序懷人」詞或一般「懷人」詞卻沒有表明作於何時，如此模糊複雜的情況充分體現在學者對「杭州情事」發生時間的爭論上。

　　夏承燾的「二妾說」影響重大，學界探討吳文英的情詞，多同意夏說；或從夏說出發，提出修正、補充的意見。而夢窗情事更在楊鐵夫的詮釋下趨於複雜化，而且，範圍由「懷人」詞擴大到詠物詞或酬唱和韻詞作。楊鐵夫的〈吳夢窗事迹考〉雖提出與夏承燾相似的說法，卻另有獨自發明之處。他歸納吳文英的戀情對象是「一去姬，一故妾，一楚伎。」〔註104〕落實在作品的箋釋上，楊氏不但在解詞時明確指

〔註103〕　《天風閣學詞日記》，1929 年 10 月 11 日。收入《夏承燾集》第 5 冊，頁 125。

〔註104〕　見楊鐵夫箋釋，陳邦炎、張奇慧校點，《吳夢窗詞箋釋》（廣東：廣東人民出版社，1994 年），頁 36。本文徵引此書之處頗多，爲免繁冗，以下引用時一律簡稱楊《箋》。補充說明一點，夏承燾的〈夢窗詞集後箋・渡江雲三犯〉條說：「此紀初遇杭妾，與鶯啼序、畫錦堂諸詞參看。夢窗蘇杭二妾，一遣一死，詳於予作吳夢窗繫年淳祐四年下。」見氏著《唐宋詞論叢》（香港：中華，1985 年），頁 204。這顯示夏氏對夢窗情事的見解已散見於〈後箋〉。據楊鐵夫〈吳夢窗事跡考〉所述，他是看過〈後箋〉的，因此他的看法很可能受

年），頁 467。

出某首作品含有「憶去姬」、「憶去姬及故伎」或「憶楚伎」之意，並
將吳文英的許多詠物詞視為「借題憶姬」的作品。譬如楊氏認為「憶
楚伎」的詞有〈鳳棲梧・化度寺池蓮一花最晚，有感〉：

> 湘水煙中相見早。羅蓋低籠，紅拂猶嬌小。妝鏡明星爭晚
> 照。西風日送凌波杳。　　惆悵來遲羞窈窕。一霎留連，
> 相伴闌干悄。今夜西池明月到。餘香翠被空秋曉。〔註105〕

以及〈霜天曉角〉：

> 香莓幽徑滑。縈繞秋曲折。簾額紅搖波影，魚驚墜，暗吹
> 沫。　　浪闊。輕棹撥。武陵曾話別。一點煙紅春小，桃
> 花夢、半林月。〔註106〕

第一首的「湘水」可能引起與「楚地」有關的聯想，可以理解。不過
何以第二首詞能夠解釋成追憶楚伎，楊鐵夫並未說明。而「借題憶姬」
的則可以〈風流子・芍藥〉為例：

> 溫柔酣紫曲，揚州路、夢繞翠盤龍。似日長傍枕、墮妝偏
> 髻，露濃如酒，微醉欹紅。自別楚嬌天正遠，傾國見吳宮。
> 銀燭夜闌，暗聞香澤，翠陰秋寂，重返春風。　　芳期嗟
> 輕誤，花君去、腸斷妾若為容。惆悵舞衣疊損，露綺千重。
> 料繡窗曲理，紅牙拍碎，禁階敲遍，白玉盂空。猶記弄花
> 相謔，十二闌東。〔註107〕

像這一類的詠花詞，楊鐵夫皆認為具有「憶姬」之意。究其原因，或
許和夢窗的一些詠花詞涉及懷人情節有關，此點容待第五章第二節詳
細析論之。

　　楊鐵夫是第一位為夢窗詞集作全集箋釋的學者，他對夢窗情事
的看法值得重視。不過，楊氏的箋釋重點著重於年月事跡較為顯著的
蘇州情事上，至於夢窗故伎的具體情事內容為何？以及楚伎之說法根

　　　到夏承燾的影響。
〔註105〕楊《箋》，頁330。
〔註106〕同上，頁331～332。
〔註107〕同上，頁81。

據爲何？又，何以某一首詞可斷爲同時憶姬與憶故伎？這些問題楊氏均未詳細解釋。

　　儘管楊鐵夫在夢窗詞的箋釋裡提到所謂的「楚伎」，但數量只寥寥數首，難以服人。因此學者主要仍就夏承燾的「二妾說」提出回應。劉永濟修正夏說，認爲夢窗的「懷人」詞多半爲蘇州的「去妾」而作，而他懷人詞中涉及杭州的詞，乃是因爲吳文英帶著蘇妾移居杭州的緣故。而蘇州的妾離開之後，夢窗在杭州另有戀人，但「似未成娶」。〔註108〕劉氏的說法是在夏說的基礎上作細節的調整與補充，實際上還是認同夢窗有兩位戀愛對象的。而謝桃坊則對吳文英懷人詞抒情對象的身分提出假設，認爲懷人詞是爲兩位女子而作，她們的身份「先是蘇州的一位民間歌妓，後是杭州某貴家之妾。」〔註109〕兩位學者均認爲夢窗的戀愛對象主要爲二人，至於他們的觀點觸及情事先後順序的複雜問題，這個部份留待後文再討論。

　　當夏承燾的「二妾說」幾乎成爲學界普遍接受的看法時，另有學者遠承陳洵的主張，認爲吳文英的「懷人」詞全爲蘇州的戀人而作。謝思煒從情感「專一」的立場出發，將夢窗詞中有關西湖情事的詞和蘇州的情詞合而爲一，以兩首長調〈鶯啼序〉（殘寒正欺病酒）、〈橫塘棹穿豔錦〉爲證，認爲夢窗戀愛的主要經歷在杭州，而蘇州所作多是憶杭州之事。〔註110〕這個說法的問題在於爲遷就建立詞人「情感專一」的形象，認定杭州、蘇州情詞爲一人而寫，有「意念先行」的問題，恐失之拘執。

　　謝文發表之後，錢錫生也持相同觀點，並進一步推斷夢窗的情事始末爲：

　　夢窗「十載西湖」時期與一女子傾心相愛，但這種愛情似

〔註108〕劉永濟，《微睇室說詞》（與《唐五代兩宋詞簡析》合刊）（北京：中華書局，2007年），頁141。

〔註109〕〈吳文英及其詞〉，謝桃坊，《宋詞概論》（成都：四川文藝，1992年），頁390。

〔註110〕〈夢窗情詞考索——兼論本事考索及情詞發展歷史〉，頁88～89。

> 乎爲封建理法所不容。……也許是爲了擺脫這樣的困境，
> 他們一起到了「吳苑」，在蘇州共度了一段幸福穩定的生
> 活……後來，這種平靜的生活不知因何被打破……等他第
> 二次到杭州，故地重遊之際，其姬已死。〔註111〕

按錢文的思考脈絡，乃以夢窗的詠物詞〈瑣窗寒〉（紺縷堆雲）詞爲
基礎，搭配夢窗詞集中相關的情詞，串連起一段哀婉纏綿的夢窗情
事。只是，若照錢氏的說法，夢窗在杭州的戀情難見容於封建理法，
何以到了蘇州就能夠公開？

　　「一妾說」的說法顯然是有漏洞的，因此，筆者仍傾向接受夏
承燾的「二妾說」，即夢窗的「懷人」詞乃以兩位女子爲主要抒情
對象。

　　那麼，究竟他的杭州情事在前還是蘇州情事在前便成爲另一個需
要解決的問題。對此，學者亦有兩派說法。認爲杭州情事在前的以方
秀潔、錢鴻瑛爲代表。而謝思煒、錢錫生雖然認定吳文英懷人詞的抒
情對象只有一位，不過在杭州與蘇州情事孰先孰後的問題上兩人所抱
持的均是杭州情事在前的態度。歸納而言認定杭州情事在蘇州之前的
原因，主要基於兩點：一是從吳文英早年的遊蹤推斷。〔註112〕二是
從懷人詞的筆調來看，提及杭州或西湖的懷人詞充滿著青春浪漫的色
彩，似乎將其置於少年客杭時期會比放在蘇妾離開之後來得具有說服
力。〔註113〕

　　另一方面，認爲杭州情事發生在蘇州情事之後的學者則爲劉永
濟、謝桃坊與田玉琪。劉永濟只說吳文英「在杭別有所戀，似未成
娶。」而謝桃坊則將吳文英的第二次戀愛發生時間斷在淳祐三年
（1243）離開蘇州到杭州的初期。〔註114〕田玉琪則將把時間稍微推

〔註111〕　〈關於吳文英生平中的兩個問題〉，頁83。
〔註112〕　錢鴻瑛，《夢窗詞研究》，頁61～69。
〔註113〕　Grace S. Fong. *Wu Wengying and the Art of Southern Song Ci Poetry.* pp.23.
〔註114〕　《宋詞概論》，頁392。

遲到「淳祐年間的中後期」，〔註115〕約當淳祐六年（1246）以後。追根究底，學者之所以認為夢窗在蘇妾離去之後於杭州別有所戀，可能受夏承燾〈吳夢窗繫年〉在「淳祐四年」一條底下列出和蘇妾有關的詞之後，又說「夢窗似不止一妾」的說法影響。但夏氏亦說「唐宋詞人多狎妓納妾之作，夢窗尤多費辭，姑連書之，以見當時風習。」〔註116〕這句話顯示將蘇妾、杭妾有關的詞與事置於同一條目，乃是「姑連書之」的權宜之舉，並不能以此斷定蘇州情事在前，杭州在後。且根據夏氏〈荔枝香近·七夕〉詞箋：

> 卷中凡七夕、中秋、悲秋詞，皆懷蘇州遣妾之作，其時在淳祐四年；凡清明、西湖、傷春詞，皆悼杭州亡妾之作，其時在遣蘇妾之後。〔註117〕

在這段文字中，夏氏只說夢窗「悼」亡妾之作寫在遣蘇妾之後，但這並不表示夢窗的杭州情事發生在淳祐年間蘇妾離去之後；換言之，杭州情事發生的時間和寫給杭女的懷人詞的寫作時間是兩回事。

其次，認為夢窗在蘇妾離去之後於杭州別有所戀這個說法極容易面對與夢窗詞詞情不合的挑戰。夢窗曾自言「十載寄吳苑」、「十載吳宮會」，他在蘇州居住的時間約十一、二年，這是諸家都能認同的。而夢窗觸及「懷人」情事的詞中曾提及「十載西湖」之事，和「十載寄吳苑」的情形相似，雖然「十載」二字非必吻合十年之數，但是至少表示有一段長期待在杭州，以杭州為家的時間，並且在那期間和杭姬發生一段感情。可是我們從他的生涯來看，在淳祐三年（1243）之後的幾年，他過著在蘇州、杭州、紹興三地轉徙的生活，和其詞中自道「十載西湖，傍柳繫馬，趁嬌塵軟霧」的風流瀟灑形象描述難以吻合。

其三，檢視夢窗詞中西湖（杭州）、西園（蘇州）兩地合寫的詞，

〔註115〕《徘徊於七寶樓臺——吳文英詞研究》，頁43。
〔註116〕〈吳夢窗繫年〉，頁466。
〔註117〕〈夢窗詞集後箋〉，《唐宋詞論叢》，頁208。

次序皆爲「杭前蘇後」，茲摘錄幾首詞中的相關詞句爲證：

十年一夢淒涼，似西湖燕去，**吳館**巢荒。（〈夜合花・自鶴江入京，泊葑門有感〉（柳暝河橋））〔註118〕

痛恨不、買斷斜陽，**西湖**醖入春酒。　　**吳宮**亂水殘煙，留連倦客，慵更回首。（〈宴清都〉（病渴文園久））〔註119〕

十載**西湖**，傍柳繫馬，趁嬌塵軟霧。溯紅漸、招入仙溪，錦兒偷寄幽素。倚銀屏、春寬夢窄，斷紅濕、歌紈金縷。暝堤空，輕把斜陽，總還鷗鷺。　　幽蘭漸老，杜若還生，**水鄉**尚寄旅。別後訪、六橋無信，事往花委，瘞玉埋香，幾番風雨。長波妒盼，遙山羞黛，漁燈分影春江宿，記當時、短楫桃根渡。青樓彷彿，臨分敗壁題詩，淚墨慘淡塵土。（〈鶯啼序〉（殘寒正欺病酒））〔註120〕

西湖舊日，畫舸頻移，歎幾縈夢寐。霞佩冷、疊瀾不定，麝靄飛雨，乍溼鮫綃，暗盛紅淚。練單夜共，波心宿處，瓊簫吹月霓裳舞，向明朝、未覺花容悴。嫣香易落，回頭澹碧消煙，鏡空畫羅屏裏。　　殘蟬度曲，唱徹**西園**，也感紅怨翠。念省慣、**吳宮**幽憩。（〈鶯啼序荷・和趙修全韻〉（橫塘棹穿艷錦））〔註121〕

前兩個詞例的體製均爲上、下片形式，後兩個詞例則爲四疊的形式。第一個例子摘錄自〈夜合花〉詞的下片，表面看來似乎是以「燕去」、「巢荒」這種形象化的比喻表現生涯的失落、悵然，但事實上「西湖」、「吳館」並非隨意列舉，而含有先後之意。再就詞的形式來看，曲調的前、後段往往具有暗示時間之移轉或跨越的含意。後三個詞例之中，當吳文英追憶往事而將杭州、蘇州兩地並提時的順序皆爲「杭前蘇後」，〈宴清都〉在過片處先寫西湖，後說吳宮，第一首〈鶯啼序〉

〔註118〕楊《箋》，頁286。
〔註119〕同上，頁337。
〔註120〕同上，頁191。
〔註121〕同上，頁193。

在第二、三疊提及西湖、水鄉，〔註122〕第二首〈鶯啼序〉的第三、
四疊亦爲西湖在前，西園在後。應爲杭州的情事發生在前，而蘇州的
在後較爲符合。

　　分開來看，夢窗詞中以西湖或西園爲背景的懷人詞作不少。先說
西湖。夢窗在杭州曾有過一段戀情，而這段戀情的主要場景即在西湖
周邊。顯著的例子如〈定風波〉：

　　密約偷香□踏青。小車隨馬過南屏。回首東風消鬢影。重
　　省。十年心事夜船燈。　　　離骨漸塵橋下水，到頭難減景
　　中情。兩岸落花殘酒醒。煙冷。人家垂柳未清明。〔註123〕

開頭的兩句描寫的是一段浪漫、狂熱的秘密約會，但隨即全詞便籠罩
在一層死亡的陰影底下。「離骨漸塵橋下水」可知其人已香消玉殞。
正因爲這段感情以悲劇作終，所以當吳文英回憶起西湖情事時，總帶
著濃厚的哀傷情緒。

　　另一個讓夢窗心心念念徘徊不去的地點是蘇州的西園。吳文英對
他在蘇州的生活充滿眷戀之情，曾發出「可惜人生，不向吳城住」（〈點
絳唇・有懷蘇州〉明月茫茫）的感嘆。如前所述，他在蘇州的生活重
心在於陪同倉幕的長官、僚屬出遊，偶爾參加一些應酬聚會。在這種
無謂的生活中，最值得他追念者，是與某位歌妓間的一段戀情，而這
段情事的主要場景就是在西園，請看以下的兩首詞：

　　燈火雨中船。客思緜緜。離亭春草又秋煙。似與輕鷗盟未
　　了，來去年年。往事一潸然。莫過西園。凌波香斷綠苔錢。
　　燕子不知春事改，時立鞦韆。〈浪淘沙〉〔註124〕

　　時霎清明，載花不過西園路。嫩陰綠樹。正是春留處。　　燕
　　子重來，往事東流去。征衫貯。舊寒一縷。淚濕風簾絮。〈點
　　絳唇〉〔註125〕

〔註122〕就當時的情況及參考蘇州的地理形勢，「水鄉」一詞指蘇州較爲合
　　　　理。
〔註123〕楊《箋》，頁135。
〔註124〕同上，頁343。
〔註125〕同上，頁123。

夢窗詞中少見淚落或其他情緒激動的字眼，此地〈浪淘沙〉詞則明言
「往事一潸然」，流露難以自抑之感傷。有關夢窗生平兩段重要情事
的相關詞作，因爲本文的三、四、五章均將論及，此處只是先舉幾個
例子略述之。

　　總結前文所述，吳文英杭州情事發生的時間在蘇州情事之前，地
點多圍繞著西湖周邊之景點如六橋、南屏山等地。從其懷念「錦兒偷
寄幽素」（〈鶯啼序〉（殘寒正欺病酒））、「密約偷香」（〈定風波〉（密
約偷香□踏青））的情景看來，事跡頗爲隱密，似有不能爲外人所知
之隱衷。而當他重寓杭州，得知女子已死之消息，追撫遊蹤，至爲深
痛，此已見諸前引之〈定風波〉詞。至於回憶蘇州情事的部分，則較
多描寫兩人生活相處細節，或飲酒歡度端午、中秋等節序，或共處西
園之種種。蘇妾離開後，吳文英頓失情感依靠。兩段情事的缺憾，是
夢窗一生難解之心結，並轉化爲創作上的驅力與素材來源。

　　當然，夢窗情事的複雜程度不僅於杭、蘇情事的糾葛，夢窗詞中
也有不是以「追憶」的筆法寫成，而紀錄一場偶然重遇或短暫之邂逅
的詞作。譬如〈掃花遊・西湖寒食〉詞的下片寫：

> 乘蓋爭避處。就解佩旗亭，故人相遇。恨春太妒。濺行裙
> 更惜，鳳鉤塵污。酹入梅根，萬點啼痕暗樹。峭寒暮。更
> 蕭蕭、隴頭人去。

「解佩」有「解下佩帶物，以示情愛」之意，「故人」指的是情人。
〔註126〕最後以「更蕭蕭、隴頭人去」作結，可見兩人於旗亭短暫交
會，雨停人去，終究仍陷入長遠無盡的分離，令人無奈。「故人」所指
涉的對象是離開的蘇妾還是杭女，甚至是其他對象，則難以確知。

　　又如〈賀新郎・湖上有所贈〉：

> 湖上芙蓉早。向北山、山深霧冷，更看花好。流水茫茫城
> 下夢，空指遊仙路杳。笑蘺障、雲屏親到。雪玉肌膚春溫

〔註126〕按此典出自《列仙傳・江妃二女》（上海：上海古籍出版社，1990
　　　　年），頁8。

夜，飲湖光、山潑成花貌。臨澗水，弄清照。　　著愁不
盡宮眉小。聽一聲、相思曲裡，賦情多少。紅日闌干鴛鴦
枕，那枉裙腰褪了。算誰識、垂楊秋娟。不是秦樓無緣分，
點吳霜、羞戴簪花帽。但殢酒，任天曉。〔註127〕

「湖上」蓋指杭州西湖，所贈對象爲青樓歌妓。由詞中「點吳霜、羞
戴簪花帽」句判斷，當爲離蘇赴杭之後所作，而詞的主旨即如吳蓓所
云，爲「青樓卻妓」之詞。〔註128〕

　　至此，有關夢窗情事的內容還剩下一個細節：即所謂「蘇妾」離
去的時間。楊鐵夫說淳祐三年秋末冬初，吳文英卸下蘇州倉幕的職
務，帶著蘇妾遷往杭州，但是這個說法恐怕難以成立。田育奇指出，
〔註129〕作於淳祐二年（1242）的〈六醜〉（漸新鵝映柳）詞裡的「青
鸞杳、鈿車音絕」與〈水龍吟・癸卯元夕〉（淡雲籠月微黃）詞中的
「鈿車催去急，珠囊袖冷。愁如海、情一線」詞句已見「懷人」之意，
表示在作詞的當時，蘇妾已經離去。〔註130〕參酌前兩首詞之詞情，
筆者認爲田氏的說法可從。

　　吳文英集中可繫年的詞並不多，罕見的是理宗淳祐三年（1243）
至五年間出現較多註明寫作時間的詞，在這樣的情況下，淳祐四年至
五年所寫的幾首節序懷人詞顯得別具意義。尤其是淳祐四年甲辰，吳
文英在蘇州寫了〈滿江紅〉（結束蕭仙・甲辰歲盤門外過重午）、〈鳳
棲梧・甲辰七夕〉（開過南枝花滿院）、〈尾犯・甲辰中秋〉（紺海掣微
雲）三首詞；那一年冬天，他旅居紹興，作〈喜遷鶯・甲辰冬至寓越，
兒輩尚留瓜涇蕭寺〉（冬分人別）。這四首詞是《夢窗詞》中除了應酬
作品之外罕見標明寫作時間、地點的作品，它們恰好都是節序詞，而

〔註127〕　楊《箋》，頁139。
〔註128〕　《彙校輯評》，頁350。
〔註129〕　按：田育奇與田玉琪當是同一人。
〔註130〕　〈青鸞何時杳，鈿車何時絕──再議吳文英蘇妾離去之時間〉，《台
　　　　　州師專學報》，第23卷第1期（2003年1月），頁36～38。按：這
　　　　　篇文章亦見於田玉琪，《徘徊於七寶樓臺──吳文英詞研究》，頁17
　　　　　～22。

且，從內容上看，「皆有懷人語」。〔註131〕

　　筆者認為，前述四首「節序懷人」詞的寫作動機與吳文英的處境關係密切。直接的原因有可能是他實際上遭遇情感的變故，和情人分開，導致一系列的懷人詞作產生。另一方面，淳祐三年年底，吳文英人在杭州，與翁元龍有「斷橋並馬之遊」；〔註132〕淳祐四年則回到蘇州，冬天又轉往紹興，據田玉琪的推測，和交情頗佳的平江知府史宅之於淳祐四年十月轉調紹興府有關。〔註133〕吳文英是一位文藝遊士，在蘇州的十年是他一生之中生活相對穩定的時期。他離開蘇州倉幕的原因不明，但極有可能是為維持生計另謀出路。當一個人的前途未明，因而對前一個人生階段的穩定狀態，或其所處之空間、所接觸之人事格外懷念，是可以理解的。從淳祐三年到五年之間吳文英的行蹤漂泊的情況看來，生計操之在他人之手，未來茫茫難以掌握，可能是促使他密集寫作「懷人」詞的一個契機。

〔註131〕夏承燾，〈吳夢窗繫年〉，《唐宋詞人年譜》，頁465。
〔註132〕見〈柳梢青〉（斷夢遊輪）詞序。楊《箋》，頁289。
〔註133〕《徘徊於七寶樓臺──吳文英詞研究》，頁15。

第二章　宋人的節序生活與節序詞

　　前一章，我們掌握吳文英遊士生涯的梗概，知道他一生的活動範圍主要在蘇州、杭州、紹興等經濟、文化發達之地，是一個生活在城市裡的文人，接著我們要把焦點轉向吳文英的詞。《夢窗甲乙丙丁稿》中，應酬唱和、追憶情事、分韻詠物三大類型的詞鼎足而立。身為清客，寫下許多應酬作品，或為逞才競技而在詠物詞上下功夫，都可以理解，唯獨對情愛回憶的執著，使吳文英在宋代詞人之中顯得特別突出。沒有一個詞人花費如此多的篇幅憶往懷人，更沒有一個詞人像吳文英這樣熱衷在節序詞中書寫懷人情事，基於這兩點，他的「節序懷人」詞格外引人注意。

　　先談節序。必須先說明的是，儘管現代學者的著作中對內容涉及節氣與節日的詩、詞多半冠以「節令」二字，然而參諸宋人筆記或詩、詞選集、詞話，皆以「節序」稱之，幾經斟酌，筆者決定擇取宋人慣用的「節序」一詞，免使敘述上產生夾雜、混淆的情形。而本文所討論的宋代節序詞作品，範圍包含下列五項：一、詞題或詞序明白指出某個節序者；二、詞中出現節序名稱者；三、詞中提及節序風物者；四、詞中描述節序習俗或活動者；五、非節序詞，但詞中出現節序名者，例如：「寒食近」、「近重陽」等。〔註1〕

〔註 1〕這裡參考張金蓮《兩宋上巳、寒食、清明詞研究》一文的定義，頁3
　　～4。

在敘述宋朝兩京（汴京、臨安）美好光景的筆記小說如《東京夢華錄》等書中，對於宋人過節種種，從正月元旦到十二月除夕的由來、習俗，天子官員到庶民百姓如何慶祝等，均有詳細記載。本章將從《東京夢華錄》、《都城記勝》、《西湖老人繁勝錄》、《夢粱錄》、《武林舊事》、《歲時廣記》等多部宋人筆記中關於節序習俗的描述切入，分析節序對宋人生活的意義，繼而聚焦在節日對吳文英的意義，並透過宋代節序詞名作，一窺宋人面對節序遞嬗的心態。

第一節　宋人筆記中的節序生活

中國的歲時節序體系成形於漢、魏時期，[註2] 至唐、宋大致定型。談到歲時節日對傳統中國社會的重要性，學者幾乎都會留意到《禮記》這段文字：

> 子貢觀於蜡。孔子曰：「賜也，樂乎？」對曰：「一國之人皆若狂，賜未知其樂也。」子曰：「百日之蜡，一日之澤，非爾所知也。張而不弛，文武弗能也；弛而不張，文武弗為也。一張一弛，文武之道也。」[註3]

子貢對臘祭時舉國狂歡的景象有些擔憂，孔子卻認為那是在適度調節民眾的生活節奏，具有維持社會運作秩序的功用，當以正面態度看待。宋代官方的節日政策基本上也是抱持這樣的心態，甚至鼓勵人民放鬆心情，盡情享樂。

成書於南宋的《東京夢華錄》開啟了宋代以後城市筆記書寫的風氣，光是在南宋，仿效的作品便多達四部：《都城記勝》、《西湖老人繁勝錄》、《夢粱錄》和《武林舊事》。[註4] 這幾本書的序、跋不約而

〔註 2〕 蕭放，《歲時──傳統中國民眾的時間生活》（北京：中華書局，2002年），頁 92。

〔註 3〕 陳澔注，《禮記・雜記下》（上海：上海古籍，1987 年），頁 238。

〔註 4〕 奚如谷，〈釋「夢」──《東京夢華錄》的來源、評價與影響〉，樂黛雲、陳玨編，《北美中國文學研究名家十年文選》（南京：江蘇人民出版社，1996 年），頁 539～540。

同地表明書寫動機在於記下耳目聞見的名物勝景，爲消逝（或恐即將消逝）的美好時代留下證據，具有「盛世備忘錄」的意味。請看以下幾段文意相近的話語：

> 僕數十年爛賞疊遊，莫知厭足。一旦兵火，靖康丙午之明年，出京南來，避地江左，情緒牢落，漸入桑榆。暗想當年，節物風流，人情和美，但成悵恨。近與親戚會面，談及曩昔，後生往往妄生不然。僕恐浸久，論其風俗者，失於事實，誠爲可惜。僅省記編次成集，庶幾開卷，得睹當時之盛。（幽蘭居士《東京夢華錄·序》）〔註5〕

> 僕遭遇明時，寓游京國，目覩耳聞，殆非一日，不得不爲之集錄。其已於圖經志書所載者，便不重舉。此雖不足以形容太平氣象於萬一，亦髣髴《名園記》之遺意焉；但記其實不擇其語，獨此爲愧爾。（耐德翁《都城記勝·序》）〔註6〕

> 乾道、淳熙間，三朝授受，兩宮親奉，古昔所無。一時聲名文物之盛，號「小元祐」。豐亨豫大，至寶祐、景定，則幾於政、宣矣。予曩昔於故家遺老得其梗概，及客修門閫，聞退璫老監談先朝舊事，輒耳諦聽，如小兒觀優，終日夕不少倦。既而曳裾貴邸，耳目益廣，朝歌暮嬉，酣玩歲月，意謂人生正復若此，初不省承平樂事爲難遇也。及時移物換，憂患飄零，追想昔遊，殆如夢寐，而感慨系之矣。（四水潛夫《武林舊事·序》）〔註7〕

> 矧時異事殊，城池苑囿之富，風俗人物之盛，焉保其常如疇昔哉！緬懷往事，殆猶夢也。（吳自牧《夢粱錄·序》）〔註8〕

〔註5〕〔宋〕孟元老撰，伊永文箋注，《東京夢華錄箋注》（北京：中華書局，2006年），頁1。

〔註6〕〔宋〕西湖老人等撰，王民信編，《西湖老人繁勝錄三種》（台北：文海，1981年），頁59～60。

〔註7〕《文淵閣四庫全書》（台北：台灣商務，1983年），第590冊，頁174。

〔註8〕〔宋〕吳自牧撰，《夢粱錄》（台北：文海，1981年）。

老一輩的人在歲時流轉中坐嘆榮華衰謝，新的一代人盡情歌舞又唯恐好景不常。《東京夢華錄》序於高宗紹興十七年歲除日（1148），作者身歷北宋敗亡，避禍南遷的噩夢。《夢梁錄》的成書時間仍有爭議，序中僅標明「甲戌歲中秋日」，按書中引用《咸淳志》的資料推斷，成書時間必定在度宗以後，然而是否爲度宗咸淳十年（1274）的那個「甲戌歲」，仍有人持懷疑態度。〔註9〕《武林舊事》作者泗水潛夫即是宋末的知名詞人周密，此書可斷定作於入元之後，當是周密移居杭州癸辛街時所作。〔註10〕「武林」是杭州的別名，以杭州境內的武林山得名。以上四段引文所序的著作，除了成書於理宗端平二年（1234）的《都城記勝》倣效李格非《洛陽名園記》「園囿之興廢，洛陽盛衰之候」之意，〔註11〕以炫耀的口吻訴說杭州城裡的飲食、娛樂之外，其餘三部筆記皆作於「時異事殊」、「憂患飄零」的大亂之後。〔註12〕這些書的作者過慣了聽歌看舞，觀燈賞花的承平生活，壓根兒料想不到毀壞來得如此突然、劇烈，致使他們在痛惜的心理之下，透過書寫，將記憶中的華年盛事完整封存。

　　前述五部城市筆記內容涉及的面向寬廣，當中揭示宋代兩京的園囿池林、禮制、節序風俗、飲食、娛樂、結社、日常生活等諸多層面，皆可另立子題獨立探討。如果說城市筆記內容反映出作者看待一座城

〔註9〕 原因在於作者序的結尾寫著「甲戌歲中秋日」，而當時宋朝尚未亡國，不寫年號似乎不太合理。四庫館臣因此懷疑「甲戌」恐爲誤書。見〔清〕紀昀、陸錫熊、孫士毅等原著，四庫全書研究所整理《欽定四庫全書總目（整理本)》（北京：中華，1997年），頁968～969。

〔註10〕見夏承燾，〈周草窗年譜〉，《唐宋詞人年譜》，頁351。

〔註11〕李格非，〈書洛陽名園記後〉，《洛陽名園記》。收入周光培主編《宋代筆記小說》第9冊，頁99～100。

〔註12〕必須補充說明的是，《西湖老人繁勝錄》一書輯錄自《永樂大典》第七千六百三卷「杭」字韻，原書序、跋不存。不過從書中提到慶元（按：1195～1200）間「油錢」一條來看，此書應當作於南宋寧宗時。見万建中、周耀明、陳順宣著，《漢族風俗史》第3卷《隋唐‧五代宋元漢族風俗》（上海：學林出版社，2004年），頁272。

市的視野，那麼編排順序暗示的就是作者目光流轉的方向。從《東京夢華錄》到《夢粱錄》幾部筆記的目次編排及當中敘述節序風俗的份量可看出，節序在宋人生活裡的重要程度，上至士大夫，下至市井小民，皆沉醉在與歲時節序有關的事物、娛樂之中。其中《東京夢華錄》的編輯體例影響到《夢粱錄》與《武林舊事》，以下先詳列討論。該書卷次為：

卷第一

東都外城　舊京城　河道　大內　內諸司　外諸司

卷第二

御街　宣和樓前省府官宇　朱雀門外街巷　州橋夜市　東角樓街巷　潘樓東街巷　酒樓　飲食果子

卷第三

馬行街北醫鋪　大內西右掖門外街巷　大內前州橋東街巷相國寺內萬姓交易　寺東門街巷　上清宮　馬行街鋪席般載雜賣　都市錢陌　雇覓人力　防火　天曉諸人入市諸色雜賣

卷第四

軍頭司　皇太子納妃　公主出降　皇后出乘輿　雜賃　修整雜貨及齋僧請道　筵會假賃　會仙酒樓　食店　肉行餅店　魚行

卷第五

民俗　京瓦伎藝　娶婦　育子

卷第六

正月　元旦朝會　立春　元宵　十四日車駕幸五嶽觀　十五日駕詣上清宮　十六日　收燈都人出城探春

卷第七

清明節　三月一日開金明池、瓊林苑　駕幸臨水殿觀爭標錫宴　駕幸瓊林苑　駕幸寶津樓宴殿　駕幸射殿射弓　池苑內縱人關撲遊戲　駕回儀衛

卷第八

四月八日　端午　六月六日崔府君生日二十四日神保觀神

生日　是月巷陌雜賣　七夕　中元節　立秋　秋社　中秋

重陽

卷第九

十月一日　天寧節　宰執親王宗室百官入內上壽　立冬

卷第十

冬至　大禮預教車象　車駕宿大慶殿　駕行儀衛　駕宿太

廟奉神主出室　駕詣青城齋宮　駕詣郊壇行禮　郊畢駕回

下赦　駕還擇日詣諸宮行謝　十二月　除夕〔註13〕

這是一份看似安排有序卻顯露出些許不和諧的目錄，卷一到卷三介紹
汴京的城池河道，大內與官署的分布，以及街市的位置；卷四將皇子
娶親、公主出嫁、皇后外出所乘車駕，和酒樓、食店、肉行等介紹置
於同一卷，令人匪夷所思。卷五是敘述重心從空間轉向歲時活動的一
個過渡；卷六以後介紹正月至十二月間的歲時節慶，並穿插天子的幾
次固定巡幸。〔註14〕

　　而在《夢粱錄》裡，編輯順序顛倒過來，轉為按時序遞嬗登場的
禮儀、應景活動在前，之後才是杭州城的地理空間、坊陌分布。此書
卷一至卷六的編次為：

卷一

正月　元旦大朝會　立春　元宵　車駕詣景靈宮孟饗　二

月　八日祠山聖誕　二月望

卷二

三月（佑聖真君聖誕附）　諸州府得解士人赴省闈　蔭補

未仕官人赴銓　清明節　諸庫迎煮　州府節制諸軍春教

〔註13〕　《東京夢華錄箋注》，頁1～4。

〔註14〕　奚如谷認為：「《夢華錄》是支離性的，是偶然而武斷地分布著的記
　　　　　憶來結構的。」見〈皇后、葬禮、油餅與豬──《東京夢華錄》和
　　　　　都市文學的興起〉，李豐楙編，《文學、文化與世變》（台北：中研院
　　　　　文哲所，2002年），頁204。

二十八日東嶽聖帝誕辰　暮春

卷三

四月　皇太后聖節　宰執親王南班百官入內上壽賜宴　皇
帝初九日聖節　僧寺結制　五月（重五附）　士人赴殿試
唱名

卷四

六月（崔眞君誕辰附）　七月（立秋附）　七夕　解制日
（中元附）　八月　中秋　解闈　觀潮

卷五

九月（重九附）　明禋年預教習車象　明堂差五使執事官
駕出宿齋殿　五輅儀式　差官軷祭及清道　駕詣景靈宮儀
仗　駕回太廟宿奉神出主室　駕宿明堂齋殿行裡祀禮　明
禋禮成登門放赦　郊祀年駕宿青城端城殿行郊祀禮

卷六

十月　立冬　孟冬行郊饗禮遇明禋歲行恭謝禮　十一月冬
至　十二月　除夜〔註15〕

卷七之後才介紹杭州城的地理位置、政府機構、各色行號等。顯然，
在《夢粱錄》作者的心中，杭州城的人文活動最吸引他的目光，並可
見節序及隨著節序而登場的諸多應景活動在杭人生活中的影響，除了
農曆十月、十一月份的節慶比較少，其餘時間杭人幾乎都沉浸在節慶
的氣氛當中。〔註16〕成書時間晚於《夢粱錄》的《武林舊事》一書，
內容編排如下：

卷一

慶壽冊寶　四孟駕出　大禮（南郊、明堂）　登門肆赦　恭
謝　聖節

〔註15〕〔宋〕吳自牧撰，《夢粱錄・目錄》。收入周峰點校，《東京夢華錄（外
四種）》（北京：文化藝術出版社，1998 年），頁 119～120。

〔註16〕〔法〕謝和耐撰，馬德程重譯，《南宋社會生活史》（台北：中國文
化大學出版部，1982 年），頁 160。

卷一敘述宋孝宗為高宗祝壽的排場，以及朝廷行郊禮，頗有追念故國盛事的意思，卷七記錄孝宗奉親事亦同。卷二、三主要介紹節序風俗；

〔註17〕　《武林舊事‧目錄》。見周峰點校，《東京夢華錄（外四種）》，頁313～314。

卷四、五羅列杭州的宮殿和湖山名勝；卷六是某些特殊營業場所或行業分子的介紹。而卷八「宮中誕育儀例略」和「皇后歸謁家廟」對了解南宋晚期的宮廷儀規頗有幫助，卷九、十的焦點放在南宋初期的名將循王張俊一家的豪奢上。卷九提及高宗駕臨張府，張府所準備的諸色精緻飲食；卷十的〈張約齋賞心樂事〉一篇，則依月令列舉可賞玩、享用的景色與物產，加上名目眾多的宴會，令人目不暇給。例如：「歲節家宴」、「人日煎餅會」、「重午節泛蒲家宴」、「叢奎閣上乞巧家宴」、「重九家宴」、「旦日開爐家宴」、「冬至節家宴」、「除夕守歲家宴」，幾乎逢節必設宴，由此可見南宋富貴人家的日常生活風貌。張約齋名鎡，是張俊之孫。

　　附帶一提，周密另著有《乾淳歲時記》，內容與《武林舊事》卷二、三重複，只比《武林舊事》少「西湖遊幸」一條。

　　除卷次安排以外，幾部筆記皆不約而同地以廣大篇幅敘述節序風俗。從中可見節日與宋人生活的關係之緊密。有關宋人的重要節日及過節時的種種活動，暫容筆者稍後陳述。此處要先提的是，《東京夢華錄》還影響到成書於南宋的兩本談到歲時風俗的書。一本是南宋寧宗嘉定（1208～1224）年間成書的金盈之的《新編醉翁談錄》。〔註18〕這本書的卷三、卷四有「京城風俗記」，記錄北宋汴京的歲時景致。在此，我們又見到與前引幾段序、跋意思相近的一段話：

> 予世居京城，自渡江以來，每思風物繁盛則氣拂吾膺。暇
> 日因命兒姪輩鈔錄一年景致及風俗好尚，無不備載，行將
> 恢復，再見太平，當知予言歷歷可驗也。〔註19〕

同樣出自渴望失落的繁華有朝一日重現的心理。而另一本書，即出現於南宋晚期的宋代節序風俗百科大全《歲時廣記》，徵引自《東京夢華錄》者尤其多。這本書的問世，更足以證明中國的歲時節序文化至

〔註18〕 成書年代乃從卷 1 所錄嘉定己巳（二年，1209）〈史丞相上梁文〉推斷。

〔註19〕 〔宋〕金盈之，《新編醉翁談錄‧京城風俗記》（板橋：藝文印書館，1970 年），卷 3，頁 1。

宋代臻於鼎盛。無論是節日的來源、內涵，還是相應的習俗或風物等，均詳細介紹。《歲時廣記》作者陳元靚，生平不詳，而從書前道士劉純（字君錫）的引文推測，本書的成書時間應在理宗紹定乙丑（1229）之前。〔註20〕本書吸收宋代以前歲時記的記載，和《東京夢華錄》中述及歲時風俗的條目、呂希哲《歲時雜記》（原書失傳）的大部分內容，與洪邁《夷堅志》中和節日有關的傳說，羅列春、夏、秋、冬四時及元旦、上元、寒食、清明、上巳、端午、七夕、中秋、重九、冬至等節序風俗。書中每一條目的標題均爲三個字，如：「戴春燕」、「預賞燈」、「浴蘭湯」等。當中述及不少佚事或傳說，對解讀宋人節序詩、詞多有幫助。

　　以上是從幾部宋代筆記的編排分析宋人對歲時風俗的重視。宋人在節日裡做些什麼？每一個節日的意義和內涵爲何？背後反映出什麼心理？以下即以《東京夢華錄》、《都城記勝》、《西湖老人繁勝錄》、《夢梁錄》、《武林舊事》、《醉翁談錄》、《歲時廣記》等書的記載，以及近人的研究成果，略作說明。〔註21〕

　　另外，在論述的順序方面，據統計，《全宋詞》中收錄的節序詞合計一千四百餘首，前五名依序是元宵、重陽、中秋、七夕、端午。〔註22〕因此以下介紹宋代重要節日，除將先從宋人的「三大節」談起外，接著依序談元宵、重陽、中秋、七夕、端午，最後再談一些比較次要的節日。不按照月令先後排列，是希望藉由出現在宋人詞作中的節日的頻率高低看這些節日對宋人生活的影響，而非僅是臚列節序風

〔註20〕見陳妙如，《歲時廣記研究》（台北：文化大學中文所碩士論文，2006年），頁6。

〔註21〕由於《東京夢華錄》一書所述北宋節日風俗多半也影響到南宋，加上它又有現代學者伊永文所撰的詳實可靠的注解本，對我們理解內容提供很大幫助，因此以下有關宋代節序的敘述將以此書爲主要根據，簡略不足之處，或者某些到南宋才發展出的特殊習俗，再參考其他幾部筆記及近人所寫的《南宋社會生活史》、《宋代市民生活》等著作加以補充。

〔註22〕黃杰，《宋詞與民俗》（北京：商務印書館，2005年），頁20。

俗而已。

（一）宋人的「三大節」

1. 元旦

　　對宋人而言，「寒食、多至、元旦」是重要的「三大節」。〔註23〕
在北宋神宗時期，逢三大節日，官署各放假七天，即節日當天與節日
前、後三天不辦公，〔註24〕至南宋寧宗時假期縮減為五天，但仍可見
其重要地位。〔註25〕要說宋人的元旦習俗，得先從除夕說起。除夕這
天，一般人家打掃門戶，換門神，掛鍾道，釘桃符，貼春牌，祭祀祖
先。宮中擺出大驅儺儀式，由皇城司諸班帶著面具，穿著繡畫雜色衣
裳，手拿金槍、銀戟、五色旗幟等兵器，裝扮成判官、鍾道、六甲、
六丁、五方鬼使、灶君、土地等神，從禁中出發，沿路鼓吹，一路驅
祟到東華門外，轉龍池灣，稱之為「埋祟」，方才散去。〔註26〕夜裡
燃放爆竹，無論士庶，都有「守歲」的習慣。

　　元旦為一年之始，朝廷舉行朝會，皇帝接受百官及各國使節的慶
賀。民間則無論官民，都換上潔淨新衣，相互恭賀。「開封府放關撲
三日。」接近夜晚，「貴家婦女，縱賞關賭，入場觀看，入市店飲宴，
慣習成風，不相笑訝。至寒食多至三日亦如此。」〔註27〕「關撲」是
一種賭博遊戲，以銅錢為賭注，丟擲於地或器皿中，再依錢幣的正、
反面論勝負，贏者可得到金錢或財物。〔註28〕根據《武林舊事》的記
載，皇宮在這一天施放煙火、允許小販進宮販賣食品、賞燈，如同元

〔註23〕《新編醉翁談錄・京城風俗記》，卷4，頁4。
〔註24〕朱瑞熙著，《中國政治制度通史・宋代卷》，頁696。
〔註25〕戴建國點校，《慶元條法事類》，收入楊一凡、田濤主編，《中國珍稀
　　　　法律典籍續編》第1冊（哈爾濱：黑龍江人民出版社，2002年），卷
　　　　11，頁213。
〔註26〕《夢梁錄》，卷6。見周峰點校《東京夢華錄（外四種）》，頁169。
〔註27〕《東京夢華錄箋注》，卷6，頁514。
〔註28〕請參照伊永文，《宋代市民生活》（北京：中國社會出版社，1999
　　　　年），頁232～245，文中對宋代關撲遊戲的規則敘述更為細膩。

夕。〔註29〕而民間流傳的習俗有燃爆竹、飲屠蘇酒、上五辛盤、畫桃符等，都帶有驅邪消厄的意思。燃爆竹原先的用意是爲了驅避惡鬼；而飲屠蘇酒的涵義有一說是「屠者，言其屠絕鬼疠；蘇者，言其蘇醒人魂。」但是眞正的起因其實難以細究。上「五辛盤」的「五辛」是指大蒜、小蒜、韭菜、云苔、胡荽五種氣味濃烈的食物，據說有開五臟、去伏熱的效果。桃符，依照《歲時雜記》記載：「桃符之制，以薄木版長二、三尺，大四、五寸，上畫神像狻猊白澤之屬，下書左鬱壘右神荼。或寫春詞，或書祝禱之語，歲旦則更之。」〔註30〕姜夔〈鷓鴣天・丁巳元日〉詞寫：「嬌兒學作人間字，鬱壘神荼寫未眞」〔註31〕就是最佳寫照。

緊鄰元旦的節氣是「立春」。由於元旦和立春同時的情況很常見，故在此一併介紹。立春的活動有買春牛、進春牛、鞭春牛、送春牛等，圍繞在和農耕有關的「春牛」上，其意均爲勸農。〔註32〕

立春的另一個習俗是女子習慣簪上春旛或戴春燕以應節。詞裡寫到立春時女子的裝扮，多在此著墨。譬如辛棄疾〈漢宮春・立春日〉（春已歸來）：「春已歸來，看美人頭上，裊裊春幡。」〔註33〕吳文英〈祝英台近・除夜立春〉（剪紅情）：「剪紅情，裁綠意，花信上釵股。」〔註34〕均是其例。

2.寒食

「三大節」中的寒食節是春天的大節日，它的由來和周朝的改火制度有直接關係，而介子推（之推）故事則更加豐富了寒食節的內涵。

〔註29〕《武林舊事》，卷2。見《東京夢華錄（外四種）》，頁341。
〔註30〕以上三段引文分別見《歲時廣記》。《宋代筆記小說》第12冊，卷5，頁181、185、197。
〔註31〕〔宋〕姜夔著，《白石詩詞集》（北京：人民文學出版社，1998年），頁97。
〔註32〕《東京夢華錄箋注》，卷6，頁534。
〔註33〕鄧廣銘箋注，《稼軒詞編年箋注》（上海：上海古籍出版社，1998年），卷1，頁5。
〔註34〕《東京夢華錄箋注》，卷7，頁626。

相傳介子推有功於晉文公，晉文公回國登位之後，派人請介子推出來當官，但介子推堅決不接受，與母親逃入山中。晉文公以放火燒山逼迫，結果發現介子推和他的母親燒死在山中。鄰人憐憫介子推的遭遇，在他的忌日——冬至後一百五日——當天不生火、不炊飯，吃冷食來記念他。〔註35〕從宋人筆記可看出，介子推故事在民間的影響力很大。例如，《東京夢華錄》裡記載：

> 清明節，尋常京師以冬至後一百五日爲大寒食。前一日謂之「炊熟」。用麵造棗䭇飛燕，柳條串之，插於門楣，謂之「子推燕」。子女及笄者，多以是日上頭。寒食第三節即清明日矣。凡新墳皆用此日拜掃，都城人出郊。禁中前半月發宮人車馬朝陵，宗室南班近親亦分遣詣諸陵墳享祀，從人皆紫衫，白絹三角子，青行纏，皆係官給。〔註36〕

從唐代開始，寒食、清明兩個節日即已合流，〔註37〕到宋代成爲連續假期，假期中最重要的活動就是祭掃墳墓與郊遊踏青。宋代的法令規定，從寒食到清明，「太學」放假三日，「武學」放假一日。在省墳祭掃之後，緊接著出現的是冶遊踏青，歌舞取樂的場景：

> 四野如市，往往就芳樹之下，或園囿之間，羅列杯盤，互相勸酬。都城之歌兒舞女，遍滿園亭，抵暮而歸。各攜棗䭇、炊餅，黃胖、掉刀、名花異果、山亭戲具、鴨卵雞雛，謂之「門外土儀」。轎子即以楊柳雜花裝簇頂上，四垂遮映。自此三日，皆出城上墳，但一百五日最盛。節日坊市賣稠餳、麥糕、乳酪、乳餅之類。緩入都門，斜陽御柳；醉歸院落，明月梨花。諸軍禁衛，各成隊伍，跨馬作樂四出，謂之「摔腳」。其旗旌鮮明，軍容雄壯，人馬精銳，又別爲一景也。〔註38〕

一般民眾賞花、聽歌、看舞；諸軍禁衛也可藉機放鬆一下心情。由此

〔註35〕見《歲時廣記》。《宋代筆記小說》第 12 冊，卷 15，頁 470～474。
〔註36〕《東京夢華錄箋注》，卷 7，頁 626。
〔註37〕王熹、李永匡，《中國節令史》（台北：文津，1995 年），頁 192。
〔註38〕《東京夢華錄箋注》，卷 7，頁 627。

也可見「清明」是個融合了悲喜兩種情緒的節序；一方面容易引發人們感傷悼亡之情，另一方面，春遊的喜悅，或因春遊而引發的浪漫邂逅又淡化了感傷、嗟嘆的灰色情調。

到了南宋，《夢粱錄》所描述的清明活動同樣著重於上墳祭掃的活動和踏青郊遊的盛況，而杭州城周圍的湖山勝景眾多，更添杭人遊賞的興致：

> 清明交三月，節前兩日謂之「寒食」。京師人從冬至後數起至一百五日，便是此日，家家以柳條插於門上，名曰「明眼」。凡官民不論大小家，子女未冠笄者，以此日上頭。寒食第三日即清明節，每歲禁中命小內侍於閣門用榆木鑽火，先進者賜金碗、絹三匹。宣賜臣僚巨燭，正所謂「鑽燧改火」者，即此時也。禁中前五日發宮人車馬往紹興攢宮朝陵。宗室南班亦分遣諸陵，行朝享禮。向者從人官給紫衫、白絹、三角兒青行纏，今亦遵例支給。至日亦有車馬詣赤山諸攢，并諸宮妃王子墳堂行享祀禮。官員士庶俱出郊省墳以盡思時之敬。車馬往來繁盛，填塞都門。宴于郊者，則就名園芳圃，奇花異木之處；宴于湖者，則綵舟畫舫，款款撐駕，隨處行樂。此日又有龍舟可觀，都人不論貧富，傾城而出，笙歌鼎沸，鼓吹喧天，雖東京金明池未必如此之佳。殢酒貪歡，不覺日晚。紅霞映水，月挂柳梢，歌韻清圓，樂聲嘹喨，此時尚猶未絕。男跨雕鞍，女乘花轎，次第入城。又使童僕挑著木魚、龍船、花籃、鬧竿等物歸家，以饋親朋鄰里。杭城風俗侈靡相尚，大致如此。〔註39〕

引文所述「改火」也是清明節的一項重要活動。從引文也可以看出，到了南宋，寒食節在門楣上插「子推燕」的習俗變成了插柳於檐前，由劉克莊詩「寂寂柴門村落裡，也教插柳記年華」〔註40〕即可知。《夢粱錄》的作者以誇耀的口吻敘述杭州人在清明節時如何恣情遊

〔註39〕 《夢粱錄》，卷2。《東京夢華錄（外四種）》，頁50～51。
〔註40〕 〈寒食清明二首〉，劉克莊撰，《後村先生大全集》，卷9，頁86。

賞。杭城的清明節比北方汴京多了一項龍舟競渡。龍舟競渡一般都在五月「端午節」舉行，不過在南方也有提早到清明節的。而命令童僕挑木魚、龍船等物品餽贈，意義等同於《東京夢華錄》裡說的「門外土儀」。

3. 冬至

「冬至」，是一歲節氣循環之始，宋人視爲和年節同等重要的節日，朝廷大朝會的儀節等同元旦。〔註41〕老百姓穿上新衣，「饋送節儀，及舉杯相慶、祭享宗禋，加於常節。」〔註42〕。北宋人習慣在這一天吃餛飩，至南宋此風猶存。〔註43〕朝廷開放關撲，店鋪休市三天，民眾盡情賭博享樂。

以下簡述宋代元宵、重陽、中秋、七夕、端午五節日風俗，而和這幾個節日有關的特殊故事，將視之後討論詞例的需要再作說明。

（二）其他重要節序

1. 元宵

除了「三大節」以外，宋代最多彩多姿的節日非元宵莫屬。元宵節在正月十五日，夜晚的賞燈活動眾所矚目，北宋時便已極盡鋪張，南宋更有過之。賞燈的活動很早就在皇宮裡展開，「禁中自去歲九月賞菊燈之後，迤邐試燈，謂之『預賞』。」〔註44〕而民間的燈節活動則在正月十四日展開。據說唐代燈節只有三天，北宋時增加十七、十八兩天，形成連續五天的燈會。〔註45〕至南宋理宗時期，又追加一天。〔註46〕

〔註41〕 《武林舊事》，卷3。《東京夢華錄（外四種）》，頁359。
〔註42〕 《夢梁錄》，卷6。同上，頁167。
〔註43〕 見《歲時廣記》，卷38。《宋代筆記小說》第13冊，頁518。
〔註44〕 《武林舊事》，卷2。《東京夢華錄（外四種）》，頁341。
〔註45〕 《東京夢華錄箋注》提到，徽宗曾經下旨展延燈會的日期。見卷6，頁597。
〔註46〕 說見陳熙遠，〈中國夜未眠——明清時期的元宵、夜禁與狂歡〉，《中研院歷史語言研究所集刊》第七十五本第二分，2004年6月，頁

　　宋太宗時，三元不禁夜，而上元游觀之盛，冠於前代。〔註47〕
不僅在當時的都城汴京如此，南方杭州的元夕也同樣精采，蘇軾的
〈蝶戀花〉（燈火錢塘三五夜）詞可為印證：「燈火錢塘三五夜，明月
如霜，照見人如畫。帳底吹笙飄香麝，更無一點塵隨馬。」〔註48〕元
宵之可觀可賞，在燈，也在人。婦女「戴珠翠、鬧蛾、玉梅、雪柳、
菩提葉、燈珠、銷金盒、蟬貂袖、項帕，而衣多尚白，蓋月下所宜
也。」〔註49〕另外，街上的雜技或歌舞表演令人目不暇給。根據《夢
梁錄》一書所說，元宵「舞隊」的數目不下數十種，而姜夔詩形容舞
女意猶未盡的自賞姿態堪稱妙筆：「燈已闌珊月氣寒，舞兒往往夜深
還。只因不盡婆娑意，更向階心弄影看。」〔註50〕

　　舉國沉浸在元宵節的狂歡氣氛之中，推究其背後意義，誠如陳熙
遠所分析，在於：

> 在「日出而作，日落而息」的日常生活所預設之常態的、
> 慣性的空間與時間秩序裡，元宵節造成一種戲劇性的斷裂
> 與干擾，但這種斷裂與干擾卻是藉由接續或彌縫日常生活
> 裡的各種差序與界限而成：在「金吾馳禁」的默許下，元宵
> 的嘉年華會裡「無問貴賤，男女混雜，緇素不分」。〔註51〕

雖然是針對明、清兩代元宵節及其相關活動所顯示的意義而發，不
過，往前追溯至唐、宋時期，情理也相通。

2. 重陽

　　重陽的習俗主要為登高、賞菊。登高活動的由來，傳說東漢時

　　　285。原出處為〔明〕劉侗、于奕正撰，《帝京景物略》卷2〈燈市〉。
　　　見《中國風土志叢刊》15（揚州：廣陵書社，2003年），頁141。

〔註47〕見《歲時廣記》，卷10。《宋代筆記小說》第12冊，頁301轉引。原
　　　出處見〔宋〕宋敏求，《春明退朝錄》（北京：中華書局，1980年），
　　　卷中，頁29。

〔註48〕石聲淮、唐玲玲箋注，《東坡樂府編年箋注》，頁76。

〔註49〕《武林舊事》，卷2，頁344。

〔註50〕夏承燾，《白石詩詞集》，頁57。

〔註51〕〈中國夜未眠——明清時期的元宵、夜禁與狂歡〉，頁315。

人桓景跟隨費長房遊學，幾年後的某一天，費長房告訴桓景，九月九日他的家中將有災厄，要桓景儘快返家，讓家人製作紅色錦囊，內放茱萸，然後將錦囊繫在臂上登高、喝菊花酒以避禍，桓景照做了。九月九日當天，桓景和家人登高後回到家裡，發現家中的雞犬牛羊全數暴斃，代替他們一家承受了災厄。因此，重陽登高成為習俗，隱含著消災解厄的意義。〔註52〕和重陽登高習俗有關的軼事是「孟嘉落帽」，這個典故出自《晉書‧孟嘉傳》：

> （孟嘉）後為征西桓溫參軍，溫甚重之。九月九日，溫燕龍山，僚佐畢集。時佐吏並著戎服，有風至，吹嘉帽墮落，嘉不之覺。溫使左右勿言，欲觀其舉止。嘉良久如廁，溫令取還之，命孫盛作文嘲嘉，著嘉坐處。嘉還見，即答之，其文甚美，四坐嗟歎。〔註53〕

以上這段軼事，可見孟嘉才思敏捷、不拘小節。許多文人都在重九詩、詞中嵌入這個典故。劉克莊〈賀新郎‧九日〉（湛湛長空黑）詞就說：「常恨世人新意少，愛說南朝狂客。把破帽、年年拈出。」〔註54〕

　　宋人稱茱萸是「辟邪翁」，菊花為「延壽客」，重陽時將此二物放入酒中飲用，據說有去除邪氣的功效。重陽的當令花卉是菊花，因此延伸出賞菊、簪菊、飲菊花酒等活動。宋代的重陽節也是賞菊會，菊花的名目多達七、八十種，所謂「萬齡菊」、「桃花菊」、「木香菊」、「喜容菊」、「金鈴菊」、「金盞銀臺菊」等，都廣受民眾喜愛。重陽的應節食物叫「重陽糕」，作法是以糖麵蒸糕，上綴以豬、羊肉、鴨肉絲，再插上小彩旗。〔註55〕和元宵類似，重陽節在宮中設置「菊燈」，供

〔註52〕見《歲時廣記》，卷34。《宋代筆記小說》第13冊，頁403引〔梁〕吳均撰，〔明〕吳琯校，《續齊諧記》（台北：藝文印書館，1966年），頁5。

〔註53〕《晉書》（北京：中華書局，1974年），卷98，頁2581。

〔註54〕《後村詞箋注》（台北：大立出版社，1982年），卷4，頁289。

〔註55〕《夢梁錄》，卷5，頁150。

皇帝和妃嬪觀賞。

3. 中秋

　　一年之中，「冬則繁霜太寒，夏則蒸雲蔽月」，唯有八月中秋時候，月華清朗，最宜賞玩。中秋賞月的習俗起於唐代。〔註56〕到了宋代，無論宮廷與民間，賞月的風氣都很盛。汴京風俗，中秋節前，京城的酒店門面重新結綵裝飾、換上新的酒旗，同時配合新酒上市。富貴人家於自家的舞榭歌臺飲酒賞月；一般民眾聚集在酒樓，絲竹競奏通宵。〔註57〕而在南宋的都城臨安，中秋除賞月之外還可觀燈，錢塘江上擺放「一點紅」羊皮小水燈數十萬盞，燈月相映，好不燦爛。〔註58〕而中秋前後的錢塘江潮也很可觀，從八月十一日起便有民眾前往觀潮，十六、十八日則傾城而出，十八日最盛，這是因為府帥前往教習水軍的緣故。〔註59〕《西湖老人繁勝錄》提到：

> 中秋日，使府都水軍並戰船打陣子，於江內安撫，在浙江
> 亭上觀潮，弄潮人各有錢酒犒設，江岸幕次相連，轎馬無
> 頓處。〔註60〕

還有一些不惜性命之徒，手拿大彩旗或小清涼傘、紅綠小傘，裝飾各色的緞子，等待江潮湧現，泅於水上，弄潮為戲，不少人因此葬身江中。雖然官府明令禁止，此風仍頗為盛行。

4. 七夕

　　在中國的民間傳說中，七夕是牛郎、織女一年一度相逢的夜晚。傳說的起源很早，東漢時，〈古詩十九首〉寫道：

> 迢迢牽牛星，皎皎河漢女。纖纖擢素手，札札弄機杼。終
> 日不成章，泣涕零如雨。河漢清且淺，相去復幾許。盈盈

〔註56〕 韓廣澤、李岩齡著，《中國古代詩歌與節日習俗》（天津：天津人民出版社，1992 年），頁 201。
〔註57〕 《東京夢華錄箋注》，卷 8，頁 814。
〔註58〕 《武林舊事》，卷 3，頁 358。
〔註59〕 《夢粱錄》，卷 4，頁 147～148。
〔註60〕 見是書頁 106。

一水間，脉脉不得語。〔註61〕

這一夜，織女的車駕渡過天河與牛郎相會，古人發揮想像，稱七夕前一日下的雨叫「洗車雨」，而七夕當天下的雨則是「灑淚雨」。〔註62〕

七夕也是一個屬於婦人與小孩的節日。婦女多在庭院設下香案，對天祭拜，祈求手藝工巧，稱為「乞巧」。又有婦女在月下穿針，或以金、銀小盒盛裝小蜘蛛，隔天早上觀察蜘蛛所結的網絲是否圓正，是的話就稱作「得巧」。

在節物方面，宋代出現一種新的七夕應景飾品──「磨喝樂」，〔註63〕磨喝樂是泥塑的玩偶，精緻的以金珠牙翠作裝飾，底座以雕木彩裝或碧紗籠襯托。有的磨喝樂玩偶甚至一對價值高達數千錢。有些民眾則為自家孩兒買新荷葉，模仿「磨喝樂」裝扮。

5. 端午

端午節又稱「浴蘭令節」，以蘭祛除不祥之氣。學者歸納端午的起源，有四種說法：一是為紀念屈原；二是和吳越民族圖騰有關；三說起源於三代的夏至；四為惡月惡日趨避。〔註64〕在宋代，這些說法裡的不同元素其實已經糅合在一起，民間的端午風俗以驅邪消厄為主，而文人詩、詞則追弔屈原的含意屢見不鮮。宋代民眾一改前代習慣，不在端午節時於門戶上張貼朱索、桃印，而貼天師符。〔註65〕端午節還很流行佩帶符籙，競誇新巧；女子則於臂上繫五色絲，名「長命縷」，用意也在辟邪。〔註66〕蘇軾〈浣溪沙・端午〉（輕汗微微透碧紈）詞說：「彩線輕纏紅玉臂，小符斜掛綠雲鬟」，即寫出當時女子配

〔註61〕逯欽立輯，《先秦漢魏晉南北朝詩》（台北：學海出版社，1984年），頁331。

〔註62〕《歲時廣記》，卷26。《宋代筆記小說》第13冊，頁175。

〔註63〕按磨喝樂「本佛經云『摩睺羅』，俗訛呼為『磨喝樂』，南人目為『巧兒』。」《歲時廣記》，卷26。同上，頁196。

〔註64〕韓廣澤、李岩齡著，《中國古代詩歌與節日習俗》，頁138。

〔註65〕《中國節令史》，頁229。

〔註66〕《歲時廣記》，卷21。《宋代筆記小說》第13冊，頁21。

戴端午節物的美態。〔註67〕而杭人的習俗是在五月初一時,家家戶戶供養菖蒲、石榴、蜀葵、梔子等花,端午亦同。「尋常無花供養,卻不相笑;惟重午不可無花供養。」〔註68〕五月正值茉莉盛開,妓人無不簪戴三、兩朵花在頭上。

在宋代,清明與端午都有龍舟競渡的活動。不過到了南宋,都城杭州的居民端午時多乘畫舫遊賞西湖。〔註69〕風俗上習慣飲用菖蒲酒以辟邪,應景食物則為角黍(粽子),一般商家販售樣式精巧的粽子,而在京城杭州,甚至還有人將粽子製作成樓閣、舫船等造型。〔註70〕

以上介紹的是在宋人筆記或詩詞中所反映的份量較重的幾個大節日,其餘的節日,如中和節在二月朔,唐代人最重視這個節日,不過在宋代趨向式微,只剩「進單羅御服,百官服單羅衣裳」而已。〔註71〕又如三月三日上巳水邊祓禊之俗,晉人及唐人都很重視,著名的曲水流觴故事,就和上巳修禊之俗有關。杜甫詩〈麗人行〉也提到「三月三日天氣新,長安水邊多麗人。」不過宋代由於上巳、寒食、清明三節合流的關係,並不特別注重。

至此,可以歸納出幾點宋代的節序文化特色:

首先,比起唐人,宋人節序生活中的娛樂性更加濃厚,這一方面受到宋代城市經濟發展的影響,也和市民階層的興起有關。據《中國市民文學史》的定義,北宋天禧三年(1019)坊郭戶單獨列籍定等,可視為中國市民階層興起的標誌。〔註72〕市民階層在娛樂品味上偏好熱鬧、喜愛變化,體現在節日生活上,除了娛樂活動的多樣化之外,

---

〔註67〕見《東坡樂府編年箋注》,頁381。

〔註68〕《西湖老人繁勝錄》,《東京夢華錄(外四種)》,頁103。

〔註69〕《武林舊事》,卷3。同上,頁356。

〔註70〕《西湖老人繁勝錄》。同上,頁103。

〔註71〕《武林舊事》,卷2。同上,頁348。

〔註72〕謝桃坊,《中國市民文學史》(成都:四川人民出版社,1997年),頁14。

還有各種節物的好奇爭新。兼以宋朝建國以來，來自北方的威脅從未曾間斷。對宋人而言，節日狂歡背後還多了一層「對戰亂的憂懼，稍一和平，便要縱肆歡樂」的心理。〔註73〕

再者，宋人節序的商業氣息十足，例如在元宵、清明、冬至等大節日開放民眾關撲三日。而小販更迎合民眾的需求，配合節序推出應景商品供民眾關撲。例如《西湖老人繁勝錄》提到元夕前「街市撲賣，尤多紙燈，不計數目。清河坊至眾安橋，沙戲燈、馬騎燈、火鐵燈、進架兒燈、象生魚燈、一把蓬燈、海鮮燈、人物滿堂紅燈，燈火盈市，撲賣到元宵。」〔註74〕七夕則推出磨喝樂，有一首諧謔的詞傳神地寫出宋人對這種泥塑小偶的喜愛：

> 天上佳期，九衢燈月交輝。摩睺孩兒，鬥巧爭奇，戴短簷珠子帽，披小金縷衣。嗔眉笑眼，百般地斂手相宜。轉晴底工夫不少，引得人愛後如癡。快輸錢，須要撲。不問歸遲。歸來猛醒，爭如我活底孩兒？〔註75〕

詞裡寫磨喝樂姿態討喜，以致人失去理智花大錢關撲，結句略有諷意。

而節日的繁華景象和經濟發展可說互爲因果，節序可以刺激民眾消費，消費活動的熱絡又成爲節日榮景的表徵。

第二節　宋人詞選中的節序詞作

中唐以降出現的大量風俗詩（包含節序詩），被視爲整個社會注重世俗精神與享樂生活的體現。〔註76〕宋代的節日享樂風氣和玩樂名目更勝前代，並充分反映在節序詩、詞的總集或選集裡。節序詩方

〔註73〕黃杰，《宋詞與民俗》，頁30。
〔註74〕《東京夢華錄（外四種）》，頁107～108。
〔註75〕《歲時廣記》，卷26。《宋代筆記小說》第13冊，頁197。「摩睺孩兒」即磨喝樂，已見註62。
〔註76〕劉航，《中唐詩歌嬗變的民俗觀照》（北京：學苑出版社，2004年），頁115。

面，南宋的蒲積中在北宋宋綬《歲時雜詠》一書的基礎上加以補充，
〔註77〕編成《古今歲時雜詠》四十六卷，輯錄魏、晉至南宋的節序詩
作共兩千七百四十九首。此書前四十二卷收錄以元日、立春、人日、
上元、晦日、中和節、春分、寒食、清明、上巳、春盡日、端午、立
秋、七夕、中元、秋分、秋社、中秋、重陽、初冬（立冬附）、冬至、
除夜為題的詩作；四十三至四十六卷則收錄題目中標明月令而無時序
的詩作。元初，方回（1227～1305）在《瀛奎律髓》中列「節序」一
類，收錄唐、宋人五、七言律詩佳作。在「詩」的領域中，「節序」
主題發展到宋代可以說非常充分，也累積不少出色的作品。

　　在宋代，詞相對於詩是一種新興的文體，後起的詞人們如何在這
個熟悉的主題上著力，與前輩或同代的詩人爭一席之地？其實，若就
節序風俗或內涵的體現而言，宋詞似略勝宋詩一籌。因為詞體具有強
烈的娛樂功能，和節日狂歡的性質甚為契合，比起詩更適合於描繪社
會的集體享樂圖像，展現市民的生活趣味。節日的嬉遊酣樂往往成為
「太平盛世」的象徵，不少詞人創作的節序詞都偏向呈現這一面。南
宋的詞論家張炎在《詞源・節序》一節論及節序詞的作法就說：

> 昔人詠節序，不惟不多，付之謌喉者，類是率俗，不過應
> 時納祜之聲耳。所謂清明「拆桐花爛漫」、端午「梅霖乍歇」，
> 七夕「炎光謝」，若律以詞家調度，則皆未然。豈如美成〈解
> 語花〉賦「元夕」云……。史邦卿〈東風第一枝〉詠「立
> 春」云……。黃鍾〈喜遷鶯〉賦「元夕」云……。如此等
> 妙詞頗多，不獨措詞精粹，又且見時序風物之盛，人家宴
> 樂之同。則絕無謌者。至如李易安〈永遇樂〉云：「不如向
> 簾兒底下，聽人笑語。」此詞亦自不惡。而以俚詞歌於坐
> 花醉月之際，似擊缶韶外，良可嘆也。〔註78〕

〔註77〕按宋綬《歲時雜詠》全書 20 卷，收詩 1506 首。見《歲時雜詠・題
　　　　要》。收入《四庫全書珍本三集》，第 380 冊（台北：臺灣商務，1972
　　　　年）。

〔註78〕夏承燾，《詞源注》（北京：人民出版社，1998 年），頁 21～22。

可見節序詞不但已成為宋詞的分支之一，且可歸納出幾種寫作模式。在張炎看來，一般所習見的寫作方式是像柳永或吳禮之的詞那樣，〔註79〕為了應景，以淺白的語言形容特定節日的熱鬧氣氛。較高明者，如周邦彥、史達祖等人的詞，則以典雅的代字或典故歌詠時序景物，市井氣息淡去，代之以文人的審美趣味。而李清照的〈永遇樂〉則寫出歷經喪亂飄零至南方，無心過元宵的心情，在情感的深刻程度方面高出強調狂歡面向或風雅趣味的節序之作。《詞源》是一本篇幅短、語言精簡的詞論，在如此短的篇幅之中另立一節談論節序詞，可推知當時節序詞具有一定的份量。

　　另一方面，節序詞在南宋社會的流播情況或可從南宋的《樂府雅詞》、《唐宋諸賢絕妙詞選》、《中興以來絕妙詞選》（按前二書合稱《花菴詞選》）、《草堂詩餘》、《陽春白雪》幾部詞選窺見一二。這五部詞選都是在吳文英生活的時代之前或與其同時的選本，它們反映出到吳文英的時代為止，節序詞的創作傾向以及選家們心目中出色的節序詞。筆者在此僅就五部選本反映出的節序詞發展情況略作說明，並視情況舉例加以分析，以觀察在吳文英之前，節序詞呈現的幾個重要面向。

　　先看南宋初年曾慥（？～1155）編選的《樂府雅詞》。此書成書於南宋高宗紹興十六年（1146），分上、中、下三卷，選錄北宋及南北宋之交三十四位詞人的詞作。本書選詞共計八百八十四首，入選其中的節序詞僅有三十四首，多以「寒食」、「清明」詞為主，「端午」、「重陽」詞亦有入選者。寒食、清明詞多描寫時節風景，或因風雨而產生「乍過清明，漸覺傷春暮」之感。〔註80〕詞人們對節氣轉移的敏感，充分體現在寒食、清明詞之中。以李清照的〈浣溪沙〉詞為例：

〔註79〕按「拆桐花爛漫」為柳永的〈木蘭花慢〉詞首句，「梅霖乍歇」為吳禮之的〈喜遷鶯〉首句，「炎光謝」則是柳永的〈二郎神〉詞首句。後文將略作介紹。

〔註80〕歐陽修〈蝶戀花〉（遙夜亭皋閒信步），《唐宋人選唐宋詞》（上海：上海古籍出版社，2004年），上冊，頁310。

淡蕩春光寒食天。玉爐沈水裊殘煙。夢回山枕隱花鈿。
海燕未來人鬥草，江梅已過柳生綿。黃昏疏雨濕秋千。

〔註81〕

這首詞描寫寒食節前後閨中少女的生活。首句點出節序，第二句的「沉
水」是沉香木，房間裡香爐的煙只餘游絲，女孩倚著山枕睡著，頭上
的花鈿沒入枕裡。下片描寫的活動轉到戶外。「鬥草」是古代年輕女
子常玩的一種遊戲，搜集百草競賽以分勝負。「海燕未來」、「江梅已
過」兩句一方面寫當令物候，一方面點出少女在春天的活動。最後一
句透過黃昏時稀稀疏疏的細雨打濕秋千的景象，呈現一種恍惚迷離的
情境，將氣候和少女幽微難以捕捉的心思結合，頗為深刻。

至於端午詞，前一節說過，端午節的性質較為特殊，除了袪邪
避厄、龍舟競渡的民俗活動之外，還含有弔念屈原的含意，因此文人
詩、詞的表現模式主要依循著這兩個方向。前者如吳禮之的〈喜遷
鶯〉：

梅霖初歇。正海榴絳蕊，爭開佳節。角黍包金，香蒲切玉，
處處玳筵羅列。鬥巧盡輸年少，玉腕衫絲雙結。〔註82〕艤
彩舫，看龍舟兩兩，波心齊發。　　奇絕。難畫處，激起
浪花，飛作湖間雪。畫鼓轟雷，紅旗掣電，奪得錦標方徹。
向晚水天日暮，猶見珠簾高揭。歸棹滿，在荷花十里，一
鉤新月。〔註83〕

上片鋪陳榴花、角黍、香蒲等歲時風物，以及婦女手繫彩絲應節的風
俗；過片處及下片專寫龍船賽事。這首詞將端午節裡吸引人目光的幾
項元素寫入詞裡，只是缺少深意，難以令人留下深刻印象。而借弔屈
以寄託家國感慨的，可以看陳與義的〈臨江仙〉：

高詠楚詞酬午日，天涯節序匆匆。榴花不似舞裙紅。無人
知此意，歌罷滿簾風。　　萬事一身傷老矣，戎葵凝笑墻

〔註81〕同上，頁445。
〔註82〕按「衫絲」應作「綵絲」。
〔註83〕《樂府雅詞》，卷下。《唐宋人選唐宋詞》，頁477。

東。酒杯深淺去年同。試澆橋下水，今夕到湘中。〔註84〕

詞寫在建炎三年（1129），當時陳與義爲了躲避戰禍，流落在湖南、湖北一帶。〔註85〕距離導致北宋覆亡的靖康之難才三、四年時間，戰亂之中過節，想當然耳心情不會太輕鬆愉快。首句「高詠楚詞酬午日」的情調激昂，借他人酒杯澆自己胸中塊壘，沒有什麼過節的情緒，所感慨的是「天涯節序忽忽」。忽忽又到端午，「榴花不似舞裙紅」，想起昔日過節時看舞的回憶，當下面對的雖是明豔照眼的榴花，但比起舞裙來遜色許多。透過「物」的比較，傳達出今不如昔的想法。這份感懷三言兩語沒辦法說清楚，只有空嘆「無人知此意」，將心事託付在歌聲之中。「滿簾風」更增添幾分失落的感覺。下片明白寫出詞人的感傷，這份感傷來自「萬事一身傷老矣」。下句「戎葵凝笑墻東」，有一說法是「借蜀葵向太陽的屬性比喻自己始終如一的愛國思想」。〔註86〕筆者以爲，戎葵凝笑乃是對比詞人感傷老去萬事休的處境，似乎不必過度引申。「酒杯深淺去年同」一句，意指過節飲酒的習慣與去年無異，心情亦同樣沉重。而滿腔的感慨只能付諸流水，「試澆橋下水，今夕到湘中」。「湘中」據說是屈原投水的地方，藉此表示與屈原舉杯對飲，首尾呼應。又因屈原忠君愛國的形象，使「對飲」的姿態流露出詞人對國家情勢的關注和憂心。

由於《樂府雅詞》編者品味尚「雅」的關係，故未選入北宋著名詞人柳永的詞作。實際上，在宋代詞人之中，柳永是最早開始創作節序詞的。他的節序詞具有濃厚的享樂趣味與浪漫情調，兼具開創性與代表性。南宋理宗時，黃昇的《唐宋諸賢絕妙詞選》一書選詞五百一十七首，其中有十五首是節序詞，較值得注意的是柳永的兩首節序詞〈木蘭花慢〉（拆桐花爛漫）及〈二郎神〉（炎光謝）。〈木蘭花慢〉是

〔註84〕《樂府雅詞》，拾遺下。同上，頁397。
〔註85〕見《宋史·陳與義傳》：「及金人入汴，高宗南遷，遂避亂襄漢，轉湖湘，踰嶺嶠。」第37冊，卷445，頁13129。
〔註86〕《唐宋詞鑑賞詞典·南宋、遼、金》（上海：上海辭書出版社，1988年），頁1261。

清明詞，全詞如下：

> 拆桐花爛漫，乍疏雨、洗清明。正艷杏燒林，緗桃繡野，
> 芳景如屏。傾城。盡尋勝去，驟雕鞍紺幰出郊坰。風暖繁
> 弦脆管，萬家競奏新聲。　　盈盈。鬥草踏青。人艷冶、
> 遞逢迎。向路傍往往，遺簪墜珥，珠翠縱橫。歡情。對佳
> 麗地，信金罍罄竭玉山傾。拚卻明朝永日，畫堂一枕春醒。
>
> 〔註 87〕

開頭「拆桐花爛漫」的「拆」字爲「綻放」之意，這一句描寫農曆三
月桐花盛開，雪白的花朵在枝頭，姿態美麗。一陣雨後，大地彷彿經
過淨洗，風貌清朗明淨。「艷杏燒林，緗桃繡野」一句以「燒」和「繡」
兩個動詞，〔註 88〕構築出一個飽滿明豔，如畫屏美景般的畫面。前面
幾句的風景描寫，是「傾城尋勝」的誘因。「驟雕鞍」句形容出城踏
青的車馬盛容裝飾，而「紺幰」是微帶紅的黑色布幔。《東京夢華錄》
提到清明節時說：

> 節日亦禁中出車馬，詣奉先寺、道者院祀諸宮人墳，莫非
> 金裝紺幰，錦額珠簾，繡扇雙遮，紗籠前導。〔註 89〕

這段引文描寫的是皇室派人祭掃時所乘車馬的裝飾，而柳詞所寫則是
滿城出郊踏青車馬的裝飾，顯示出城市居民奢華的一面。美景當前，
樂聲處處，一派昇平氣象。下片描寫女子鬥草、踏青的姿態。「人艷
冶」的異質殊色，與上片描繪的清明風景相得益彰。「遺簪墜珥」的
情景則顯現出仕女放肆冶遊的情狀，並暗示了旖旎情事發生的可能。
詞的結尾，以不惜「明日重扶殘醉」也要盡情痛飲作結。「金罍」是
木製的酒器，以金箔裝飾，上頭刻有雲雷之象。〔註 90〕「玉山傾」乃
是形容人不勝酒力頹然倒地的模樣。〔註 91〕「拚卻」句寫出明知隔日

〔註 87〕《唐宋人選唐宋詞》，頁 637。
〔註 88〕緗桃爲子葉桃，其色淺黃。見薛瑞生選註，《柳永詞選》（北京：中
　　　　華書局，2005 年），頁 14 引《花譜》。
〔註 89〕《東京夢華錄箋注》，卷 7，頁 627。
〔註 90〕《柳永詞選》，頁 14。
〔註 91〕同上，頁 2。「玉山」比喻男子之風神俊美，本用以形容嵇康爲人「嚴

可能宿醉病酒也不管或甘願承受，以盡一日之歡的心態。

在這首詞中，柳永以全景透視的手法呈現士人佳麗們陶醉在美景與節日氣氛中的姿態，穿插當令習俗，讀了彷彿攤開一幅色澤濃麗的畫卷，當中有歌，有舞，有巧笑麗人與劇飲豪士。

而柳永的另一首節序詞佳作〈二郎神〉則充滿了市民階層的娛樂趣味：

> 炎光謝。過暮雨、芳塵輕灑。乍露冷風清，庭戶爽，天如水，玉鈎遙掛。應是星娥嗟人阻，敘舊約、飈輪欲駕。極目處、微雲暗度，耿耿銀河高瀉。　　閒雅。須知此景，古今無價。運巧思、穿針樓上女，擡粉面、雲鬟相亞。鈿合金釵私語處，算誰在迴廊影下。願天上人間，占得歡娛，年年今夜。〔註92〕

據說詞中「古今無價」四個字，在徽宗時曾引發一段君臣間的趣味問答。某一年七夕，徽宗問宰相王黼七夕爲什麼不放假？王黼答以「七夕古今無假（價）。」他的機智回應贏得徽宗的讚賞。〔註93〕可見這首詞流行之廣。整首詞以男女情愛爲主軸，上片敘牛郎、織女事，下片則將乞巧之俗和人間情愛結合。上片的大意是說暑氣消退，一陣暮雨，輕潤地上的塵土。在初秋乍涼的天氣，夜空如水，只見一彎細月高掛天空。下一句的「星娥」當指織女星，與「極目處」三句應爲倒裝。整句串講就是：舉目望極，亂雲暗暗移動，銀河一片明亮，應該是織女嗟歎和牛郎經年阻隔，急著渡河會面。承接著上片的七夕夜景描寫，下片開頭以「閒雅」二字概括。而在穿針樓上抬頭望月，鬟髻相壓，費心穿針乞巧的女子，心中所求也許不僅是出色的手藝，還包含一段美好的感情。正是由此過渡到下一句的「鈿合金釵私語處」。這

　　　　嚴若孤松之傲立」，醉則「傀俄如玉山之將崩」。出處見《世說新語・容止》（上海：上海古籍出版社，1982年），頁326。

〔註92〕〔宋〕何士信增修，楊萬里校點，《草堂詩餘・後集》。見《唐宋人選唐宋詞》，上冊，頁542。

〔註93〕莊綽，《雞肋編》，卷下，周光培編《宋代筆記小說》（石家莊：河北教育，1995年），第15冊，頁659。

句出自白居易〈長恨歌〉，〔註94〕「鈿合金釵」是唐玄宗與楊貴妃之間的愛情信物，也是他們堅定愛情的象徵。回到柳永的詞，詞的結尾表達了浮世男女的衷心願望：「願天上人間，占得歡娛，年年今夜。」

　　宇野直人在〈柳永〈二郎神〉詞與歷代七夕詩的嬗變〉一文中指出，柳永的〈二郎神〉詞跳脫傳統七夕詩中以「悲憫牽牛織女相會之短暫」或「詠嘆離別之悲傷」的兩種觀點，將描繪的重心集中在人間生活的歡樂上。這是深受當時汴京蓬勃的娛樂事業之啟發與沾溉，將一般民眾喜愛的小說中男女主角於七夕邂逅談情的情節吸收進詞裡的緣故。〔註95〕

　　節序詞的質量在南宋詞人的創作中逐漸增多，同為黃昇編選的《中興以來絕妙詞選》一書裡，選詞七百三十首，入選的節序詞數量有五十九首。而南宋中晚期的《增修箋注妙選群英草堂詩餘》（簡稱《草堂詩餘》）一書，這本書是南宋書坊所編，後經何士信增修編注，〔註96〕具有流行歌曲集的性質。本書分為前、後集，各二卷，以類相從。後集的「節序類」收錄了「元宵、立春、寒食、上巳、清明、端午、七夕、中秋、重陽、除夕」等十個節序的詞作共五十二首，涵蓋柳永、蘇軾、秦觀、賀鑄、周邦彥、辛棄疾、劉克莊等宋詞名家手筆，這種情況或可解釋為節序詞的質量已累積至一定程度，成為一個獨立的主題。值得注意的是，至北宋神宗時才明定「中秋」為官方節日，〔註97〕而《草堂詩餘》選錄蘇軾的〈水調歌頭〉，便是中秋詞

〔註94〕「唯將舊物表深情，鈿合金釵寄將去。釵留一股合一扇，釵擘黃金合分鈿；但令心似金鈿堅，天上人間會相見。臨別殷勤重寄詞，詞中有誓兩心知；七月七日長生殿，夜半無人私語時：在天願作比翼鳥，在地願為連理枝。」顧學頡校點，《白居易集》（北京：中華書局，1979 年），卷 4，頁 239。

〔註95〕《柳永論稿》，（上海：上海古籍出版社，1998 年），頁 287。

〔註96〕何士信編修本約成書於理宗淳佑九年（1249）至寶佑、景定年間（1253～1264）。參吳熊和〈宋人選宋詞十種跋〉，《吳熊和詞學論集》（杭州：杭州大學出版社，1999 年），頁 123。

〔註97〕見《中國政治制度通史・宋代卷》，頁 696。

絕唱：

> 明月幾時有，把酒問青天，不知天上宮闕，今夕是何年。
> 我欲乘風歸去，又恐瓊樓玉宇，高處不勝寒。起舞弄清影，
> 何似在人間。 轉朱閣，低綺戶，照無眠。不應有恨，
> 何事長向別時圓。人有悲歡離合，月有陰晴圓缺，此事古
> 難全。但願人長久，千里共嬋娟。〔註98〕

這首詞的詞題是「丙辰中秋，歡飲達旦，大醉，作此篇。兼懷子
由」。丙辰是宋神宗熙寧九年（1076），當時蘇軾在密州太守任上，
「子由」是蘇軾的弟弟蘇轍，當時人在齊州。〔註99〕詞的前四句和李
白詩〈把酒問月〉的句子「青天有月來幾時，我今停杯一問之」意思
接近，〔註100〕舉起酒杯對著朗朗明月發出浩問。「我欲乘風歸去」以
下三句說出詞人的心情轉折，「又恐瓊樓玉宇，高處不勝寒」的「恐」
字透露心知就此飄然遠去並不可行，還是得回歸人間。「起舞弄清
影，何似在人間」，如此姿態雖然清雅，卻也流露出淡淡的寂寞。下
片起頭三句經由月光的移轉寫喝酒人的徹夜無眠，而「無眠」的原
因，來自明月之「不應有恨」，而卻「長向別時圓」。但作者隨即發揮
理性思維，體認到「人有悲歡離合，月有陰晴圓缺」，乃事理之必
然。末尾，透過月光傳遞對弟弟的深刻祝願：「但願人長久，千里共
嬋娟」。

與蘇軾相似，秦觀的七夕詞〈鵲橋仙〉也以跳脫窠臼的思考面對
牛郎、織女經年分離的情況：

> 纖雲弄巧，飛星傳恨，銀漢迢迢暗度。金風玉露一相逢，
> 便勝卻、人間無數。 柔情似水，佳期如夢，忍顧鵲橋
> 歸路。兩情若是久長時，又豈在、朝朝暮暮。〔註101〕

這首詞的精妙處在結尾兩句。宋人寫詩作詞重視翻出新意，「兩情若

〔註98〕同上，頁543。
〔註99〕孔凡禮撰，《蘇軾年譜》（北京：中華書局，1998年），上冊，卷15，
　　　　頁337。
〔註100〕《李太白詩集》，中冊，卷20，頁941。
〔註101〕《唐宋人選唐宋詞》，上冊，頁542。

是久長時，又豈在、朝朝暮暮」一語，不僅擺脫七夕詩、詞感嘆牛、
女雙星離分之苦的窠臼，且傳達出分隔兩地的愛侶對彼此感情的一份
自信，與許多遭遇類似的人可互感共通。以上的兩首詞均體現出詞人
面對人間、天上的離別時富理性的一面，在鋪敘歲時樂事或感傷分離
的節序詞中別樹一格。

除了自成一類以外，編排的順序或亦能側面反映出節序詞受矚目
的情況。如成書於南宋晚期，由趙聞禮所編的詞選《陽春白雪》，書
中六百七十二首詞，選錄的節序詞雖然才二十七首，不過此書卻將周
邦彥的元宵詞〈解語花〉置於卷首：

> 風銷焰蠟，露浥紅蓮，花市光相射。桂華流瓦。纖雲散，
> 耿耿素娥欲下。衣裳淡雅。看楚女、宮腰一把。簫鼓喧，
> 人景參差，滿路飄蘭麝。　　因念都城放夜。望千門如
> 畫，嬉笑游冶。鈿車羅帕。相逢處，自有暗塵隨馬。年光
> 是也。惟只有，舊情衰謝。清漏移，飛蓋歸來，從舞休歌
> 罷。〔註102〕

張炎說，此詞「不獨措辭精粹，又見時序風物之盛，人家宴樂之同。」
〔註103〕元宵最精彩的景致就是花燈，開頭兩句採用工筆，從細節寫
起。「風銷焰蠟」，描寫蠟燭經風吹拂，蠟油滴落的樣子。下一句的「紅
蓮」是荷花燈，夜間的露水沾染在花燈上。第三句收束，寫燈市光輝
相映的情景。接著三句寫元宵的月色。「桂華」代指元宵的月光，月
光照射在屋瓦上，一片溶洩。天上無雲，更覺月兒可親，給人「耿耿
素娥欲下」的感受。「衣裳淡雅」句除形容月光之美，與前句中的「素
娥」相對應之外，也描寫人間女子的服裝。宋代女性的元宵節服飾多
以白色爲主，在月光下，白衣更顯出色，且具出塵之姿。〔註104〕「看

〔註102〕 王祥注，《陽春白雪》（瀋陽：春風文藝出版社，1995 年），卷 1，
頁 3。
〔註103〕 見《詞源注》，頁 22。
〔註104〕 周密，《武林舊事》，卷 1，頁 344 云：「元夕節物，婦人皆戴珠翠……。
而衣多尚白，蓋月下所宜也。」

楚女」句則寫在燈光、月光的照拂下，街上行走的女子體態曼妙。「簫鼓喧」三句寫熱鬧的節慶氣氛。上片所寫的元夜足以令人讚嘆，然而在作者的記憶中，都城汴京的元宵場面更勝於此。下片開頭回想都城放夜，是「千門如晝，嬉笑游冶」的景象。「鈿車羅帕」句是元宵經常出現的浪漫情節，仕女乘坐的車後，總不免有人追隨。「年光是也」意指風光相同，不同的是人情已衰。末尾「清漏移，飛蓋歸來」的「飛蓋」代指飛馳的車子，出處見曹植〈公宴〉詩：「清夜遊西園，飛蓋追相隨。」〔註105〕「從舞休歌罷」即任憑歌舞停歇，景與情俱歸靜寂。

　　除了表現盛世裡的節序風光之外，周邦彥更擅長將節序結合艷情，述說一段動人故事。請看同樣入選《陽春白雪》的〈應天長·寒食〉詞：

> 條風布暖，霏霧弄晴，池臺遍滿春色。正是夜堂無月，沉沉暗寒食。梁間燕，前社客。似笑我、閉門岑寂。亂花過，隔院芸香，滿地狼籍。　　長記那回時，邂逅相逢，郊外駐油壁。又見漢宮傳燭，飛煙五侯宅。青青草，迷路陌。強載酒、細尋前跡。市橋遠，柳下人家，猶自相識。〔註106〕

上片描寫今年寒食景色和心情，下片先插敘過去發生在寒食節的一段情事，再回到現在。「條風」是東風。〔註107〕前面三句從春景寫起，之後的兩句點出節序。「夜堂無月」句意和白居易〈寒食夜〉詩：「無月無燈寒食夜，夜深猶立暗花前」接近，〔註108〕堂上「無月」已具

〔註105〕說見孫虹，《清眞集校注》（北京：中華書局，2002 年），頁 242。
　　　　曹植詩見逯欽立編，《先秦漢魏晉南北朝詩》，頁 450。
〔註106〕《陽春白雪》，頁 24。
〔註107〕《淮南子·墜形》：「何謂八風？東北曰炎風，東方曰條風……。」
　　　　（台北：臺灣中華書局，1974 年），卷 4，頁 2。說見羅忼烈箋注，
　　　　《周邦彥清眞集箋》（香港：三聯書店香港分店，1985 年），頁
　　　　125。
〔註108〕說見羅羅忼烈箋注，《周邦彥清眞集箋》，頁 125。又，「夜堂」另有
　　　　它本作「夜臺」，陰間之意。見孫虹，《清眞集校注》，頁 124。

幽暗之感，兼以「沉沉」、「暗」字，顯現寒食節的冷寂氛圍。「梁間燕」四句，以燕子對比自己的寂寞。「芸香」是一種香草，氣味清香，從春到秋，香氣持續。〔註109〕而「亂花」、「滿地狼籍」似乎和心情的紛亂相呼應。下片起句「長記」「邂逅相逢，郊外駐油壁」的「油壁」用樂府〈蘇小小歌〉：「妾乘油壁車，郎騎青驄馬。何處結同心？西陵松柏下。」〔註110〕「又見」二字將時間轉回現在，說今日只見寒食改火的燭煙從貴家豪宅傳出，過去的歡遊回憶已經被淹沒在草色青青之中。「強載酒」到結尾說，往事的蹤跡已經難再追尋，只留下淡淡惆悵。

綜合前述，本節所舉的，主要是宋人詞選中具有代表性或在立意上較爲生新的詞作，至於宋人節序詞的普遍作法，多以節序景物入詞，強調節氣、風物之佳，側重冶遊之樂。正因如此，能將時序流轉之感嘆與個人特殊經驗感受融入詞中，以精緻的語言呈現的詞作，方顯其與眾不同。

第三節　節序對吳文英的意義

「節序」詞是《夢窗詞》中分量頗重的一個題材，根據黃坤堯的統計，吳文英的節序詞有：

歲旦二闋、元日二闋、人日一闋、試燈夜二闋、上元二闋、元夕四闋、寒食四闋、清明七闋、重午五闋、七夕七闋、中秋五闋、重九十一闋、冬至二闋、仲冬望後一闋、催雪一闋、臘朝一闋、除夜三闋、除夜立春一闋、立春一闋。

〔註111〕

這份統計雖然仍有可待斟酌之處，〔註112〕但可使人明瞭「節序」詞

〔註109〕 《周邦彥清眞集箋》，頁125。
〔註110〕 〔宋〕郭茂倩編，《樂府詩集》（台北：里仁書局，1981年），頁664～665。
〔註111〕 黃坤堯，〈吳文英的節令詞〉，頁101。
〔註112〕 筆者以爲，將「仲冬望後」、「催雪」列入並不恰當。

在《夢窗詞》裡所佔的份量之重。

　　根據一份統計資料指出，在宋詞中幾個重要節序出現頻率較高的詞調為：元宵——浣溪沙、鷓鴣天；端午——賀新郎；七夕——鵲橋仙；中秋——水調歌頭、念奴嬌、滿江紅、臨江仙；重九——水調歌頭、念奴嬌、南鄉子、南歌子、浣溪沙、滿庭芳、滿江紅、點絳脣、鷓鴣天。〔註113〕吳文英與在他之前的宋代詞人不同之處有二：一是他較少選擇前述各節序詞常見的詞調，而且創作不少自度曲，像是「清明」有〈西子妝慢〉，「端午」有〈澡蘭香〉，重九有〈霜花腴〉、〈惜秋華〉等。其二是，在情感內涵方面，吳文英較集中地在節序詞中追憶情事的蹤跡或感傷情人的離去。

　　為便於說明，筆者先將吳文英的節序詞表列呈現於此。下表將歲旦、元日歸為一組；試燈夜、上元、元夕歸為一組；寒食、清明歸為一組。因為歲旦和元日是同一個節日，試燈夜到元夕的活動是一致的，而寒食、清明節在宋代則是連續假期。根據以上原則整理出的節序詞如下：

編號〔註114〕	節序	詞　牌	詞　　題	首　　　句	頁
38	元日	塞垣春	丙午歲旦	漏瑟侵瓊管	51
91		浣溪沙	觀吳人歲旦遊承天	千蓋籠花鬥勝春	117
140		探芳新	吳中元日承天寺遊人	九街頭	159
324		醉桃源	元日	五更櫪馬靜無聲	333
35	立春	解語花	立春風雨中餞處靜	檐花舊滴	47
132		祝英台近	除夜立春	剪紅情	140
101	元宵	點絳脣	試燈夜初晴	捲盡愁雲	124
31		水龍吟	癸卯元夕	淡雲籠月微黃	42
60		應天長	吳門元夕	麗花鬥靨	79

〔註113〕見廣重聖佐子，《宋代節令詞研究》，頁253～254。
〔註114〕指在楊《箋》一書中的順序。

131		祝英台近	上元	晚雲開	147
196		燭影搖紅	元夕雨	碧澹山姿	224
214		探芳信	丙申歲，吳燈市盛長年。余借宅幽坊，一時名勝遇合，置杯酒，接殷勤之歡，甚盛事也（分鏡字韻）	煖風定	244
215		探芳信		爲春瘦	245
233		倦尋芳	上元	海霞倒影	263
298		六醜	壬寅歲吳門元夕風雨	漸新鵝映柳	317
7	寒食	瑞鶴仙		晴絲牽緒亂	
55		掃花遊	西湖寒食	冷空澹碧	73
77		浪淘沙慢	賦李尚書山園	夢仙到	99
78		西平樂慢	西湖先賢堂	岸壓郵亭	101
121		菩薩蠻		落花夜雨辭寒食	138
130		祝英台近	春日客龜溪遊廢園	采幽香	146
206		木蘭花慢	餞韓似齋赴江東辭幕	潤寒梅細雨	234
234		倦尋芳	餞周糾定夫〔註115〕	暮帆挂雨	264
244		花心動	柳	十里東風	274
278		烏夜啼	趙三畏舍館海棠	醉痕深暈潮紅	303
3	清明	渡江雲三犯	西湖清明	羞紅顰淺恨	4
81		瑞龍吟	德清清明競渡	大溪面	107
100		點絳唇		時霎清明	123
118		定風波		密約偷香□踏青	135
133		西子妝慢	湖上清明薄遊	流水麴塵	149
160		珍珠簾	春日客龜溪，過貴人家，隔墻聞簫鼓聲，疑是按歌，佇立久之	蜜沉燼暖萸煙裊	183

〔註115〕「周糾定夫」疑爲「周糾曹定夫」之誤。

162		風入松		聽風聽雨過清明	185
167		鶯啼序		殘寒正欺病酒	191
235		三姝媚		吹笙池上道	265
15	端午	滿江紅	甲辰歲，盤門外寓居過重午	結束蕭仙	20
72		隔蒲蓮近	泊長橋過重午	榴花依舊照眼	94
138		澡蘭香	淮安重午	盤絲繫腕	156
280		踏莎行		潤玉籠綃	304
335		杏花天	重午	幽歡一夢成炊黍	342
70	七夕	六么令	七夕	露蛩初響	92
75		荔枝香近	七夕	睡輕時聞	97
103		秋蕊香	七夕	懶浴新涼睡早	125
107		訴衷情	七夕	西風吹鶴到人間	128
186		惜秋華	七夕	露罥蛛絲	214
187		惜秋華	七夕前一日送人歸鹽官	數日西風	215
192		醉蓬萊	七夕，和方南山	□碧天書斷	220
314		鳳棲梧	甲辰七夕	開過南枝花滿院	328
171	中秋	玉漏遲	瓜涇度中秋夕賦	雁邊風訊小	197
175		永遇樂	乙巳中秋風雨	風拂塵徽	202
250		新雁過妝樓	中秋後一夕，李方庵月庭延客，令小姝過〈新水令〉，座間賦詞	閬院高寒	280
253		尾犯	甲辰中秋	紺海掣微雲	284
285		思佳客	閏中秋	丹桂花開第二番	307
5	重九	霜葉飛	重九	斷煙離緒	7
9		瑞鶴仙	丙午重九	亂紅生古嶠	12
88		蝶戀花	九日和吳見山韻	明月枝頭香滿路	115

137		霜花腴	重陽前一日泛石湖	翠微路窄	154
177		玉蝴蝶		角斷簽鳴疏點	201
184		惜秋華	重九	細響殘蛩	212
185		惜秋華	八日登高（飛翼樓）	思渺西風	213
220		聲聲慢	陪幕中餞孫無懷，閏重九前一日	檀欒金碧	250
269		聲聲慢	和沈時齋八日登高韻	憑高入夢	297
281		浪淘沙	九日從吳見山覓酒	山遠翠眉長	304
338		采桑子慢	九日	桐敲露井	344
212	冬至	喜遷鶯	甲辰冬至寓越，兒輩尚留瓜涇蕭寺	多分人別	241
321		西江月	丙午冬至	添線繡床人倦	332
211	歲除	喜遷鶯	福山蕭寺歲除	江亭年暮	240
297		思佳客	癸卯除夕	自唱新詞送歲華	316

　　總計吳文英的節序詞共六十五首，創作數量較高的前四個節日為：「寒食（清明）」、「重九」、「上元」、「七夕」，「中秋」與「重午」並列第五。這與第一節裡提到的宋人節序詞創作量排行前五名的主題並不一致，〔註116〕顯見節序這個主題雖是「眾人的題目」，可是詞人在素材的選擇上有其偏好，節日的意義也因人而異。

　　概括說來，吳文英節序詞的內容大都集中在追憶情事或慨歎情感的變故上，本文擬以「節序懷人」詞來稱呼它們。當然，如前所言，宋代其他詞人也多有以描寫男女相思怨別為內容的節序詞，然而只有吳文英刻意且集中地以節序詞書寫懷念離去戀人的情感。

　　而節序和吳文英最直接的關係，或許是他不需隨侍應酬，可充分享受私人生活的時間。筆者將第一章裡列出的吳文英應酬詞一百一十

〔註116〕按宋代節序詞創作量前五名依序為：元宵、重陽、中秋、七夕、端午。

首，與本節所列的節序詞相比對，發現應酬詞之中涉及節序風俗的，
比例很低：

1. 〈解語花・立春風雨中餞處靜〉（簷花舊滴）
2. 〈探芳信・丙申歲，吳燈市盛常年。余借宅幽坊，一時
　　名勝遇合，置杯酒，接殷勤之歡，甚盛事也（分鏡字韻）〉
　　（煥風定）
3. 〈浪淘沙慢・李尚書山園〉（夢仙到）
4. 〈西平樂慢・西湖先賢堂〉（岸壓郵亭）
5. 〈木蘭花慢・餞韓似齋赴江東鹺幕〉（潤寒梅細雨）
6. 〈倦尋芳・餞周糾定夫〉（暮帆挂雨）
7. 〈惜秋華・七夕前一日送人歸鹽官〉（數日西風）
8. 〈醉蓬萊・七夕，和方南山〉（□碧天書斷）
9. 〈新雁過妝樓・中秋後一夕，李方庵月庭延客，令小妓
　　過〈新水令〉，座間賦詞〉（閬院高寒）
10. 〈聲聲慢・和沈時齋八日登高韻〉（憑高入夢）
11. 〈聲聲慢・陪幕中餞孫無懷於郭希道池亭，閏重九前一
　　日〉（檀欒金碧）
12. 〈蝶戀花・九日和吳見山韻〉（明月枝頭香滿路）

在此須先說明一點：宋人的節日和「休務」（停止辦公）日並不完全
一致。依照南宋的《慶元條法事類》一書記載，節日包括：

> 元日、寒食、冬至，五日；前後各二日。聖節、天慶節、開基
> 節、先天節、降聖節、三元、夏至、臘，三日；前後各一日。
> 天祺節、天貺節、上巳、重午、三伏、中秋、重陽、人日、
> 七夕、授衣、立春、春分、立秋、秋分、立夏、立冬、大
> 忌、每旬，一日。〔註117〕

實際上，「人日、中和、七夕、授衣、立春、春分、立秋、秋分、立
夏、立冬、單忌日並不休務。天慶、開基、先天、降聖、三元、夏
至、臘日前後准此。」〔註118〕不過，除了七夕之外，重要的節日如

〔註117〕《慶元條法事類》，頁 213。
〔註118〕同上，頁 211。楊聯陞〈中華帝國的作息時間表〉指出，宋代官員

元日、寒食、端午、中秋、重陽、冬至等，都是停止辦公的，可見宋人對這些重要節序的重視。吳文英的節序詞中較少應酬詞作的情況說明，極有可能假日時他無需陪同幕主應酬，而能與情人出遊或共處，享受屬於自己的私人生活。譬如他的清明詞提到「密約偷香□蹋青，小車隨馬過南屏」（〈定風波〉），〔註119〕端午時「銀瓶露井，綵箋雲窗」（〈澡蘭香〉），與情人飲酒共度，〔註120〕中秋詞回憶過去與情人走過「竹房苔徑小，對日暮、數盡煙碧」（〈尾犯〉紺海掣微雲）的一段時光等，〔註121〕這些發生在特定節日的回憶與畫面，使他眷念難忘。而當戀情已成往事，年復一年的節序輪迴，留給吳文英的則是無盡的折磨。

吳文英的詞，入選同時代的選本《陽春白雪》者共有十三首，其中〈聲聲慢・九日送客〉（檀樂金碧）、〈點絳唇〉（時霎清明）、〈瑞龍吟・德清清明競渡〉（大溪面）三首是節序詞，可見吳文英在這方面的成就已受到當時選家的注意。〈聲聲慢・九日送客〉（檀樂金碧）一詞已見於第一章第三節，〔註122〕嚴格來說，此詞並非專為節序而作，而是重陽節前送客的應酬作品。而他青年時期所寫的〈瑞龍吟〉一詞，屬於純粹描寫節日風光者：

> 大溪面。遙望繡羽沖煙，錦梭飛練。桃花三十六陂，鮫宮睡起，嬌雷乍轉。　　去如箭。催趁戲旗遊鼓，素瀾雪濺。東風冷濕蛟腥，澹陰送畫，輕霏弄晚。　　洲上青蘋生處，鬥春不管，懷沙人遠。殘日半開，一川花影零亂。山屏醉纈，連棹東西岸。闌干倒，千紅妝靨，鉛香不斷。傍暝疏

的假日當中只有十八天列為「休務」，說法和《慶元條法事類》的規定有所出入。見彭剛、程剛譯，《中國制度史研究》（南京：江蘇人民出版社，2007年），頁18。儘管宋代公務員的事務繁忙，然而一年之中只有十八天不用辦公的說法似乎不合情理。

〔註119〕楊《箋》，頁135。

〔註120〕同上，頁156。

〔註121〕同上，頁284。

〔註122〕請見頁31。

簾捲，翠漣縐淨，笙歌未散。簪柳門歸懶。猶自有玉龍，
黃昏吹怨。重雲暗閣，春霖一片。〔註123〕

題目爲「德清清明競渡」，「德清」在今浙江省北部，吳文英年輕的時
候曾經到此遊歷，並作〈賀新郎・爲德清趙令君賦小垂虹〉（浪影龜
紋皺）詞。〔註124〕清明競渡是吳越一帶的習俗。〔註125〕全詞從競渡
前參賽船隻的形容寫到正式比賽時的戰況，再到競渡結束之後的景象
與觀渡者的活動，兼述清明風俗。氣氛從極爲喧鬧漸漸趨於平靜，層
次分明。

　　再看兩首描述手法不同的節序詞，有助於深入瞭解吳文英在一
般節序詞上的寫作方式，對照下一章的「節序懷人」詞詞例，更能夠
看出其特色。吳文英長期生活在蘇州、杭州兩地，受城市風氣薰染，
自不待言。在蘇州大約十年的生活是吳文英一生中相對而言比較穩
定、愉快的時期。這時約當南宋理宗中期，雖然面對北方蒙古的進
逼，情勢吃緊，但是民眾的享樂生活並不因此而間斷。由〈探芳信〉
一詞可見：

煖風定。正賣花吟春，去年曾聽。旋自洗幽蘭，銀鉼釣金
井。斗窗香煖慳留客，街鼓還催暝。調雛鶯、試遣深懷，
喚將愁醒。　　燈市又重整。待醉勒游韉，緩穿斜徑。暗
憶芳盟，綃帕淚猶凝。吳宮十里吹笙路，桃李都羞靚。繡
簾人，怕惹飛梅翳鏡。〔註126〕

詞序爲：「丙申歲，吳燈市盛常年。余借宅幽坊，一時名勝遇合，置
杯酒，接殷勤之歡，甚盛事也（分鏡字韻）。」「丙申」是端平三年，
「燈市」是元宵節前後販賣花燈的地方。在這首分韻酬唱的詞裡，上
片先說元夕時洗杯獨酌的情形，而下片開頭「燈市又重整。待醉勒游

〔註123〕楊《箋》，頁 107。
〔註124〕同上，頁 140。
〔註125〕楊《箋》：「蓋競渡之俗，在荊楚以五月五日爲弔屈原，在越俗則以
　　　　春水方生，便於水事，流傳爲清明水嬉故實。」頁 107。
〔註126〕楊《箋》，頁 244。

輈，緩穿斜徑」的句子則描述飲酒、冶遊之行徑。「吳宮十里吹笙路」
使人聯想起杜牧的詩句「春風十里揚州路」，表現出元夕街上笙簫競
奏的場面之美，使「桃李都羞靚」。再由桃李思及當令的梅花，整首
詞最後歸結到「怕惹飛梅翳鏡」，設想梅花謝後花瓣飛落銅鏡，觸動
「繡簾人」的惜花之心。全詞字面清麗，情調浪漫，風格柔婉。

　　另一首題爲「吳中元日承天寺遊人」的〈探芳新〉，透露出因過
節的熱鬧情景引起的寂寞情懷：

　　　　九街頭。正軟塵潤酥，雪消殘溜。禊賞祇園，花艷雲陰籠
　　　　畫。層梯峭空麝散，擁凌波、縈翠袖。嘆年端、連環轉爛
　　　　漫，遊人如繡。　　腸斷迴廊佇久。便寫意溅波，傳愁麰
　　　　岫。漸沒飄鴻，空惹閒情春瘦。椒杯香乾醉醒，怕西窗、
　　　　人散後。暮寒深，遲迴處、自攀庭柳。〔註127〕

這首詞的作法較接近一般的節序詞，以熱鬧繽紛的物態人情襯托己身
的寂寞。像這一類採取旁觀角度切入，以他人反襯自身處境的詞雖也
有表現深刻的作品，不過，筆者認爲吳文英以節序爲主題的詞作中，
最出色、動人的作品當屬「節序懷人」詞，即如《陽春白雪》所選之
〈點絳唇〉這一類的詞。〔註128〕

　　最後，讓我們回到本章開頭提及的幾段引文。筆者所欲強調的
是：吳文英的「節序懷人」詞，和《東京夢華錄》、《夢梁錄》、《武林
舊事》等筆記的內在情韻是一致的──他和那些書的作者都耽溺在一
種失落、懷舊的感傷氛圍當中。而吳文英之所以懷舊、感傷，根源來
自失去情感上的依靠，也與生涯的飄盪處境脫離不了關係。

〔註127〕楊《箋》，頁159。
〔註128〕全詞見楊《箋》，頁124，茲不贅引。

第三章　吳文英「節序懷人」詞析論

　　吳文英的詞在他的時代即被認爲是「晦澀」的。沈義父說:「夢窗深得清眞之妙,其失在用事下語太晦處,人不可曉。」〔註1〕事實上,夢窗詞的「晦澀」可以分從兩個層面來看:一是語言上的,他偏好使用生新的詞彙或冷僻的典故以展現自己的才華,此點在第一章介紹生涯時所引用的應酬詞中便能清楚看出。另一方面則是意義上的,由於詞中的「本事」模糊不清,導致詞作詮釋出現「多義」現象,〔註2〕具體呈現在他的「懷人」詞作中,此點在探討其情事爭議時亦頗昭著。在夢窗的「懷人」詞裡,「節序懷人」不僅份量最重,而且主題、情節、意象集中。若能掌握這些共通點,則可作爲解讀其「懷人」詞的基礎,並有助於瞭解其藝術特色。

　　讀吳文英的「懷人」詞,可能會產生一個印象,即詞人在這些詞裡「說故事」的意圖相當明顯。而他究竟在這些節序詞裡述說什麼樣的故事、抒發什麼樣的情感?不同節序的「故事」之間的關連爲何?又,吳文英在詞中透過哪些手法,營造出特殊的美感?以上的幾個問題,都是我們關注的焦點。因此,第三、四章將析論吳文英「懷人」

〔註1〕蔡嵩雲,《樂府指迷箋釋》,頁50。
〔註2〕論詩意的「晦澀」程度,夢窗詞和李商隱詩的情況相近。顏崑陽說,「晦澀並不等同『無意義』,而是意義的不確定性。」《李商隱詩歌箋釋方法論》,頁37。

詞中分量較重的「節序懷人」詞，第五章再談其他類型的「懷人」詞作與節序懷人詞在內容方面的關連。

第一節　淳祐四年（1244）的四首「節序懷人」詞

　　研究夢窗詞的學者早已注意到淳祐四年甲辰吳文英四首懷人詞作的特殊之處。夏承燾的〈吳夢窗繫年〉在「淳祐四年」條目之下先是列出〈滿江紅〉（結束蕭仙）、〈鳳棲梧〉（開過南枝花滿院）、〈尾犯〉（紺海掣微雲）、〈喜遷鶯〉（冬分人別）四闋詞，總結它們「皆有懷人語」；〔註3〕繼而鉤稽出夢窗的蘇、杭情事。楊鐵夫亦認為作於淳祐四年甲辰端午的〈滿江紅〉為「憶姬第一聲」。〔註4〕兩位學者建構夢窗情事的基礎均建立在這一年的詞作之上，緣此，欲探討夢窗懷人詞情意，由這四首詞入手最為適當。這四首詞除了皆有懷人之意以外，更為突出的一點特色是——皆在節日懷人。這顯示出節日和吳文英個人情感經驗之間的密切關係，而他自身清客生涯的無依不定則是這些節序懷人詞產生的催化劑。以下將從淳祐四年的四首「節序懷人」詞的情意內涵談起，再推展至其他節序之懷人詞，以求認識吳文英「節序懷人」詞的全貌，並探討這些詞所蘊含的美感。

　　首先看作於淳祐四年端午節的〈滿江紅〉：

　　　　結束蕭仙，嘯梁鬼、依還未滅。荒城外、無聊閒看，野煙
　　　　一抹。梅子未黃愁夜雨，榴花不見簪秋雪。又重羅、紅字
　　　　寫香詞，年時節。　　簾底事，憑燕說。合歡縷，雙條脫。
　　　　自香銷紅臂，舊情都別。湘水離魂菰葉怨，揚州無夢銅華
　　　　缺。倩臥簫、吹裂晚天雲，看新月。〔註5〕

眼下所見《夢窗詞》中共有五首端午詞，這是唯一標明寫作年代的一首。詞題為「甲辰歲，盤門外寓居過重午」。「甲辰」為理宗淳祐四年（1244），「盤門」是蘇州西南城門之名。據朱祖謀〈夢窗詞集小箋〉

〔註3〕夏承燾，《唐宋詞人年譜》，頁 465。
〔註4〕楊鐵夫，〈吳夢窗事蹟攷略〉，《改正夢窗詞選箋釋》，頁 3。
〔註5〕楊《箋》，頁 20。

引《吳郡志》:「盤門,《吳地記》云吳嘗名盤門,刻木作蟠龍鎮此。」
〔註6〕時、地雖然確定了,但是詞家的解讀卻是分歧的。分歧的情況
可以以楊鐵夫和劉永濟的意見為代表,楊氏認為「甲辰暮春,姬去歸
蘇州,夢窗攜其所生子追蹤至蘇,作故劍之求,寓盤門外過重午,因
作〈滿江紅〉。」〔註7〕劉永濟則說:「是年夏秋即遣妾去之時。此時
猶未赴杭,蓋已去與妾同居之西園而暫居盤門外也。」〔註8〕一說由
杭赴蘇,一說由蘇赴杭,表面上好像只是詞人走的路徑不同,實際上
關係到詞學家對夢窗情事來龍去脈的看法歧異,不過,兩位學者均認
為這首詞的抒情對象是吳文英在蘇州結識的一名女子,也就是一般所
稱的「蘇妾」。

　　上片以應景風物——「蕭仙」領起全詞。將蕭、艾紮成人形是宋
代端午節的風俗之一,據說有辟邪、去除毒氣的效果。〔註9〕不過,
在詞中人眼裡,顯然「蕭仙」並沒有發揮作用,因為他感受到的是
「嘯梁鬼、依還未滅」,是鬼魅嘯梁的陰森氣氛。下一句運用荒城、
野煙等意象,與「嘯梁鬼」形成一種冷清、蒼涼的氛圍。「梅子未黃
愁夜雨,榴花不見簪秋雪」句寫詞中人早一步察覺到時光流轉之迅
易。端午時值盛夏,五月又是梅雨天,榴花極遭受摧折。「夜雨」二
字透露出自然的力量對美好事物的殺傷力。〔註10〕「秋雪」指花白的

〔註6〕見《彊村叢書》本《夢窗詞集》,頁4077。原出處見范成大,《吳郡
　　　志》(台北:成文,1970年),卷3,頁70。
〔註7〕見楊鐵夫,〈吳夢窗事蹟攷略〉,《改正夢窗詞選箋釋》,頁3上。楊
　　　氏認為夢窗〈玉燭新〉(花穿簾隙透)詞裡的「繡懶思酸」句乃暗示
　　　其妾有孕;而以〈好事近〉(雁外雨絲絲)的「花下凌波入夢,引春
　　　雛雙鷫」句的「雙鷫」則表示妾生二子;又,〈風入松〉(春風吳柳
　　　幾番黃)詞中「最憐無侶伴雛鶯」句則表示妾棄子而去。見該書頁3
　　　下。筆者按:夢窗有子之事,見其〈喜遷鶯〉(冬分人別)詞序云「甲
　　　辰冬至寓越,兒輩尚留瓜涇蕭寺」,然是否為蘇妾所生不能確知,「攜
　　　子追妾」之說亦缺乏充分的證據。
〔註8〕《微睇室說詞》,頁227。
〔註9〕《夢梁錄》,卷3。《東京夢華錄(外四種)》,頁141。
〔註10〕最知名的例子是孟浩然的〈春曉〉:「春眠不覺曉,處處聞啼鳥。夜

頭髮。古代士人有簪花之習，榴花受雨打落，自然難以簪戴，故而引起人悵惘之情。「又重羅、紅字寫香詞，年時節」是正面點出節序，而「又」字顯示出詞中人感受到時光流轉，從去年端午到今年，又一年過去了。

下片一開始，在燕子細語呢喃中，往事的回憶被勾起。「合歡縷，雙條脫」都是女子手臂上的飾物。「合歡縷」，據《提要錄》，端午節時北方人慣以雜絲結成「合歡索」，纏於臂膊。〔註11〕「條脫」一說是和五彩絲同類的絲織物，〔註12〕一說是女子配戴的手鐲。〔註13〕從詞意推測，條脫應指手鐲，才不致與「合歡縷」重複。「自香銷紅臂，舊情都別」則以女子手臂上的香瘢褪去，比喻人去情散。「湘水離魂菰葉怨」是將個人的情感投射到外物上，有「怨」的是人，在他的眼裡，菰葉也充滿了怨意。「揚州無夢」句我們聯想起杜牧的詩句：「十年一覺揚州夢」，〔註14〕象徵美好、浪漫卻已失落的韻事回憶，

來風雨聲，花落知多少。」徐鵬校注，《孟浩然集校注》（北京：人民文學，1989 年），卷 4，頁 283。詞裡有不少夜雨摧花的句子，如周邦彥〈六醜·薔薇謝後作〉中的句子：「為問花何在，夜來風雨，葬楚宮傾國。」讀來讓人深憐痛惜。見孫虹，《清真集校注》，頁 81。再如李清照〈如夢令〉詞所寫：「昨夜風疏雨驟，濃睡不消殘酒。試問捲簾人，卻道海棠依舊。知否？知否？應是綠肥紅瘦。」風消雨散後，在粗心的「捲簾人」眼裡，花草依舊，但敏感的惜花人卻察覺到，這一夜風雨其實是消損了花朵，滋養了花葉。回到本詞，「榴花不見簪秋雪」流露出的惜花之情，和李清照〈如夢令〉約略相同。見王仲聞校注，《李清照集校注》（台北：漢京文化，1983 年），頁 8。

〔註11〕〔宋〕陳元靚著，《歲時廣記》，周光培編，《歷代筆記小說集成·宋代筆記小說》（石家莊：河北教育出版社，1995 年），第 13 冊，頁 24～25。

〔註12〕《歲時廣記》引《風俗通》云：「五月五日以五綵絲繫臂者，辟鬼及兵，令人不病瘟。又曰：『亦因屈原，一名長命縷，一名續命縷，一名辟兵繒，一名五色縷，一名五色絲，一名朱索，又有條脫等。織組雜物，以相遺贈。』」同上，頁 18。

〔註13〕楊《箋》，頁 21。

〔註14〕〈遣懷〉，〔唐〕杜牧撰，〔清〕馮集梧注，《樊川詩集注·外集》（台北：漢京文化，1983 年），頁 369。

而此處說「揚州無夢銅華缺」，更凸顯歡情不再，破鏡難圓，只遺留無限缺憾的情境。詞的最後，「倩臥簫、吹裂晚天雲，看新月」將悲傷的情緒推至高點。「吹裂晚天雲」典出《列子》，相傳戰國時人秦青善歌，他「撫節悲歌，聲振林木，響遏行雲」。〔註 15〕這裡將激越的簫聲比作秦青的歌聲，而詞人沉重的情緒無法透過悲怨的簫聲得到抒解，情感的失落彷彿天裂難補，每一次回憶只是徒然擴張缺口。

再看同樣以男性口吻寫就的〈鳳棲梧・甲辰七夕〉詞：

> 開過南枝花滿院。新月西樓，相約同針線。高樹數聲蟬送晚，歸家夢向斜陽斷。　　夜色銀河一片。輕帳偷歡，銀燭羅屏怨。陳跡曉風吹霧散。簾鉤空帶蛛絲捲。〔註 16〕

一說「南枝」指桂樹，切合時序，不過並沒有舉出南枝代指桂花的詩例或詞例。〔註 17〕一說「南枝」指「梅花」，這是根據夢窗集中〈暗香疏影・賦墨梅〉：「若把南枝，圖入凌煙，香滿玉樓瓊闕」詞句，〔註 18〕吳蓓引《六帖》：「大庾嶺上梅，南枝落，北枝開」爲說，〔註 19〕將開頭的三句串講爲：

> 早在梅花盛開的一箇夜晚（蓋冬春離別之夜），新月初上，
> 二人曾相約一起過七夕（預定秋日歸期）。〔註 20〕

如此解釋，就詞意而言是說得通的。「相約同針線」，是將七夕風俗與艷情合寫。周密《武林舊事》提到，七夕當晚，「婦人女子，至夜對月穿針。餖飣杯盤，飲酒爲樂，謂之『乞巧』。」〔註 21〕柳永的〈定風波〉有「針線閑拈伴伊坐」的句子，據說時人頗不以爲然，認爲筆

〔註 15〕《列子・湯問》云：「薛譚學謳於秦青，未窮青之技，自謂盡之，遂辭歸。秦青弗止，餞於郊衢，抗節悲歌，聲振林木，響遏行雲。」楊伯峻，《列子集釋》（北京：中華書局，1979 年），頁 177。

〔註 16〕楊《箋》，頁 328。

〔註 17〕《吳文英詞新釋輯評》，頁 981。

〔註 18〕楊《箋》，頁 163。

〔註 19〕見〔唐〕白居易、〔宋〕孔傳撰，《唐宋白孔六帖》，卷 99〈梅〉。（台北：新興書局，1969 年），第 2 冊，頁 1404。

〔註 20〕《彙校集評》，頁 288。

〔註 21〕《武林舊事》，卷 3，頁 357。

調太過柔靡。〔註 22〕到了吳文英手裡,「針線閑拈伴伊坐」的不是女子,而以男子的口吻說與情人「相約同針線」,將這種女性化的舉動,轉化爲閨房情趣,在「乞巧」習俗的包裝之下,又不致顯得突兀。以下兩句,「高樹數聲蟬送晚」脫胎自姜夔〈惜紅衣〉(簟枕邀涼)詞句:「高樹晚蟬,說西風消息。」〔註 23〕「歸家夢斷」可能是實際感慨,也可能是詞中人作了一場回家的夢,然而蟬聲不絕,驚擾了他的歸家夢。

下片開始,時間過渡到夜晚,「銀河一片」暗喻牛郎、織女相會的情景,是由彼天上雙星會面聯想自身,回憶起「輕帳偷歡」的往事。「銀燭羅屏怨」一句,方秀潔指出,「蠟燭明滅不定且不斷自我消耗的質性,象徵愛情的短暫。」〔註 24〕她的說法值得參考。這個「怨」字實際上是詞人回憶往事之後所加的判斷。〔註 25〕而愛情不但短暫且脆弱,且如曉風吹霧,輕易便將愛的痕跡抹去。念當時,想此刻,情緒急墜,眼前所見只是「簾鉤空帶蛛絲捲」的灰暗、破敗畫面,和「銀燭羅屏」的艷麗色彩形成強烈對比。

綜觀全詞,從黃昏時刻新月出現,一直到夜晚、隔天的早晨,詞中人一直待在「西樓」裡,空間是半封閉的,人物的行動並不活躍,活躍的是蟬聲和腦中浮現的過去的纏綿回憶,給讀者一種「走不出

〔註 22〕張舜民《畫墁錄》記載:柳三變既以詞忤仁廟,吏部不放改官。三變不能堪,詣政府。晏公曰:「賢俊作曲子麼?」三變曰:「只如相公,亦作曲子。」公曰:「殊雖作曲子,不曾道『彩線慵拈伴伊坐』。」柳遂退。見朱易安、傅璇琮等主編《全宋筆記 第二編 一》(鄭州:大象,2006 年),頁 218。

〔註 23〕夏承燾,《姜白石詞編年箋校》(上海:上海古籍,1998 年),頁 21。

〔註 24〕Grace S. Fong. *Wu Wenying and the Art of Southern Song Ci Poetry*. pp. 122~123.

〔註 25〕《彙校集評》頁 288 引用唐代詩人朱慶餘〈近試上張籍水部〉詩:「洞房昨夜停紅燭」句與吳文英〈鶯啼序〉(殘寒正欺病酒):「倚銀屏,春寬夢窄」詞句說「銀燭因閑甚而怨,羅屏因忙甚而怨」顯得引申過度了。將「倚銀屏」與「銀屏忙甚」畫上等號讓人有些費解。朱詩見《全唐詩》,卷 515,頁 5892。

也回不去」的印象。在這裡，詞中男子固然因「相約同針線」的人沒出現而感覺失落，但是還想著約定，表示心中仍有一絲重聚的期盼。然而在同一年的中秋詞〈尾犯〉之中，與情人重見的期望似乎日覺渺茫：

> 紺海掣微雲，金井暮涼，梧韻風急。何處樓高？想清光先得。江妃冷、冰綃乍洗，素娥忺、菱花再拭。影留人去，忍向夜深，簾戶照陳跡。　　竹房苔徑小，對日暮、數盡煙碧。露蓼香涇，記年時相識。二十五、秋聲點點，夢不認、屏山路窄。醉魂幽颺，滿地桂陰無人惜。〔註26〕

詞寫中秋夜在小園之中對月獨酌兼且懷人的心情，上片最後的「影留人去，忍向夜深，簾戶照陳跡」三句是全篇主意所在。在此之前，見於夢窗《新詞稿》，大約作於淳祐三年（1243）的〈玉漏遲·瓜涇度中秋夕賦〉（雁邊風訊小）結句：「摩淚眼，瑤臺夢回人遠」已流露出懷人情意。〔註27〕上片時間轉移的脈絡清晰，先從黃昏寫起，「紺海」形容天色深青帶紅，「掣微雲」意指天空拉拽著幾抹淡淡的雲彩。〔註28〕「梧桐」在詩詞裡經常作為秋天的象徵之物，〔註29〕「金井」則慣與梧桐連寫。〔註30〕「暮涼」、「風急」是從觸覺上表現出秋意漸深。「何處樓高」句引出明月，因高樓先得月光照拂之故。「江妃冷」以下採虛、實兼寫的手法，〔註31〕先寫倒映在水面上的月光，白淨猶如江妃剛洗過的綃帕。「江妃」典出《列仙傳·江妃二女》。〔註32〕抬

〔註26〕楊《箋》，頁284。

〔註27〕同上，頁198。

〔註28〕說見趙慧文、徐育民，《吳文英詞新釋輯評》（北京：中國書店，2007年），頁824。

〔註29〕例如李煜〈烏夜啼〉：「無言獨上西樓，月如勾，寂寞梧桐深院鎖清秋。」同上。

〔註30〕見《彙校集評》，頁65。

〔註31〕這三個字原作「江氾冷」，楊鐵夫《吳夢窗詞箋釋》及吳蓓《夢窗詞彙校箋釋集評》依鄭文焯校本改為「江妃冷」，應當是參照前後句意，認為「江妃」對下一句的「素娥」較為合適之故。

〔註32〕〔漢〕劉向撰，王叔珉校箋，《列仙傳校箋》（北京中華書局，2007

頭望天，月明如鏡，詞人想像著嫦娥因為高興，一再擦拭菱花鏡，人們才得以欣賞到如此月華。〔註33〕但是，欣賞到如此美好月色的人卻開心不起來，因為「影留人去」，則如此明亮清朗的月色照映簾戶，無疑只會增添內心的遺憾、傷感。

下片表面看似從夜深轉到隔天的日暮，實際上乃是承接上片結尾的「陳跡」二字加以發揮。「竹房苔徑」句是過去和離開之人同遊之處，想他們曾經做過的事。「數盡」可知時間之長，亦可見情意之深。兩情深長，才願意在同一個地方佇足良久，並且有「數煙碧」這種不是和情人一起不大可能做，帶點傻氣的舉動。而「露蓼香涇，記年時相識」是跳寫另一段同遊的回憶，「年時」兼有「去年」或「往年」之意。〔註34〕過去相處的回憶湧現腦海，越想越難以入眠。「二十五、秋聲點點」句就是寫詞中人失眠的狀況，是化用唐人李郢的詩句：「江風徹曉不得睡，二十五聲秋點長」而來。〔註35〕因此才說「夢不認、屏山路窄」，「屏山」即山屏，古時臥房內的陳設，用以區隔內外或擋風。夜不成眠，當然也就不會作夢，故說「路窄」。詞的最後以「醉魂幽颺」作結語，推測獨酌的時間很長，一邊回憶往事一邊喝酒遣懷，為「滿地桂陰無人惜」而感慨。進一步想，「無人惜」的又豈止滿地桂陰呢？

附帶一提，夢窗的中秋懷人詞集中在淳祐三年到五年之間，每年一首。前面提過淳祐三年作的〈玉漏遲〉已有懷人之意，而淳祐五年作的〈永遇樂〉（風拂塵徽）詞寫道：「青樓舊日，高歌取醉，喚出玉人梳洗。」〔註36〕這是他回憶在蘇州和同居的女子共度中秋的情

年），頁 52。
〔註33〕這一句的串解參考了《吳文英詞新釋輯評》頁 824 的說法。
〔註34〕王海棻，《古漢語時間範疇辭典》（合肥：安徽教育出版社，2004年），頁 240。
〔註35〕〈宿杭州虛白堂〉，《全唐詩》（台北：文史哲，1978 年），第 9 冊，卷 590，頁 6856。
〔註36〕楊《箋》，頁 202。

景。按夢窗曾在〈探芳信〉（煖風定）詞中自述在蘇州有一段「借宅幽坊」的日子，與這一句情貌略同。「幽坊」就是青樓，妓女所居之處。〔註37〕

　　讓我們把焦點轉回淳祐四年的最後一首節序懷人詞。當淳祐四年冬至吳文英作〈喜遷鶯〉詞的時候，詞裡流露的不僅是失落感，更有世路艱難，受困不得前行之感：

> 冬分人別。度倦客晚潮，傷頭俱雪。雁影秋空，蝶情春蕩，幾處路窮車絕。把酒共溫寒夜，倚繡添慵時節。又底事，對愁雲江國？離心還折。　　吳越。重會面，點檢舊吟，同看燈花結。兒女相思，年華輕送，鄰戶斷簫聲噎。待移杖藜雪後，猶怯蓬萊寒闊。晨起懶，任鴉林催曉，梅窗沉月。〔註38〕

在中國古代的觀念之中，「冬至」爲一年節氣循環之始，就宋人而言則是所謂「三大節」之一。上片主要扣緊「別離」二字。前六句的情緒一路下墜，先是「冬分人別」，再者「倦客晚潮，傷頭俱雪」感傷年華老大，第三則「路窮車絕」哀嘆生涯寥落。「路窮車絕」出自阮籍哭途的典故，〔註39〕只是，吳文英不只必須面對「路窮」，還有「車絕」，連承載自己向外探尋的工具都失去了，處境艱難可想而知。〔註40〕接下來兩句，以回憶中溫酒、倚床的溫馨情景襯托孤身在外的悲涼，這情景是他往年經歷過的。倚繡的「繡」當指繡床，「添慵」指女子嬌弱慵懶的姿態，冬至時節，因爲氣候的關係，人變得慵

〔註37〕按《武林舊事》卷2提到：「又有幽坊靜巷好事之家，多設五色琉璃泡燈，更自雅潔，靚妝笑語，望之如神仙。」再與作者引用的姜夔詩「遊人歸後天街靜，坊陌人家未閉門。簾裡垂燈照樽俎，座中嬉笑覺春溫」詩意合看，「幽坊」應指歌樓無疑。見是書頁344。

〔註38〕楊《箋》，頁241。

〔註39〕《晉書》卷49〈阮籍傳〉：「時率意獨駕，不由徑路，車迹所窮，輒慟哭而反。」見是書1361。

〔註40〕我認爲陶爾夫解說這首詞的主旨頗爲貼切：「詞人爲生活所迫，拋家舍子，四處飄泊，已經到達『路窮車絕』的困境。這首詞寫出了在這一困境中掙扎拼搏的複雜心態。」《吳夢窗詞傳》，頁455。

懶。而如今詞人自問，究竟是什麼原因使得自己得獨自對著密雲遍佈的江城，一顆心受分離之苦催折呢？

　　換頭處表達重聚的願望。詞序裡寫到，當時吳文英旅居紹興，兒女還留在瓜涇蕭寺，瓜涇位於蘇州。〔註41〕隻身在外，兒輩又寄居於蘇州的寺廟，詞人面對的境遇之困窘可想而知。因此，「吳越」至「同看燈花結」作希望和親人重聚解釋比較恰當。「燈花結」有兩種解釋，一為期待重逢談心，類似於李商隱詩「何當共剪西窗燭，卻話巴山夜雨時」的情境，〔註42〕一說「燈花結有喜訊至」。〔註43〕「兒女相思，年華輕送，鄰戶斷簫聲噎」流露出懷人意，念及年華就在相思之中流逝，又聽聞鄰戶傳來嗚咽的簫聲，情懷更為不堪。「待移杖藜雪後，猶怯蓬萊寒闊」句的「蓬萊」當指紹興的蓬萊閣，是越中名勝。〔註44〕一說「蓬萊」在詞裡比喻「兒輩所在地」，意思是「有心於雪後杖藜衝寒往蘇，又怕蓬萊太過寒冷縹緲，輕易如何邁得過去。」〔註45〕然而要如何把兒輩所在的「瓜涇蕭寺」和蓬萊仙山連結在一起，實令人費解。無論如何，此句應當表示一時之間仍無法離開紹興，從「待移……猶怯」可見詞人所想望與現實相違的情況。結尾的「晨起懶，任鴉林催曉，梅窗沉月」的「任」字意指放任、不管，表明詞人仍沉浸在分離的愁緒之中，提不起勁的心情。

　　總結吳文英淳祐四年所作的端午、七夕、中秋、冬至懷人詞，從〈滿江紅〉寫隻身過節懷念舊情，〈鳳棲梧〉中獨眠，〈尾犯〉詞裡獨酌，到〈喜遷鶯〉流露出意態倦懶之貌，四首詞裡的男子形象，反照出他遭遇的困境與寂寞。誠然，以夢窗之深情執著，會耿耿於昔日情

〔註41〕〔明〕王鏊，《姑蘇志》：「長洲縣，村一百四，瓜涇在三十一都。」（上海：上海書局，1990 年），第 2 冊，頁 95。

〔註42〕〈夜雨寄北〉，〔清〕馮浩箋注《玉谿生詩集箋注》，卷 2，頁 354。

〔註43〕《吳夢窗詞傳》，頁 455。

〔註44〕朱〈箋〉：「紹興郡治在臥龍山上，蓬萊閣在郡設廳後。」見《彊村叢書》本《夢窗詞集》，頁 4089。引文出處見〔宋〕王象之撰，《輿地紀勝》（北京：中華書局，1992 年），卷 10，頁 544。

〔註45〕《彙校集評》，頁 594。

事之回憶實屬情理中事；可進一步想，若不是他的生涯困頓難安，何以將全副氣力花費在感傷蘇妾的離去上頭？而正是相思追憶與生涯寥落的情緒縮合，構成他「懷人」詞的基調。

第二節　「元夕、除夕懷人」詞

「今不如昔」的感慨是許多追憶往事的詩詞共通的情感，[註46] 在吳文英的懷人詞裡，今昔對比之下的感嘆特別強烈，是其懷人詞的情感主軸。幾乎他所有的「懷人」詞作均流露出寫作當時的處境、情懷遠不及過往的感覺。茲以元夕懷人詞〈六醜〉為代表：

> 漸新鵝映柳，茂苑鎖、東風初掣。館娃舊遊，羅襦香未減。玉夜花節。記向留連處，看街臨晚，放小簾低揭。星河潋灩春雲熱。笑靨欹梅，仙衣舞纈。澄澄素娥宮闕，醉西樓十二，銅漏催徹。　　紅消翠歇。嘆霜簪練髮，過眼年光，舊情盡別。泥深厭聽啼鴂。恨愁霏潤沁，陌頭塵襪。青鸞杳、鈿車音絕。卻因甚、不把歡期，付與少年華月？殘梅瘦、飛趁風雪。向夜永、更説長安夢，燈花正結。〔註47〕

詞題是「壬寅歲，吳門元夕風雨」。「壬寅」是理宗淳佑二年（1242），「吳門」指蘇州，「元夕」是元宵節當晚，遇上「風雨」阻撓，則對賞燈、遊樂的人來說未免掃興。雖然詞題明白指出「元夕風雨」，詞的開頭卻和風雨無關。首句的「漸」字顯示時序推移，「新鵝」乃指柳條剛抽出嫩芽，顏色接近鵝黃色。[註48]「茂苑」語出左思〈吳都賦〉，[註49] 本意是指「花木繁盛的苑囿」，[註50] 之後成為蘇州的

〔註46〕劉永濟說：「凡詞寫節序，多係抒今昔盛衰之情。惟當節日易觸起舊情，故歷來詞人，此時此際，動生感慨。」見《微睇室說詞》，頁157〜158。

〔註47〕楊《箋》，頁317。

〔註48〕《吳文英詞新釋輯評》，頁941。

〔註49〕「帶朝夕之濬池，佩長洲之茂苑。」見《文選》（台北：漢京文化，1983年），卷5，頁87。

別稱。「東風初揭」的「揭」有兩種解釋:解作「搜、拉」的話,意指東風一吹,使得困鎖在寒冬之中的蘇州城呈現生氣盎然的風貌;
〔註51〕解作「制」的話,是扣住詞題「元夕風雨」來說,意指「東風被中途遏制,暗示『風雨』將來。」〔註52〕筆者認爲,就前後文來看,「新鵝映柳」應是「茂苑鎖、東風初揭」帶來的新氣象,濃縮在「新鵝映柳」四個字裡,使人感到柔和、溫暖,因此採取第一個解釋比較恰當。〔註53〕另一個與此相關的問題是,開頭的這一韻描寫的究竟是過去的元宵節,還是淳祐二年的元宵節?若單從領字「漸」來看,似乎是說「現在」的情景。但是在這一句之後提及「舊遊」的回憶,又不免使人猶豫,「新鵝映柳」恐怕是描寫「過去」。〔註54〕而文學作品之中,但凡涉及「回憶」者,不可或缺的是誘發、召喚回憶的景色、物件、或各種官能感受,如果不是今日感受到東風吹拂、眼見柳條抽芽之景,似乎不太可能無端念及往日「舊遊」,因此這一韻最適當的解讀應採用楊鐵夫所說的,「起韻將上下片一起籠起。」〔註55〕即開頭的這一韻同時寫以往和淳祐二年元宵節白天的景象。解決這個問題之後,詞裡的時間線索便相當明確了。「東風初揭」一方面象徵著春天的到來,一方面和下句「館娃舊遊,羅襦香未滅」有關。正因爲風吹,喚起當年和女伴同遊館娃宮時,她衣上香氣隨風飄散的情景,才會說「香未滅」。「館娃」指位於蘇州靈巖山的館娃宮,相傳是吳王夫

〔註50〕 《吳夢窗詞傳》,頁 97。

〔註51〕 《吳文英詞新釋輯評》,頁 941。

〔註52〕 《彙校集評》,頁 764。

〔註53〕 從「揭」字的本意來看,解作「制」將造成自相矛盾。如果說東風被「中途遏制」,按道理應該不會出現,如此,怎會有所謂的「元夕風雨」呢?而且,「初揭」如果解釋成「剛剛開始吹拂」尚可理解,解釋成「剛剛開始受到遏制」的話,文意不通。

〔註54〕 如陳洵說,「上闋乃全寫昔之無風雨,卻以年光舊情盡別作勾勒。」見《海綃說詞》,頁 22 下。文英詞新釋輯評同樣將上片全視爲「過去」,下片視爲「現在」解讀。見是書頁 941。

〔註55〕 《楊箋》,頁 317。陳文華《海綃翁夢窗詞說銓評》也持相同看法。見是書頁 268。

差為西施所建造的宮殿。〔註56〕「襦」指女子所穿的上衣，衣服不但
質料好，且是熏過香的，從打扮之慎重可見她對出遊的重視。「玉夜
花節」以「玉」和「花」概括元夕的種種好處，時間從白天過渡到傍
晚。「記」字領起的這一韻，強調「看街臨晚，放小簾低揭」的回憶
在詞人心中的分量，是說過去元宵節的傍晚，詞人揭開竹簾，探頭向
外，欣賞街上的遊人及歌舞演出。周密《武林舊事》記載元夕都城的
景象是：

> 翠簾銷幕，絳燭籠紗，遍呈舞隊，密擁歌姬，翠管清吭，
> 新聲交奏，戲具粉嬰，鬻歌售藝者，紛然而集。〔註57〕

可見元宵吸引人之處，除燈火燦爛之外，歌舞表演也是一絕。「星河
瀲灩春雲熱」一句，天上的星河閃爍如水面波光瀲灩，「春雲」呼應
「東風」，「熱」字與李賀〈蝴蝶飛〉詩句「楊花撲帳春雲熱」一樣，
〔註58〕均傳達春意之飽滿、盎然。「星河」、「春雲」等天象具有可觀
之處，人間佳麗的「笑靨」同樣極吸引人。「仙衣舞繽」的「繽」是
指有文采的絲織品，以此描寫街上賞燈女子的衣飾之美，望之如神
人，所以說「仙衣」。而前一句的「笑靨欹梅」，為「仙衣舞繽」予人
的色彩繽紛、眼花撩亂的印象增添幾分爛漫、清婉的氣息。「澄澄素
娥宮闕」形容月色明亮皎潔，下一句中的「西樓十二」即「十二樓」
之意，泛指高樓。〔註59〕「銅漏」為古代計時的刻漏，「催徹」顯示
時間從夜晚持續至清曉。整句形容在高樓上歡飲達旦的情形。

　　然而，上片裡人情物態皆美的情境到過片處陡地一轉，先以「紅

<hr />

〔註56〕見朱〈箋〉頁18：「靈巖山即古石鼓山，在吳縣西三十里，上有吳館
　　　　娃宮、琴臺、響屧廊。山前十里有採香徑，斜橫如臥箭云。」原出
　　　　處見范成大，《吳郡志》，卷15，頁430。
〔註57〕《武林舊事》，卷2，頁344。
〔註58〕《李賀詩集》（台北：里仁書局，1980年），頁206。
〔註59〕「十二樓」出自《史記・武帝本紀》：「太初二年，方士言於武帝曰：
　　　　『黃帝時為王城十二樓，以候仙人於執期，命曰迎年。』」見馬興榮
　　　　等主編，《中國詞學大辭典》，頁623。據此，「十二有「候仙之所」
　　　　的含意，詩詞之中多取其「高樓」之意。

消翠蛾」四字扼要點明歡情成空，後以「嘆霜簪」等句感嘆詞人獨自感嘆衰老。「練髮」形容髮白如練，加以「霜簪」重複修飾，強調頭白。〔註60〕不僅「舊情盡別」，天候也不似舊時。「泥深」句寫今年的風雨。從男子的立場來看，雨水致使滿地泥濘，出門不便。「厭聽啼鴃」是因為啼鴃的叫聲聽起來近似「行不得也，哥哥」，〔註61〕使人聞聲傷情。另一方面，「愁霏潤沁，陌頭塵襪」則是就女子的處境設想。「青鸞杳、鈿車音絕」一句，似乎表示女子早已離開，音訊全無。詞人想像著，大概是因霏霏細雨沾濕了佳人的鞋襪，才會導致她失約未到，「恨」字即因此而生。〔註62〕「青鸞」是一種神鳥，〔註63〕「鈿車」是金花妝飾的車子，指女子乘坐的車馬，這裡似乎暗示這位女子是一位歌女。〔註64〕「恨愁霏潤沁」到「鈿車音絕」怨春雨阻隔了兩人的約會，意思接近於史達祖〈綺羅香〉詞描寫「春雨」說的：「最妨他、佳約風流，鈿車不到杜陵路。」〔註65〕「卻因甚、不把歡期，付與少年華月？」句乍看與元夕風雨無關，實際上詞人的感嘆正是因風雨而發。陶爾夫說這首詞：「元宵節遇風雨，心情與常年不同。全篇沉浸於過往節日生活的回憶之中，悔恨之情驀然襲上心頭。」〔註66〕的確，這個問句是因人事不可挽回（青鸞杳、鈿車音絕）而

〔註60〕謝桃坊認為吳文英詞中多處關於「頭白」的描寫，多為表現「盛年遲暮」之感。〈吳文英事迹考辨〉，《詞學辨》，頁 436。

〔註61〕見《彙校集評》，頁 765。

〔註62〕與此相關的討論可見田育奇，〈青鸞何時杳，鈿車何時絕──再議吳文英蘇妾離去之時間〉一文。《台州師專學報》，第 23 卷第 1 期（2003年 1 月），頁 36～38。文中據本詞的「青鸞杳、鈿車音絕」與〈水龍吟‧癸卯元夕〉（淡雲籠月微黃）詞中的「鈿車催去急，珠囊袖冷。愁如海、情一線」詞句，認為均有「懷人」之意，顯示作詞當時蘇妾已經離去。筆者按：這篇文章收入田玉琪，《徘徊於七寶樓臺──吳文英詞研究》，頁 17～22。

〔註63〕見《吳夢窗詞傳》，頁 569。

〔註64〕元稹〈痁臥聞幕中諸公徵樂會飲因有戲呈三十韻〉：「鈿車迎妓樂。」見《元稹集》，卷 11，頁 130。

〔註65〕《全宋詞》第 4 冊，頁 2325。

〔註66〕《吳夢窗詞傳》，頁 568。

問，含有「何以將如此愁苦的情緒，交付給風雨衰鬢之人」的意思，也感嘆當時沒有好好把握少年、華月，〔註67〕盡情享受歡樂的時光。「殘梅瘦」一句寫風雪之中梅花飄零的景象，明明是說風雨，卻出「飛趁風雪」之語，可能是寫實，早春時候天氣不穩定，也許還是會下雪的。結尾筆鋒蕩開，從「吳門」轉向「長安」，在這裡，「長安」指南宋的行在臨安。「向夜永、更說長安夢，燈花正結」可能化用蘇軾〈上元夜過赴儋守召獨坐有感〉：「燈花結盡吾猶夢」一句，〔註68〕是說如此風雪長夜，欲訴說過去在杭州的回憶卻無人傾聽，只見燈花自結人獨坐。至於為什麼詞的絕大部分描寫以前和現在蘇州元宵節的景象，結尾卻由蘇州轉到杭州，這似乎又牽涉到另一段情事，在此難以確指。

　　歸納來說，全詞抒發淳祐二年蘇州元夕風雨之夜的懷人心情，對比往日的歡遊回憶，產生「今非昔比」之感。「館娃舊遊」顯示，吳文英所懷念的對象應該是和他一起在蘇州生活過的女子，非僅泛寫。〔註69〕至於是否如劉永濟所說，為離開蘇州之後的「重來之辭」，〔註70〕則或可由吳文英的〈水龍吟・癸卯元夕〉一詞獲得一些啟發。在這首詞裡，詞人總結蘇州生活的回憶說：

　　　猶記初來吳苑，未清霜、飛驚雙鬢。嬉遊是處，風光無際，
　　　舞蔥歌菁。陳迹征衫，老容花鏡，歡悰都盡。〔註71〕

〔註67〕楊鐵夫認為這一句是和上片的「舊遊」經歷對照，是吳文英「少年」的經歷，其說可信。見《楊箋》，頁318。不過，須注意夢窗詞中的「少年」與「老」僅為相對概念，而非絕對年齡上的比較。陳文華認為這裡的「少年」僅是泛指，見《海綃翁夢窗詞說銓評》，頁269。但是考慮這一句的前後文，都是從自身情懷出發，似乎並非泛泛而論。

〔註68〕《蘇軾詩集》，卷42，頁2301。

〔註69〕《彙校集評》，頁765認為「館娃泛指元夕美女」，其說恐難服人。

〔註70〕劉永濟，《微睇室說詞》頁211說：「此詞有『館娃舊遊』、『過眼年光，舊情盡別』等句，皆重來之辭，豈居蘇十餘年中，尚因事一度他去耶？」

〔註71〕楊《箋》，頁42。「癸卯」是淳祐三年（1243）。

結尾「陳迹征衫，老容花鏡，歡悰都盡」幾句與〈六醜〉裡的「霜簪練髮。過眼年光，舊情盡別」詞意接近，描述他在蘇州的這段期間，生命從青春走向衰老，享受的歡樂從熱烈到沉寂的過程。從「初來吳苑」到「老容花鏡，歡悰都盡」，似乎都是在蘇州的事。由此看來，並不能以「舊情盡別」一語斷定他曾經離開蘇州。

再看流露出感今傷昔之感的另一首節序詞〈祝英臺近‧除夜立春〉：

> 剪紅情，裁綠意，花信上釵股。殘日東風，不放歲華去。有人添燭西窗，不眠侵曉，笑聲轉、新年鶯語。　　舊尊俎。玉纖曾擘黃柑，柔香繫幽素。歸夢湖邊，還迷鏡中路。可憐千點吳霜，寒消不盡，又相對、落梅如雨。〔註72〕

上片抓住「除夜立春」四字發揮，寫出一般人家守歲迎春的歡樂場面。「立春」是二十四節氣之一，時間在陽曆的二月四或五日。「剪紅情，裁綠意」和立春時婦女「簪春旛」、「剪春勝」的習俗有關，〔註73〕「花信」指花信風，與花期相應。從小寒到穀雨八個節候，每五日爲一候，每一候應一種花信，共有二十四番花信風。〔註74〕「花信上釵股」的意思是女子頭上插戴著花勝，迎接春天的到來。接下來兩句寫「除夜」。「殘日」指除夕，除夕是一年之終。「東風」一語帶有春意，「不放歲華去」仍扣緊除夕。而從「有人」二字可知，以下所寫不眠守歲、笑聲伴隨鶯語迎接新年的情景，是他人的歡樂，與下片追憶傷懷的情景相互對照。「添燭西窗」乃因爲守歲，當然也有借用李商隱「何當

〔註72〕 楊《箋》，頁148。

〔註73〕 「簪春旛」之俗，按《歲時廣記》卷8，頁256引《提要錄》：「春日刻青繒爲小旛樣，重累十餘相連綴而簪之。」又同書頁257「剪春勝」條引《後漢書》說：「立春之日皆立青旛，今世或剪綵錯繒爲旛勝以戴于首。」可知立春時婦女插戴春旛、春勝的習俗源遠流長。另有性質相近的「戴春燕」之俗，與戴春旛等均含有「迎春」之意。見同書頁259。

〔註74〕 見《中國歲時節令辭典》（北京：中國社會科學出版社，1988年），頁25。

共剪西窗燭」詩句的痕跡。「侵曉」是直至天亮,「轉」字可見時間的遞移,表示時光輕快地過去了。

下片寫懷人情意。開頭三句中的「舊」與「曾」字引出過去「立春」時的回憶。「尊俎」指「五辛盤」,由大蒜、小蒜、韭荣、雲臺、胡荽五種辛料組成。〔註75〕「玉纖曾擘黃柑,柔香繫幽素」句,以伊人纖手分柑的畫面,作爲過去回憶的代表,讓人聯想到周邦彥〈少年遊〉詞「并刀如水,吳鹽勝雪,纖指破新橙」的詞意。〔註76〕擘柑共享的動作蘊含款款情意,因此說「繫幽素」,幽素是幽心素懷之意。以下「歸夢」兩句寫的是欲重尋舊情而不可得的悵惘,所以說「迷」了路。「鏡中路」三字引起學者對本詞寫作地點和抒情對象的討論。陳文華認爲「歸夢湖邊」句的「湖」當指杭州西湖,而下一句「可憐千點吳霜」中的「吳霜」明指吳地,即當時的蘇州。在蘇州懷人,懷的應當是杭妾。〔註77〕另有學者主張寫作地應在紹興,因爲紹興有一座鏡湖,「鏡」中路的「鏡」字是實指。〔註78〕拿李賀〈還自會稽歌〉詩的「吳霜點歸鬢」詩句與此詞合看,似乎有採用李賀詩句的意思,作於會稽之說是有可能的。〔註79〕至於所懷的對象,依據吳文英〈青玉案〉(新腔一唱雙金斗)「正霜落,分柑手」詞句,與本詞「玉纖曾擘黃柑,柔香繫幽素」的描寫相似,〔註80〕結合〈青玉案〉下片「吳天雁曉雲飛後。百感情懷頓疏酒」二句判斷,所懷的對象當爲蘇妾。

〔註75〕 見《荊楚歲時記》,頁4。

〔註76〕 孫虹校注,《清眞集校注》,頁176。

〔註77〕 陳文華,《海綃翁夢窗詞說詮評》,頁121。這個說法是建立在杭州情事在蘇州情事之前的基礎上。筆者以爲,以地點斷定所懷對象不如根據共通的意象、情節加以判別來得更爲適當。

〔註78〕 《彙校集評》,頁372。

〔註79〕 說見趙慧文、徐育民,《吳文英詞新釋輯評》,頁417。李賀詩句見《李賀詩集》,頁6。

〔註80〕 按全詞如下:「新腔一唱雙金斗。正霜落,分柑手。已是紅窗人倦繡。春詞裁燭,夜香溫被,怕減銀壺漏。　吳天雁曉雲飛後。百感情懷頓疏酒。彩扇何時翻翠袖?歌邊拌取,醉魂和夢,化作梅邊瘦。」楊《箋》,頁341。

回到詞裡，最後，以「千點吳霜」的衰鬢之人對「落梅如雨」的景象結束整首詞，畫面蒼白，情懷淒黯。

和一般節序詞的不同之處是，詞人並不只是將「立春」的節序風俗機械地套入詞中，而是在描寫風俗的同時，嵌入個人的情事回憶，透露他體驗過的美好情感。對照上片的團聚歡樂情景，下片中失落的情緒流洩而出。他人剪紅裁綠迎來新春，而詞人的春天是「舊」的，是「曾經」，是「迷路」難尋的。

歸納而言，本節所舉的兩首詞，所懷對象均爲蘇妾。詞人或以今昔處境對比，或以自身經歷與他人比較，抒發感嘆之情。然而，必須言明一點，此種感嘆不只存在於「元夕、除夕懷人」詞中，而是廣泛地出現在吳文英的「節序懷人」詞裡。

第三節 「寒食、清明懷人」詞

吳文英懷人詞的抒情對象問題，在「寒食、清明懷人」詞裡顯得較爲複雜。他的寒食、清明懷人詞，有爲蘇州遣妾而作者，也有爲杭女而作者。兩者的區別在於詞裡情懷的差異：抒情對象爲蘇妾的，焦點主要放在人去之後，詞人寂寞心境的表白；抒情對象爲杭女的，則流露出沉痛悔恨之情。先說「寒食、清明懷人」詞之中幾首體認到時節轉移，在寂寞心境方面表現得更爲敏感，抒情對象爲蘇妾的詞作。譬如〈珍珠簾〉一詞：

> 蜜沉爐暖萸煙裊。層簾捲、佇立行人官道。麟帶壓愁香，聽舞簫雲渺。恨縷情絲春絮遠，悵夢隔、銀屏難到。寒峭。有東風嫩柳，學得腰小。　　還近綠水清明，嘆孤身如燕，將花頻繞。細雨濕黃昏，半醉歸懷抱。盡損歌紈人去久，漫淚沾、香蘭如笑。書杳。念客枕幽單，看看春老。〔註81〕

詞題爲「春日客龜溪，過貴人家，隔牆聞簫鼓聲，疑是按舞，佇立久之。」「龜溪」在德清，吳文英年輕時曾到這裡遊賞，中年以後也曾

〔註81〕同上，頁183。

重遊此地。〔註82〕詞以佇立官道之人為中心，寫他所見所聞的事物引起的懷人感受。首句「蜜沉爐暖萸煙裊」可見鍛鍊的工夫，〔註83〕「蜜沉」是沉香的一種，〔註84〕沉水香以海南所產為上品，據說「香氣皆清淑，如蓮花，梅英，鷲梨，蜜脾之類，焚一博投許，氣翳彌室，翻之四面悉香，至媒爐氣不焦。」〔註85〕從「貴人家」著眼，用此上等蜜沉頗合情理。再者，因為沉香氣味持久不散，又因為「層簾捲」的緣故，所以隔著一道牆還能嗅得到茱萸香的氣味，並可見輕煙裊裊之景。「麟帶壓愁香」兩句是由聽簫鼓聲想像舞伎的模樣。前一句出自溫庭筠〈舞衣曲〉：「蟬衫麟帶壓愁香」。「麟帶」是舞女腰上繫的綴有麒麟玉的腰帶。〔註86〕因為隔著牆聽，以致簫聲渺遠如在雲間。下一句轉入懷人，表現出觸景傷情的強烈情緒。情絲如春絮飄遠，夢隔銀屏，透露舊情已不可尋。佇立聽簫，時間一長，髮膚感受到天氣寒峭，和室內「蜜沉爐暖」恰好形成強烈對比。而柳樹的纖細之姿又和歌女的「麟帶壓愁香」呼應。

「還近綠水清明」三句寫自己的孤單。楊鐵夫說，「清明」是吳文英最不能忘情的節序，原因是「姬去在此時節也。」〔註87〕筆者認為在清明節懷人的確是吳文英懷人詞的一大特色，集中眾多的「寒食、清明」懷人詞就是最好的證明，但在沒有充足證據的情況下，還難斷定他和情人分手是在清明時節。「孤身如燕，將花頻繞」有無可奈何之意。「細雨濕黃昏」呼應上片的「寒峭」，有淒苦之感。「蠹損」

〔註82〕見夢窗集中〈青玉案・重遊龜溪廢園〉詞。楊《箋》，頁 318。

〔註83〕陳洵，《海綃說詞》，頁 10 上。

〔註84〕揚之水，〈宋人的沉香〉，《古詩文名物新證》（北京：紫禁城出版社，2004 年），卷 1，頁 98。

〔註85〕范成大，《桂海虞衡志・志香》（台北：藝文印書館，1966 年）。按「博投」指博戲中擲骰子，見《漢語大詞典》（上海：漢語大詞典出版社，1989 年），第 1 冊，頁 907。在此當指焚燒骰子般大小的香粒。

〔註86〕見楊《箋》，頁 183 及《彙校集評》，頁 451。〈舞衣曲〉見《溫庭筠全集校注》，卷 1，頁 38。

〔註87〕楊《箋》，頁 183。

一句表示伊人離開甚久，致使歌扇受蠹蟲蛀損。「香蘭如笑」出自李賀〈李憑箜篌引〉：「芙蓉泣露香蘭笑」，〔註88〕陳文華按陳洵的說法，解作：

> 一悲一歡也。前云「淚沾」，即李詩之「芙蓉泣露」，謂己之悲也；「香蘭如笑」，歡情可見，則貴家之酣樂也。〔註89〕

的確，整首詞在結構安排上都是藉貴人家的歌舞之樂對照一己的孤單感懷，從這個層面來理解「漫淚沾、香蘭如笑」，說法頗爲周全。伊人音訊全無，懷抱著思念的詞人只能帶著他的寂寞客居在外，眼看轉眼間春天過去。結尾給人一種找不出後路的感覺。

另一首不可不提的節序懷人佳作〈風入松〉，則在詞中癡訴往日發生於西園的旖旎情事：

> 聽風聽雨過清明，愁草瘞花銘。樓前綠暗分攜路，一絲柳、一寸柔情。料峭春寒中酒，交加曉夢啼鶯。　　西園日日掃林亭。依舊賞新晴。黃蜂頻撲秋千索，有當時、纖手香凝。惆悵雙鴛不到，幽階一夜苔生。〔註90〕

詞的開頭營造出令人感到不舒服的情境——在風雨之中，詞人度過了清明。他懷著愁緒，寫下葬花的文字。「樓前綠暗」句轉入別意，「分攜路」是分手處，楊柳長得茂密，而每一絲楊柳代表的是詞人的一點情意，因此，由「綠暗」可知別思之深重。「中酒」是病酒之意，春寒料峭的天氣裡喝醉了酒，昏沉之際聽見枝頭傳來聒耳鶯啼，身體的不適與情懷的惡劣可想而知。下片開頭寫出詞人所在之地。朱祖謀〈夢窗詞小箋〉說，西園乃在「（蘇州）閶門西，洛人趙思別業也。」〔註91〕陳文華指出如：〈瑞鶴仙〉（淚荷拋碎璧）、〈點絳唇〉（時霎清明）、〈鶯啼序〉（橫塘棹穿豔錦）等詞，其中的「西園」一語，就詞

〔註88〕《李賀詩集》，頁 3。

〔註89〕陳文華，《海綃翁夢窗詞說詮評》，頁 125。

〔註90〕楊《箋》，頁 185。

〔註91〕朱祖謀〈夢窗詞小箋〉箋注〈掃花遊・送春古江村〉詞之語。《彊村叢書》本《夢窗詞集》，頁 4084。

意判斷，指的都是位在蘇州的西園。〔註92〕「西園」二句中的「日日」
與「依舊」表示思念之久且長，而「掃林亭」的舉動意味著盼望離開
的人能夠再回到這裡。「黃蜂頻撲鞦韆索，有當時、纖手香凝」一韻，
可見夢窗思念之深，用情之重。確實，黃蜂圍繞著鞦韆索飛舞，本是
春日常見的畫面，詞人思致翻轉，將此情景解釋成因為當時佳人手執
鞦韆索，索上餘香未散的緣故，可見思念之深，情意之重。夢窗〈青
玉案〉（短亭芳草長亭柳）詞下片也有相近的描寫：「翠陰曾摘梅枝嗅，
還憶鞦韆玉蔥手。」〔註93〕最後兩句，「雙鴛」代指女子的繡鞋，「雙
鴛不到」即所懷的人沒有歸來，「幽階一夜苔生」是誇張或產生幻覺，
可見詞中人一夜無寐。

　　關於這首詞的題旨，陶爾夫認為是「悼亡」，陳洵主張是「思去
妾」。〔註94〕「悼亡」的說法，主要出自「愁草瘞花銘」一句，認為
此處的「花」借指人。不過，詞中故事的場景發生在蘇州西園，「樓
前綠暗分攜路」一句，又明顯表示他和對方是在蘇州分手的，因此，
主張詞係思蘇州去妾而作比較合理。

　　而在像〈祝英臺近・春日客龜溪遊廢園〉（采幽香）這種抒情對
象不明顯的詞裡，吳文英亦流露出他面對節序的低落情緒：

> 采幽香，巡古苑，竹冷翠微路。鬥草溪根，沙印小蓮步。
> 自憐兩鬢清霜，一年寒食，又身在、雲山深處。　　畫閑
> 度。因甚天也慳春，輕陰便成雨。綠暗長亭，歸夢趁風絮。
> 有情花影闌干，鶯聲門徑，解留我、霎時凝佇。〔註95〕

詞人並無意特別花費筆墨在仔細描寫廢園的風景上，開頭只交代遊園
之事。反倒是溪邊女子鬥草嬉戲，「沙印小蓮步」的痕跡，觸發了他
內心的感觸。「自憐兩鬢清霜」三句寫出寒食節序當前，孤單一人身
處外地的寂寞感，結合「嘆老」的情緒，情懷更顯怨抑。下片「綠暗

〔註92〕《海綃翁夢窗詞說詮評》，頁84。
〔註93〕《楊箋》，頁341。
〔註94〕《吳夢窗詞傳》，頁367。
〔註95〕楊《箋》，頁146。

長亭，歸夢趁風絮」則說出他期盼返家的心情，幸而花影、鶯聲似是有情，懂得寂寞心事，得讓他暫且流連於此。

至於抒情對象可能爲杭女的詞，在此舉〈鶯啼序〉一詞爲說。宋代的寒食、清明節兼有利用假期出遊踏青以及追念亡者、祭掃墳墓兩種迥異的性質。吳文英的寒食、清明懷人詞除了追憶舊日的歡樂回憶之外，也有因觸景傷情而表現出傷逝情感的詞作。在這一類詞中，歷來公認以〈鶯啼序〉最具代表性，這首詞無論在情感或藝術技巧方面均有特出之處，值得仔細體會。〈鶯啼序〉的字數爲長調之最，共二百四十字，茲抄錄全詞以便分析：

> 殘寒正欺病酒，掩沉香繡戶。燕來晚，飛入西城，似說春事遲暮。畫船載、清明過卻，晴煙冉冉吳宮樹。念羈情遊蕩，隨風化爲輕絮。　　十載西湖，傍柳繫馬，趁嬌塵軟霧。溯紅漸、招入仙溪，錦兒偷寄幽素。倚銀屏、春寬夢窄，斷紅濕、歌紈金縷。暝堤空，輕把斜陽，總還鷗鷺。　　幽蘭漸老，杜若還生，水鄉尚寄旅。別後訪、六橋無信，事往花委，瘞玉埋香，幾番風雨。長波妒盼，遙山羞黛，漁燈分影春江宿，記當時、短楫桃根渡。青樓彷彿，臨分敗壁題詩，淚墨慘淡塵土。　　危亭望極，草色天涯，歎鬢侵半苧。暗點檢、離痕歡唾，尚染鮫綃，嚲鳳迷歸，破鸞慵舞。殷勤待寫，書中長恨，藍霞遼海沉過雁，漫相思、彈入哀箏柱。傷心千里江南，怨曲重招，斷魂在否？ 〔註96〕

這首詞是《夢窗詞》裡的佳作，歷來皆獲好評。劉永濟讚賞道：「作此調者，非有極豐富之情事，不易充實；非有極矯健之筆力，不能流轉。」〔註97〕四疊的要旨可分別爲：「傷春、歡會、傷別、憑弔。」〔註98〕第一疊述說「傷春」之感。在文學傳統裡，「殘寒」這個意象

〔註96〕楊《箋》，頁 191。

〔註97〕劉永濟《微睇室說詞》，頁 191。

〔註98〕林順夫〈南宋長調詞中的空間邏輯——試讀吳文英鶯啼序〉，《第一屆詞學國際研討會論文集》（臺北：中央研究院中國文哲所籌備處，

與「傷春」的主題密不可分，而「病酒」乃醉酒之意，與「中酒」同。
〔註99〕因醉酒而生不適之感，更使得人心情惡劣，產生受天氣欺負之
感，所以這個「欺」字是一個很具情緒色彩的字眼。「沉香繡戶」四
字可見夢窗字面之美。正因感受到餘寒，兼以病酒，故掩起門戶。
「掩」字予人封閉之感，含有主動將己身與外界事物隔離之意。然而，
遲來的燕子還是勾動了詞中人的心緒，成為開啓「十載西湖」情事的
回憶之鑰。「西城」指的是西湖，因西湖位於杭州城之西，楊鐵夫、
陳文華都舉吳文英的另一首〈鶯啼序〉（天吳駕雲閬海）作證據，甚
為明確。〔註100〕「春事遲暮」，除了強化「傷春」之感外，恐怕也含
有情事消逝的意思在內。「畫船載、清明過卻」句，清明遊湖是宋代
人的習俗，而在南宋都城杭州之中，最適合於遊湖的地點就是西湖
了。〔註101〕所以詞人很有可能想像著，在遊人仕女乘畫船遊湖的情
景當中，清明節就這麼過了。至於以下的「晴煙冉冉吳宮樹」的「吳
宮」一詞有必要釐清一下。許多學者認為「吳宮」是指蘇州，如楊鐵
夫便說此詞是「重到蘇州作」。〔註102〕不過陳文華《海綃翁夢窗詞說
詮評》引《五代史・世襲列傳・錢鏐》解釋「吳宮」乃是指錢鏐在杭
州所建造的華麗宮殿，其說較可靠。〔註103〕而且，如果將吳宮看作
是錢鏐的宮殿的話，也可與前之「西城」所在地一致。「念羈情遊蕩」
的「念」字領起較強烈的情緒，吳文英早年曾在杭州居住過一段時間，
之後到蘇州任倉幕幕僚，也待了十年，然後才又回到杭州。所以「羈
情遊蕩」很可能是說他雖然歸杭，但此身仍有遊蕩無依之感，遂生出
無限惆悵。「隨風化為輕絮」即形容此惆悵之情猶如隨風飛舞的柳絮

1994 年），頁 260。

〔註99〕 朱德才主編《增訂注釋吳文英詞》（北京：文化藝術出版社，1999
　　　　年），頁 166。

〔註100〕 見楊《箋》頁 188 及陳文華《海綃翁夢窗詞說詮評》（台北：里仁
　　　　書局，1996 年），頁 109。

〔註101〕 《兩宋上巳寒食清明詞研究》，頁 121～123。

〔註102〕 楊《箋》，頁 191。

〔註103〕 《海綃翁夢窗詞說詮評》，頁 108。

般，瀰漫天地。

　　第二疊由傷春跳躍到過去的回憶之中。「十載西湖」言明戀情發生的地點及時間。不過，「十載」很有可能只是個概括的數字，毋須過於拘執。「嬌塵軟霧」乃形容「遊春仕女車馬揚起的塵霧」。〔註104〕這句的語調愉悅又明快，可想見在詞人的回憶之中，自己少年時的形象丰采翩翩，且勇於追求愛情。「入仙溪」暗用劉晨、阮肇入天台山遇見仙女的典故，乃比喻其所戀之人如天仙一般。「錦兒」據說是錢塘名妓楊愛愛的婢女，在這裡泛指侍女。這裡有暗示其所侍奉的對象是倡家女的可能。〔註105〕「偷寄幽素」則言對方透過侍女傳遞她幽微的情愫。而「偷」字還很可能暗示詞中的主人翁與女子的愛情是秘密的、危險的，因而在兩人相識之初就為日後的淒然分別留下了伏筆。「銀屏」是以銀作為裝飾的屏風，通常是女性閨房內的裝飾物，所以在此代指佳人住處。「春寬夢窄」是說兩人的愛情生活雖美滿卻短暫。「斷紅濕、歌紈金縷」乃轉而寫女子情態，「歌紈」是說她唱歌時手執紈扇，「金縷」當指〈金縷衣〉曲。〈金縷衣〉是唐代樂府詩，有「勸君莫惜金縷衣，勸君惜取少年時」詩句，配樂之後成了可以歌唱的曲子。這是說女子也同有「春寬夢窄」之感，故而在歌舞歡樂之際也感到時光短暫，須及時把握，眼淚不覺便落下，濕了臉上的胭脂，所以說「斷紅濕」。儘管如此，兩人的愛情還是十分醉人的。下句「暝堤空，輕把斜陽，總還鷗鷺」表面上是從「歡會」的主題跳開，實際上則是採含蓄的筆法寫兩人歡情正濃的情景，也誠如林順夫所說的：「既然我得在『仙溪』住宿，乾脆就把斜陽還給湖堤上的鷗鷺去吧。」〔註106〕

〔註104〕　《增訂注釋吳文英詞》，頁166。
〔註105〕　說見《吳夢窗詞傳》，頁379。原出處見〔宋〕張邦幾撰《侍兒小名錄》。收入《說郛》，卷77。清順治（四年，1647）兩浙督學李際期刊本。
〔註106〕　林順夫〈南宋長調詞中的空間邏輯——試讀吳文英鶯啼序〉，頁262。

　　第三疊首句「幽蘭漸老，杜若還生，水鄉尙寄旅」是個容易讓人產生時空困惑的地方。如果說我們同意「西城」和「吳宮」都位在杭州的話，那麼「水鄉尙寄旅」就應該是指詞中人與戀人分手之後就寄居在一「水鄉」，地點很可能是蘇州。〔註107〕「杜若」是一種香草，《楚辭‧九歌‧湘君》說：「搴汀州兮杜若，將以遺兮遠者。」〔註108〕因此杜若使人思念起離開的人，想將這種香草及美好的情意送給對方，可是由於寄身異地的關係，沒辦法做到。由「幽蘭漸老，杜若還生」以及下句的「幾番風雨」可以看出，其在水鄉度過了一段不算短的時間，至「別後訪」句才又寫回到杭州，重回舊地──西湖六橋，〔註109〕然而已無情人音訊。「事往花委」的「委」同枯萎的「萎」字，傳統上習慣以花喻女子，所以花朵枯萎也許象徵著伊人的死去。另有一個說法是：「過去的情事就像落花委地」，〔註110〕而「瘞玉埋香」之「瘞」字本義爲「埋葬」，整句串講乃指戀人亡故。「長波妒盼，遙山羞黛」乃形容女子的眉眼動人。古時有稱女子的眉爲「遠山眉」者，這裡是說戀人的眼神嫵媚、黛眉秀美，因此連山水也感到忌妒和羞慚。「漁燈分影春江宿」是寫兩人小舟共眠，且由「春江」二字可想見旖旎無限之情，「記當時、短楫桃根渡」運用王獻之迎接愛妾桃葉、桃根姊妹的典故。〔註111〕在此只是以「桃根渡」借指某個渡口。然而這樣美好的情景卻因爲兩人的分離而破滅，只餘留「敗壁題詩」，淚痕與墨痕交融的淒涼下場。「青樓彷彿」之景很可能是詞人的臆想，由「彷彿」可知其未必眞到其地，而有可能是揣測今日青樓或許還留

〔註107〕　「水鄉」非指杭州，其理甚明。吳文英離開杭州之後進入蘇州倉幕，因此「水鄉」借指蘇州的可能性是很大的。

〔註108〕　《楚辭補注》，頁68。

〔註109〕　按「六橋」位於「西湖三堤路」上。見《武林舊事》，卷5。《東京夢華錄（外四種）》，頁387～388。

〔註110〕　《彙校集評》，頁476～477。

〔註111〕　按王獻之〈桃葉歌〉之二：「桃葉復桃葉，桃葉連桃根。相憐兩樂事，獨使我殷勤。」之三：「桃葉復桃葉，渡江不用楫。但渡無所苦，我自迎接汝。」見《樂府詩集》，頁664。

有當日分別時所題的詩句，是吳詞思緒跳躍的又一證明。另一方面，「青樓」又是一個讓人容易聯想到杭女身分爲倡妓的詞語。

第四疊首句言「危亭望極」，空間又作了一次轉換。此句乃寫登高望遠，見芳草連天無際，因而發出鬢髮花白，青春不再之嘆。讀者至此可能會頗覺困惑，詞的開頭不是寫主人翁閉門傷春嗎？爲什麼至結尾場景卻轉成登臨遠望？究竟此處所指是今時是往日？又究竟「沉香繡戶」和「危亭」，哪一處才是詞中的主人翁所處之「當下」？我認爲，「危亭望極」乃是承接第三疊中的「別後訪、六橋無信」，寫的同樣是詞人在伊人死後重回故地的情景，事實上是作者思緒跳躍所致之「虛景」。「暗點檢、離痕歡唾，淚染鮫綃」同樣未必是承接「危亭望極」句而來，是賭物思人。「離痕歡唾，淚染鮫綃」句的字面何其工麗，情境又何其淒豔動人。不只眉眼，戀人的裝飾品或隨身物亦是最令詞人念念不忘者。「鞞鳳迷歸」寫死去的情人；「破鸞慵舞」則寫詞人自己，用的是范泰〈鸞鳥詩序〉的典故。〔註112〕「鞞鳳」較普遍的解釋是：「翅膀下垂的鳳凰」，不過楊鐵夫說是「鳳釵半鞞也」，筆者認爲這是個比較合理的解釋。〔註113〕「破鸞」則有可能是形容鸞鏡，如此一來，鮫綃、鞞鳳、鸞鏡三個意象既統一，又切合賭物思人之舉。「殷勤待寫，書中長恨」句，既說「待寫」，很有可能是未寫，或者有寫的打算，只不過繼而一想，「藍霞遼海沉過雁」，即使書信寫成了，海闊雁沉，又要如何寄予所思所慕之人呢？「漫相思、彈入哀箏柱」的「漫」字有「徒然」之意，既不能託雁傳書，就唯有將滿腹相思意寄託哀箏，藉曲調安慰深情了。可是詞人又很清

〔註112〕 說見《吳夢窗詞傳》，頁 380。原出處見《藝文類聚》卷 90 引〔南朝宋〕范泰〈鸞鳥詩序〉：「昔罽賓王結罝峻卯之山，獲一鸞鳥。王甚愛之，欲其鳴而不致也。乃飾以金樊，餇以珍羞。對之愈戚，三年不鳴。其夫人曰：『嘗聞鳥見其類而後鳴，何不懸鏡以映之？』王從其意。鸞睹形悲鳴，哀響沖霄，一奮而絕。嗟乎！茲禽何情之深。」頁 2312～2313。

〔註113〕 《楊箋》，頁 192。

楚地明白，這不過是徒然之舉，根本沒辦法平撫其胸中的痛楚，最終，只能再唱一曲怨歌，試圖召回愛人的芳魄了。「傷心千里江南」乃出自《楚辭・招魂》：「目極千里兮傷春心，魂兮歸來哀江南。」〔註114〕從「殷勤待寫」句到全詞結尾，傷逝的情緒推到極至，既不能寄情於錦書，又不能確定伊人死後是否有靈，則此情天長恨，無計可補。

從架構上看，雖然詞裡涉及的情事幽曲隱晦，情感卻清楚明白。直率表現情感的詞語如「淚」、「長恨」、「傷心」、「怨」等出現在三、四疊，使整首詞的情緒逐漸推至高點。

像這種流露出哀痛怨悔情感的「懷人」詞還有：〈瑞鶴仙〉（晴絲牽緒亂）的「淒斷。流紅千浪。缺月孤樓，總難留燕。」〔註115〕以及〈定風波〉（密約偷香□躡青）的「離骨漸塵橋下水，到頭難滅景中情。」〔註116〕描寫無力阻止所戀之人離去，乃至於事隔多年之後得知其人已死的消息，對人情離合的無奈與沉痛之感溢於言表。

此外，吳文英的「寒食、清明懷人」詞尚有一特殊之處，不可不提。此即其背後共同指向一、二個完整的「故事」，詞人選擇故事的部分「情節」或片段呈現在那些節序懷人詞中，重複傾訴著情愛殘缺的感傷。吳文英善於在「節序懷人」詞中穿插情節，由於感情及生涯方面的雙重失落，使得他對往日節序的美好回憶頻頻回顧，因此，他的多首「節序懷人」作品難以避免地重複出現類似的情節。《夢窗詞》中「寒食、清明懷人」詞多達十首，情節互通的例子顯著，如前面分析的「清明懷人」詞〈鶯啼序〉（殘寒正欺病酒），可以和〈渡江雲三犯〉（羞紅顰淺恨）、〈定風波〉（密約偷香□踏青）二詞相互參看，同為悼念亡故的杭州戀人而作。這三首詞不僅內容相關，而且同為情感動人、筆法出色之作。茲先引〈渡江雲三犯〉為說：

〔註114〕《楚辭補注》，頁215。
〔註115〕楊《箋》，頁11。
〔註116〕同上，頁136。

> 羞紅顰淺恨，晚風未落，片繡點重茵。舊堤分燕尾，桂棹
> 輕鷗，寶勒倚殘雲。千絲怨碧，漸路入、仙塢迷津。腸漫
> 回，隔花時見，背面楚腰身。　　逡巡。題門惆悵，墜履
> 牽縈，數幽期難準。還始覺、留情緣眼，寬帶因春。明朝
> 事與孤煙冷，做滿湖、風雨愁人。山黛暝、塵波澹綠無痕。
> 〔註117〕

詞寫在晚春，詞人重回舊遊之地，追憶前歡，感觸萬端。至於抒情對
象，陳洵解釋爲「初遇吳姬」，夏承燾解釋爲「初遇杭妾」，楊鐵夫則
說是「泛作遊冶之詞」，歧異頗大。〔註118〕筆者認爲，夏承燾的說法
較爲合宜，而詞中的「留情緣眼」就是開啓夢窗「懷人」詞幽秘之門
的一把鑰匙。〈絳都春〉（南樓墜燕）說：「別館。秋娘乍識，似人處、
最在雙波凝盼。」〔註119〕以及〈齊天樂〉（煙波桃葉西陵路）：「華堂
燭暗送客，眼波回盼處，芳豔流水。」〔註120〕類似詞句屢見於詞篇，
是詞人最難以忘懷的印象。這一點，陳文華析辨甚明。〔註121〕只是，
陳氏認爲〈絳都春〉是寫杭女，而〈齊天樂〉是寫蘇妾，未知依據什
麼樣的理由作出區隔？細讀這兩首詞，地點都在杭州，爲杭女所寫，
應無可疑。

　　回到〈渡江雲三犯〉。前三句描寫春天將結束，落花點綴草地的
情景。「羞紅」指落花，「顰」字使整句生色不少，形容落花彷彿爲
終須辭謝枝葉而蹙眉。「未落」按吳蓓的解釋，是「未停息」之意。
〔註122〕之後的「燕尾」指西湖中白堤與蘇堤交叉，形同燕尾。〔註123〕
「桂棹」、「寶勒」形容船、馬之精美。有注解家認爲從「舊堤分燕尾」

〔註117〕楊《箋》，頁4。
〔註118〕三人的說法分見陳洵，《海綃說詞》，頁 4 上。夏承燾，〈夢窗詞集
　　　　後箋〉，《唐宋詞論叢》，頁204。楊《箋》，頁4。
〔註119〕楊《箋》，頁210。
〔註120〕同上，頁68。
〔註121〕《海綃翁夢窗詞說詮評》，頁81。
〔註122〕《彙校集評》，頁11。
〔註123〕《吳文英詞新釋輯評》，頁11。

起是描述昔日和戀人遊湖、騎馬的情景。〔註 124〕不過，推敲詞意，如果「舊堤分燕尾」這三句是寫過去共遊的情景，色彩未免太灰暗。應當解作黃昏時刻詞人駐馬在西湖的堤上，見落花點點，湖面小船如輕鷗數隻，令人回憶起過去的事。而且，「殘雲」搭配開頭第二句的「晚風」意象，時間或情調上也較爲一致。「千絲怨碧」以下，拈出舊情，訴說曾發生類似劉晨、阮肇入天台山采藥，遇上兩名容貌絕妙的女子，留宿在女子住處的情事。〔註 125〕陳洵指出，「此詞與〈鶯啼序〉第二段參看。『漸路入仙塢迷津』即『溯紅漸招入仙溪』」〔註 126〕確實如此。「隔花時見，背面楚腰身」寫女子的姿態，於花叢中若隱若現，更添風情。不過，「腸回」謂情緒激動。〔註 127〕「漫」，空也。三個字指出這名女子只可遠觀難以狎近。「隔花時見，背面楚腰身」化用蘇軾詩「隔花臨水時一見，只許腰枝背後看」詩句。〔註 128〕下片回到現在，「逡巡」指「徘徊徐行的樣子」。〔註 129〕詞人重回故地，徘徊流連尋思往事，於是有以下「題門」、「墜履」的感慨。這兩句分別化用唐朝詩人崔護、羅隱詩意。詩意蘊含一份錯過就難再尋得的感情，這種「人面桃花」式的主題也屢屢成爲宋人情詞的一種表現模式。〔註 130〕此即本詞「題門」之意。至於「墜履」，出自賈誼《新書》，大意是楚昭王與吳人作戰，敗走時不慎掉了鞋履，而後折返取回。左右不解其用意，楚昭王回答說：「思與偕返也。」〔註 131〕羅隱〈得宣

〔註 124〕 其說法爲：「詞人在這美景中，一會蕩舟玩水，船輕如鷗；一會騎馬遊山，駿驄似飛。」同上，頁 10。

〔註 125〕 〔南朝〕劉義慶撰，王公偉注釋，《幽明錄》，卷 1。《中國文言小說百部經典》（北京：北京出版社，2000 年），第 3 冊，頁 1349。

〔註 126〕 陳洵，《海綃說詞》，頁 4 上。

〔註 127〕 說見《吳文英詞新釋輯評》，頁 9。

〔註 128〕 〈續麗人行〉，見錢鴻瑛，《夢窗詞研究》，頁 129 轉引。原詩見《蘇軾詩集》，卷 16，頁 811。

〔註 129〕 《吳夢窗詞傳》，頁 79。

〔註 130〕 施議對，〈走出誤區——吳世昌語詞體結構論〉，《施議對詞學論集》第二卷《今詞達變》，（澳門：澳門大學出版社，1999 年），頁 367。

〔註 131〕 賈誼《新書》，卷 7〈喻誠〉（台北：藝文，1966 年），頁 6。

州寶尚書書因投寄二首〉之二云：「遺簪墜履應留念，門客如今只下僚」，即以舊物表示故情難忘之意。〔註132〕「數幽期難準」意指秘密約會難再重現，呼應上片的「漸路入、仙塢迷津」。「還始覺」三句是詞人對往日情事緣起和今日重遊神傷所下的結論，從對方來說，她的美目動人，眼波流盼，使他無法忘懷；就外在的環境而言，這段情事乃是因春遊而起，重遊的時節也在晚春，於是將為情消瘦憔悴一併歸咎於春天。表面上看來不可理喻，實則是詞人一片癡心的展現。「明朝」以下點出節序，設想之後滿湖風雨的情況，愁緒困人。最後以山色昏暗，水波澹綠的景語結束整首詞。「無痕」有「事如春夢了無痕」的含意，又回扣「事與孤煙冷」一語。

再看〈定風波〉：

> 密約偷香□踏青。小車隨馬過南屏。回首東風消鬢影。重省。十年心事夜船燈。　　離骨漸塵橋下水，到頭難滅景中情。兩岸落花殘酒醒。煙冷。人家垂柳未清明。〔註133〕

「密約偷香」兩句，給整首詞一個浪漫的開端。「偷香」典出《世說新語・惑溺》：韓壽姿容出眾，賈充辟任他擔任部屬。每次聚會，賈充的女兒都躲在窗格後面偷窺韓壽，對他頗為傾心。之後，她派婢女向韓壽傳達心意。韓壽聽說賈氏容貌美麗，於是動了心，並且翻牆到賈家過夜。後來，賈充和僚屬聚會的時候發覺韓壽身上有一股特殊的香氣，而這種香料是皇帝所賜予，只有自己和陳騫的家裡才有，暗中調查才知道，他和自己的女兒已經偷偷來往一段時間。賈充知情後，決定掩蓋這件事，並且把女兒嫁給韓壽。〔註134〕從這個典故得知，「偷香」一語表示這段戀情是秘密的，「小車隨馬」，可見對方的心意歸屬。詞的一開始敘述，詞人曾經和一名女子藉踏青的理由到南

〔註132〕〔唐〕羅隱撰，《羅隱集校注・甲乙集》（杭州浙江古籍出版社，1995年），卷1，頁17。

〔註133〕楊《箋》，頁135。

〔註134〕余嘉錫箋疏，《世說新語箋疏（修訂本）》（上海：上海古籍出版社，1993年），頁921。

屏山幽會。南屏山位於杭州城的南邊。〔註135〕下一句「回首東風消
鬢影」，回憶驟轉入現實，當年熱烈投入戀情的男子在東風之中鬢影
消磨，「東風」意味這段浪漫狂熱的戀情轉瞬間結束，如風吹過，消
失得無影無蹤。這段情事留下的唯有「十年心事夜船燈」，夜船孤燈，
情景蕭瑟。

　　下片開頭指出，戀情後來以對方的死亡作結。「離骨」明白說出
對方已死，「漸塵」表示時日之久，並且，誠如楊鐵夫所析，「『橋下
水』承『夜船』；『景中情』承『心事』。」〔註136〕獨坐船中，往事歷
歷難以釋懷。「到頭」有畢竟之意，這兩句流露出詞人的哀痛與追念。
詞人帶著幾分醉意在船中度過了一晚，翌日早晨醒來，殘醉未褪，只
見夾岸落英紛紛。「煙冷」、「未清明」點出寒食節序。在這裡，節序
的雙重意義貼合詞情：寒食節適合踏青，緊接寒食而來的清明節，又
是家家戶戶上墳祭掃的日子；所以詞的一開頭寫當年踏青的喜悅，而
人事已非之後，再面對同一個節日，感受轉為哀戚沉痛。

　　將以上兩首詞和〈鶯啼序〉對照，〈鶯啼序〉所寫的「傍柳繫馬，
趁嬌塵軟霧」情景，接近於〈定風波〉詞開頭兩句「密約偷香□踏青。
小車隨馬過南屏」。而〈鶯啼序〉的「溯紅漸、招入仙溪」一句也和
〈渡江雲三犯〉（羞紅顰淺恨）的「千絲怨碧，漸路入、仙塢迷津」
情節相似。〔註137〕再者，〈鶯啼序〉裡「殘寒正欺病酒」的情境已經
在〈風入松〉（聽風聽雨過清明）中出現過；〔註138〕「記當時、短楫
桃根渡」也是個極為熟悉的場景，吳文英在〈齊天樂〉（煙波桃葉西
陵路）詞中就寫：「煙波桃葉西陵路，十年斷魂潮尾。」〔註139〕由前
引的幾個詞例可見夢窗懷人詞的關連緊密，許多詞作得以相互詮釋，

〔註135〕見《武林舊事》卷 5〈湖山勝概〉。《東京夢華錄（外四種）》，頁
　　　　379。
〔註136〕楊《箋》，頁 136。
〔註137〕同上，頁 4。
〔註138〕同上，頁 185。
〔註139〕同上，頁 68。

互為補充。吳文英在這些詞裡「說故事」，然而又沒有將故事的內容
說盡，只向讀者展示某些令他念念不忘的情境，從而形成一股特殊的
張力並深具吸引力。

情節互通的情況並非節序懷人詞獨有，吳文英其他類型的懷人詞
也有情節、意象與節序懷人詞近似者，這部分將留待第五章析論。

第四節　「端午懷人」詞

本章第一節分析了吳文英寫於淳祐四年的「端午懷人」詞〈滿江
紅〉，而吳氏的「端午懷人」詞意象重複頻率高，「刻意為之」的痕跡
明顯，且均具有非常濃厚的節序色彩。〔註 140〕〈滿江紅〉詞裡的意
象「榴花」、「合歡縷」、「菰葉」出現在同樣作於蘇州的〈隔浦蓮近・
泊長橋過重午〉詞中：

> 榴花依舊照眼，愁褪紅絲腕。夢繞煙江路，汀菰綠，薰風
> 晚。年少驚送遠。　　吳蠶老，恨緒縈抽繭。　　旅情懶。
> 扁舟繫處，青帘濁酒須換。一番重午，旋買香蒲浮琖。新
> 月湖光蕩素練。人散。紅衣香在南岸。〔註 141〕

根據朱《箋》引范成大《吳郡志》：「利往橋即吳江長橋也。慶曆八年，
縣尉王庭堅所建，有亭曰垂虹，而後因以名橋。」〔註 142〕利往橋、
長橋和垂虹橋實際上是同一座橋。這首詞是客中之作，詞以「榴花依
舊照眼」點出題面。農曆五月是榴花盛開的時候，「依舊」二字傳達
出眼前紅豔照眼的榴花對他而言並不陌生，當然，因為榴花而勾起的

〔註 140〕 在此之前，蘇芳民《夢窗憶姬情詞意象研究》歸納夢窗懷人詞的意
　　　　　象，以「盤絲繫腕」的意象作為夢窗詞意象取材自節序風俗的例證。
　　　　　（台北：國立台灣師範大學國文學系在職進修專班碩士論文，2006
　　　　　年），頁 150～151。實際上若深入觀察夢窗的五首端午懷人詞，可
　　　　　以發現當中出現的意象不僅只有「盤絲繫腕」，它們和節序的習俗、
　　　　　風物結合得非常緊密。
〔註 141〕 楊《箋》，頁 94。
〔註 142〕 見朱《箋》，頁 4086。原文見范成大，《吳郡志》，卷 17，頁 498～
　　　　　499。

回憶，也同樣熟悉。「愁褪紅絲腕」以昔日繫在情人手腕上的絲線瘢痕褪去，象徵著愛情已逝。「夢繞煙江」句同時包含了虛實的成分，可能是男子繫舟長橋，夢中所見，也可能是描寫實際所見。江上煙水迷離，薰風吹拂，綠了汀洲上的菰葉，一年又過了將近一半。對時間的敏感反應召喚起男子當年送愛人離開的回憶。「年少驚送遠」和晏殊的〈踏莎行〉（碧海無波）詞中：「當時輕別意中人，山長水遠知何處」〔註143〕意思接近，但吳文英更深入一層，以「驚」字傳達出回憶帶給他的震撼和追悔的情緒。雖然如今已老，但少年的傷心情事仍歷歷在目，如榴花照眼。「吳蠶老，恨緒縈抽繭」是比喻男子心中的悔恨如抽繭引絲般連綿不斷。

　　下闋開頭「旅情懶」三字，陳洵說「縮入上段看」。陳文華進一步闡釋陳洵的評語，說：「蓋旅情何以懶，即因舟泊此地，悵觸往事，頓縈魂夢，故無意緒也。」其說可供參考。〔註144〕至於何以解憂？唯有杜康。以下「扁舟繫處，青帘濁酒須換。一番重午，旋買香蒲浮盞」是寫買酒自酌的情景。最後，夜深人散，「紅衣香在南岸」，在南岸的荷花清香中，男子又一次度過了端午節。

　　再看另一首「端午懷人」詞〈踏莎行〉：

　　　　潤玉籠綃，檀櫻倚扇。繡圈猶帶脂香淺。榴心空疊舞裙紅，
　　　　艾枝應壓愁鬟亂。　　　午夢千山，窗陰一箭。香瘢新褪紅
　　　　絲腕。隔江人在雨聲中，晚風菰葉生秋怨。〔註145〕

上片全為夢境，並且全力描寫夢中女子的形象。「潤玉籠綃」是形容女子穿著薄紗衣裳，而她的肌膚如玉一般溫潤。「檀櫻倚扇」則為女子淺紅小口輕碰歌扇的模樣。〔註146〕下一句中「繡圈」的解釋現有兩種：一說是戴在頸上的飾物，〔註147〕一說是端午節所戴的彩線。

〔註143〕《全宋詞》，第1冊，頁99。

〔註144〕陳文華，《海綃翁夢窗詞說詮評》，頁235。

〔註145〕楊《箋》，頁304。

〔註146〕說見《吳文英詞新釋輯評》，頁895。

〔註147〕同上。

〔註 148〕從前後文來看，繡圈應該是指頸上的飾物。接下來兩句寫女子的舞裙和舞姿，夢中女子穿著榴紅色的舞裙，舞動時頭上插戴的艾枝壓到了她的鬢鬟。所謂「愁鬟」，則是他推測女子可能因爲兩人的分離而傷感哀愁。下片開頭「午夢千山」點出上片所寫全爲夢境。「一箭」比喻時間消逝之迅速。而且，可以清楚地看出，上片中的意象「潤玉」、「檀櫻」、「繡圈」、「榴裙」，色彩明艷飽滿，而夢醒之後的「現實」，色調是灰暗的。「香瘢新褪紅絲腕」，的「香瘢」本指臉上的瘢痕，典出《拾遺記》，〔註 149〕這裡應當解釋爲手上因繫著五彩線而產生的印痕。「褪」字不但表露夢中那名繫著彩線的女子已經離開，同時，色調明亮的情事回憶也在夢醒時意識到女子早已離去的那一瞬間褪色了。岸邊的菰葉受晚風吹拂沙沙作響，在詞人心中，秋天已然到來。

下面這首〈杏花天〉詞則將以往的情愛歡事比喻爲一場夢，夢醒後滿懷失落、惆悵之情：

> 幽歡一夢成炊黍。知綠暗、汀菰幾度。竹西歌斷芳塵去。寬盡經年臂縷。　　梅黃後、林梢更雨。小池面、啼紅怨暮。當時明月重生處。樓上宮眉在否？〔註 150〕

詞題爲「重午」，因此知是端午懷人詞。第一句以唐人傳奇〈枕中記〉「黃粱一夢」的故事比喻愛情消逝，「幽歡」暗示男女情愛。「知綠暗、汀菰幾度」則有時日已久的意思。「竹西」是揚州的名勝竹西亭，杜牧的一首詩寫到：「誰知竹西路，歌吹是揚州。」〔註 151〕揚州從唐代

〔註 148〕　《增訂注釋全宋詞》，頁 257。
〔註 149〕　《拾遺記》卷 8：「孫和悅鄧夫人，常置膝上。和于月下舞水晶如意。誤傷夫人頰。血流污褲，嬌妊稱苦。自舐其瘡，命太醫合藥。醫曰：『得白獺髓，雜玉與琥珀屑，當滅此痕。』即購置百斤。……和乃命合此膏，琥珀太多，及差（按：搓）而有赤點如朱，逼而視之，更益其妍。諸嬖人欲要寵，皆以丹脂點頰而後進幸。妖惑相動，遂成淫俗。」見〔晉〕王嘉撰，孟慶祥、商媺注《拾遺記譯注》（哈爾濱：黑龍江人民出版社，1989 年），頁 230。
〔註 150〕　楊《箋》，頁 342。
〔註 151〕　〈題揚州禪智寺〉，《樊川詩集注》，卷 3，頁 199。

以來就是煙花之地，而「歌斷芳塵去」不但呼應「幽歡一夢成炊黍」，也暗示追憶的女子身分可能為歌伎。下一句「寬盡經年臂縷」相信讀者並不感到陌生，這個意象重複地出現在吳文英的端午詞裡。至於「經年」有兩個解釋，一是「經過了一年」，一是「多年」。參照前面「幾度」一語，此處解為「多年」比較適宜。「梅黃後」到「怨紅啼暮」句是描寫當令景象，而結句「當時明月重生處。樓上宮眉在否」的答案，想當然爾，是否定的。

　　讀過吳文英的「端午懷人」詞，讀者想必有種似曾相識的感覺。如同戲班公演，一張貼當晚演出劇目，觀眾就知道情節梗概。紅絲腕、香瘢、榴裙是女主角一貫的裝扮，而榴花、菰葉則是必要的道具，詞中意象的節序色彩濃厚。

　　吳文英一共寫了五首「端午懷人」詞，其中四首所懷之對象當為蘇妾。只有〈澡蘭香・淮安重午〉一詞，〔註 152〕由詞中「往事少年依約」推測，其所懷者可能是早年的戀愛對象，即杭州的戀人：

> 盤絲繫腕，巧篆垂簪，玉隱紺紗睡覺。銀瓶露井，彩箑雲窗，往事少年依約。為當時、曾寫榴裙，傷心紅綃褪萼。黍夢光陰漸老，汀洲煙蒻。　　莫唱江南古調，怨抑難招，楚江沈魄。薰風燕乳，暗雨梅黃，午鏡澡蘭簾幕。念秦樓，也擬人歸，應剪菖蒲自酌。但悵望，一縷新蟾，隨人天角。〔註 153〕

詞題裡的「淮安」位於當時南宋與金的邊界，〔註 154〕未知詞人何故前往。陳洵說，從「盤絲繫腕」到「彩箑雲窗」全是敘述往事。〔註 155〕陳文華則申明陳洵之說，指出「為當時、曾寫榴裙」改用羊

〔註 152〕見《彊村叢書》本《夢窗詞集》，頁 3929。陳邦炎點校本誤作「淮南」，當從彊村四校本作「淮安」為是。

〔註 153〕楊《箋》，頁 156。

〔註 154〕按淮安位於楚州，與金隔著淮水相對峙。見譚其驤主編，《中國歷史地圖集・宋遼金時期》（北京：地圖出版社，1982 年），頁 62。

〔註 155〕陳洵，《海綃說詞》，頁 2 下。

欣晝寢，王獻之書其裙裾的典故，〔註156〕與「玉隱紺紗睡覺」呼應，其中穿插「銀瓶露井，彩箋雲窗」的飲酒、觀舞回憶，筆法精妙。〔註157〕在此，「盤絲繫腕」意象再度出現。「巧篆」是釵頭符，具有辟邪的作用。〔註158〕臂繫五綵絲、頭戴釵頭符，是宋代婦女在端午時的流行裝扮。姬妾身著榴裙，裝扮齊整入睡的形象何其性感，榴裙題字的舉動何等風流，然而伊人離去，燦爛的回憶如同榴花紅消、黃粱一夢不復再現，所以直言「傷心」。

　　下片藉當令風俗抒發懷歸之情。開頭三句先弔屈原，乃承上片結尾的「黍夢」而來。「薰風燕乳，暗雨梅黃」描寫端午氣候，接下來的「午鏡澡蘭簾幕」一句轉入閨房之情。「午鏡」指端午獻鏡之事。〔註159〕〔唐〕李肇《國史補》云：「揚州舊貢江心鏡，五月五日揚子江心所鑄也。」〔註160〕「澡蘭」則和「浴蘭湯」的習俗有關，〔註161〕據說以蘭湯沐浴有驅邪的作用。「念秦樓，也擬人歸」句的「秦樓」相傳是秦穆公之女弄玉與她的夫婿蕭史所居之處，〔註162〕這一句的解釋分歧，一說是家人，〔註163〕一說是蘇妾，〔註164〕從前

〔註156〕 《宋書》卷62〈羊欣傳〉：「欣年十二，時王獻之為吳興太守，甚知愛之。獻之嘗夏月入縣，欣著新絹裙晝寢，獻之書裙數幅而去。」（北京：中華書局，1974年），頁1661。

〔註157〕 《海綃翁夢窗詞說詮評》，頁54。

〔註158〕 見陳元靚，《歲時廣記》卷21引《歲時雜記》云：「端午剪繒綵作小符兒，爭逞精巧，摻於鬟髻之上，都城亦多撲賣，名釵頭符。」《宋代筆記小說》第13冊，頁29。又吳自牧《夢梁錄》卷三，頁141〈五月（重午附）〉也有類似的記載：「所謂經筒、符袋者，蓋因《抱朴子》問辟五兵之道，以五月午日佩赤靈符掛心前，今以釵符佩帶，即此意也。」

〔註159〕 同上，卷23，《宋代筆記小說》第13冊，頁91～93。

〔註160〕 《唐國史補》，下卷。周光培編，《唐代筆記小說》（石家莊：河北教育出版社，1994年），第1冊，頁285。

〔註161〕 《歲時廣記》卷21，《宋代筆記小說》第13冊，頁35。

〔註162〕 《列仙傳校箋》，頁80。

〔註163〕 《微睇室說詞》，頁226。

〔註164〕 《吳文英詞新釋輯評》，頁435。

後文來看，這裡所說獨自喝著菖蒲酒期待他回去的女人解釋成蘇妾比較恰當。

第五節　「七夕懷人」詞

　　吳文英「七夕懷人」詞的一大特色是，素材集中的情況相當顯著。《夢窗詞》中現存的「七夕」詞共有八首。八首之中，〈惜秋華・七夕前一日送人歸鹽官〉屬應酬作品，〈六么令〉的懷人之意並不那麼明顯，剩下的六首「七夕懷人」詞所採用的寫作素材可以歸納爲兩大方面：

　　一是抒發情人失約、期待落空的心情，主要和〈鳳棲梧〉詞中所說的「相約同針線」發揮。譬如〈訴衷情・七夕〉（西風吹鶴到人間）的結句：「夜闌干，釵頭新約，針眼嬌顰，樓上輕寒。」〈秋蕊香〉（懶浴新涼睡早）寫七夕之夢夢見：「雪醞酒紅微笑。倚樓起把繡針小」，可知「佳人倚繡」的形象如何深烙在詞人心裡。又如〈醉蓬萊・七夕，和方南山〉也寫：「象尺薰爐，翠針金縷，記倚床同繡。」

　　二是以牛郎、織女一年一度聚首對照自己孤身淒涼處境。如〈荔枝香近〉：

> 睡輕時聞，晚鵲噪庭樹。又說今夕天津，西畔重歡遇。蛛絲暗鎖紅樓，燕子穿簾處。天上、未比人間更情苦。　　秋鬢改，妒月姊，長眉嫵。過雨西風，數葉井梧愁舞。夢入藍橋，幾點疏星映朱戶，淚濕沙邊凝竚。〔註165〕

詞寫半睡半醒時懷人的情狀。由於睡不安穩，鵲鳥的叫聲不時傳入耳裡，而這聲音聽來彷彿特意告知詞中人牛郎、織女歡喜重逢的訊息。「蛛絲」句表示他所想念的女子離開已經有一段時間，因此他感嘆說，牛郎、織女一年只能見一次面，此情雖苦，仍勝過不知再見面遙遙無期的情侶。下片以風吹雨打梧桐之景象映襯人間情苦。「藍

〔註165〕楊《箋》，頁97。

橋」典出裴鉶的《傳奇·裴航》，〔註166〕此處「夢入藍橋」的動機是欲往夢中尋求愛侶，但是從「淚濕沙邊凝竚」看來，所求恐怕是落空了。

〈惜秋華〉同樣以牛郎、織女故事爲骨架，抒發懷人之情：

露罥蛛絲，小樓陰墮月，秋驚華鬢。宮漏未央，當時鈿釵遺恨。人間夢隔西風，算天上、年華一瞬。相逢，縱相疏、勝卻巫陽無準。　　何處動涼訊？聽露井梧桐，楚騷成韻。彩雲斷、翠羽散，此情難問。銀河萬古秋聲。但望中、婺星清潤。輕俊。度金針、漫牽方寸。〔註167〕

前三句從七夕風景入手，之後轉入人事乖離之恨。「鈿釵遺恨」化用白居易〈長恨歌〉詩句：「釵留一股合一扇，釵擘黃金合分鈿」，〔註168〕物分象徵人別。當年唐玄宗與楊貴妃「七月七日長生殿，夜半無人私語時」，何嘗不堅信兩心相許、此情長久？但終歸成爲一場「遺恨」。「人間夢隔西風」引入懷人之旨，和牛、女二星相比，他們至少還有見面的機會，但是自己和情人之間卻是「巫陽無準」，〔註169〕連夢魂都不可得見，詞意和〈荔枝香近〉說的「天上、未比人間更情苦」意思接近，只是說得較爲婉曲。下片開頭作更深一層渲

〔註166〕故事敘述裴航上京赴試，遇見雲翹夫人樊氏，對其傾慕不已，託她的侍女裊煙送詩傳情，詩寫道：「同爲胡越猶懷想，況遇天仙隔錦屏。儻若玉京朝會去，願隨鸞鶴入青雲。」樊夫人贈詩答曰：「一飲瓊漿百感生，玄霜搗盡見雲英。藍橋便是神仙窟，何必崎嶇上玉京。」之後裴航經過藍橋驛，遇見一名老婦人，向她要水喝。老婦人喚一名女子雲英取來，裴航一聽，回想起夫人的詩句中也有「雲英」二字，見了雲英，驚爲天人，於是向老婦人提出要求，和雲英結爲伴侶。〔唐〕裴鉶〈傳奇·裴航〉。見汪國垣編，《唐人傳奇小說集》（台北世界書局，1958年），頁273～275。

〔註167〕楊《箋》，頁214。

〔註168〕見《白居易集》，卷4，頁239。

〔註169〕這個典故出自《宋玉·招魂》：「帝告巫陽曰：『有人在下，我欲輔之。魂魄離散，汝筮予之。』巫陽對曰：『掌夢，上帝其命難從。若必筮予之，恐後之謝，不能復用巫陽焉。』」見《楚辭補注》，頁197～198。

染，風吹梧桐葉自成韻響，園子裡瀰漫著濃厚的秋意。「彩雲斷、翠羽散，此情難問」明白寫出情已逝的傷感。最後，以七夕「穿針取巧」的習俗結尾，暗示情人已經離開，因此望著天上光輝清潤的織女星，徒然使得懷人的情緒更為糾纏。

　　除此之外，「七夕懷人」詞亦可見與「端午懷人」詞相似的意象，譬如〈醉蓬萊・七夕，和方南山〉：

> □碧天書斷，寶枕香留，淚痕盈袖。誰識秋娘，比行雲纖瘦。象尺薰爐，翠針金縷，記倚床同繡。月韽瓊梳，冰消粉汗，南花薰透。　　盡是當時，少年清夢，臂約痕深，帕綃紅皺。憑鵲傳音，恨語多輕漏。潤玉留情，沈郎無奈，向柳陰期候。數曲催闌，雙鋪深掩，鳳鐶鳴獸。〔註170〕

這是一首唱和的詞，吳文英運用兩個和七夕有關的典故，並穿插回憶中與情人相處的細節寫成。第一個典故是上片開頭的「寶枕香留」，〔註171〕第二個則是下片接近結尾處提及「潤玉」、「沈郎」的艷情故事。〔註172〕詞裡再次提及，男子和情人「倚床同繡」，可見此事不是浮泛空寫，而是難以忘懷相處的畫面。下片開頭以「盡是當時，少年清夢」對照「夢醒」之後的惆悵。「臂約痕深，帕綃紅皺」句寫印象中女子手臂上的釧痕與她手拿之綃帕的皺痕，官能感非常強烈。和「端午懷人」詞共同的特點是，吳文英將回憶的焦點放在和「手」有關的印象上——拿繡針的手及情人手臂上的印痕。在此，他將情人未赴約的原因歸諸於「憑鵲傳音，恨語多輕漏」，使得他和情人未能如願重聚，只得無奈守候。詞的結尾，時間在樂曲聲中流逝，而「沈郎」仍在「雙鋪深掩，鳳鐶鳴獸」的房內回憶舊情，〔註173〕情感處於「走不出也回不去」的狀態。

　　綜合以上兩節，吳文英的端午、七夕懷人詞的意象、素材集中，

〔註170〕楊《箋》，頁220。
〔註171〕《歲時廣記》，《宋代筆記小說》，第13冊，頁214～218。
〔註172〕同上，頁176～177。
〔註173〕「鋪」是古代房門上的鋪首，多為獸面。

可見得他的懷人詞走向個人化、內在世界的痕跡相當明顯。而端午、七夕詞的核心極爲明顯：端午詞以「盤絲繫腕」意象爲主；七夕詞的命脈所在則爲「相約同針線」。

第六節　「重九懷人」詞

　　和「端午懷人」、「七夕懷人」詞相似，吳文英的「重九懷人」詞亦出現重複的意象。而且，「重九懷人」詞更是他節序懷人詞中藝術成就相當突出的一類，同主題的知名詞作如〈瑞鶴仙·丙午重九〉（亂紅生古嶠）、〈惜秋華·重九〉（細響殘蛩），皆具有出色的寫作技巧。以下所引的詞例是向來被視爲是他「懷人」詞代表作之一的〈霜葉飛〉，在詞裡，吳文英表露無心過節的情緒，然而腦海中情感的記憶卻相當活躍：

> 斷煙離緒。關心事，斜陽紅隱霜樹。半壺秋水薦黃花，香噀西風雨。縱玉勒、輕飛迅羽，淒涼誰吊荒臺古？記醉踏南屏，彩扇咽、寒蟬倦夢，不知蠻素。　　聊對舊節傳杯，塵箋蠹管，斷闋經歲慵賦。小蟾斜影轉東籬，夜冷殘蛩語。早白髮、緣愁萬縷。驚飆從捲烏紗去。漫細將、茱萸看，但約明年，翠微高處。〔註174〕

題爲「重九」，詞以往日重陽節的歡樂回憶爲重心，回想起來令人失落不已。往事既已成空，惟有對酒紓解愁緒。「斷煙離緒」是整首詞的基調，之所以重陽節無心出外，獨自在家喝悶酒，部分原因也是因爲離緒難以排遣，無心應酬節序。「關心事」承「離緒」而來，心事如同逐漸隱沒於霜樹之後的斜陽一般，愈轉深沉。「半壺秋水薦黃花」用蘇軾詩「一盞寒泉薦秋菊」句意，〔註175〕「薦」字的意思是「借」，黃花即菊花。「香噀西風雨」的「噀」字解釋爲「噴」，兩句的意思是壺中菊的馨香，在秋雨中噴散。「縱玉勒」句運用宋武帝重陽節登

〔註174〕同上，頁7。
〔註175〕〈書林逋詩後〉，《蘇軾詩集》，卷25，頁1343。

戲馬臺的故事，但從下句來看，只是虛說，事實上詞中人並沒有出遊，所以才會提出「淒涼誰弔」的疑問。〔註176〕下一句轉入追憶當年曾攜美人酣遊西湖南邊的南屏山的情景。〔註177〕此處「醉踏南屏」可與〈定風波〉（密約偷香□踏青）的「小車隨馬過南屏」句相互參看。接著，「彩扇咽、寒蟬倦夢，不知蠻素」一句，「蠻素」出自白居易詩：「櫻桃樊素口，楊柳小蠻腰。」〔註178〕白居易有侍妾名曰小蠻、樊素，在這裡，蠻素同指一人，是吳文英青年時候的杭州情人。此句言情人離開的時日已久，同遊共處的回憶摧折著他的內心，不堪一再夢見，因此說「倦夢」。而當年隨伊人彩扇而起的歌舞也消沉多時，今日只聞蟬聲嗚咽。至於整句應當如何串講，曾引起許多討論。唐圭璋解釋為：

> 當時醉踏南屏，歌咽寒蟬，迨倦極入夢，竟不知蠻素之在側也。〔註179〕

劉永濟認為：

> 上言歌聲已如蟬之寒咽，彩扇，歌扇也。下言昔猶夢見蠻素，今則此夢已倦，故曰「不知蠻素」。〔註180〕

而葉嘉瑩則解釋：

> 夢窗乃竟將今日實有之寒蟬，與昔日實有之彩扇作現實的時空的混淆，而將原屬於「寒蟬」的動詞「咽」，移到「彩扇」之下，使時空作無可理喻之結合，而次句之「倦夢」則今日寒蟬聲中之所感，「蠻素」則昔日持彩扇之佳人，兩句神理融為一片，而全不作理性之說明，而也就在這種無

〔註176〕 說見《吳文英詞新釋輯評》，頁 17。按《南齊書》，卷 9：「宋武為宋公，在彭城，九日出項羽戲馬臺，至今相承，以為舊准。」（北京：中華書局，1972 年），頁 150。

〔註177〕 《武林舊事》，卷 5〈湖山勝概〉：「南山路自豐樂樓南，至暗門錢湖門外，入赤山煙霞石屋止。」南山路上有「南屏御園」、「南屏興教寺」。見《東京夢華錄（外四種）》，頁 377。

〔註178〕 出自〔唐〕孟棨，《本事詩・事感第二》，頁 13。

〔註179〕 《唐宋詞簡釋》（上海：上海古籍出版社，1981 年），頁 209。

〔註180〕 《微睇室說詞》，頁 143。

可理喻的結合中，當年蠻素之彩扇遂成爲今日之一場倦夢
而鳴咽於寒蟬之斷續聲中矣。〔註181〕

以上可見夢窗詞詮釋空間之寬廣。一句詞，竟然出現三種說法。三種
說法之中，以葉嘉瑩的解說最爲細緻，而其說亦最能說明吳文英在這
一句中混合過往及當下的時間、空間的特殊之處，有別於一般宋詞的
時空跨越模式。過片的「聊」字表明無心過節的情緒，飲酒只爲應景
而已。「經歲」有「長年」之意，創作熱情的減低（「塵笺蠹管，斷闋
經歲慵賦」），似乎透露出詞人情緒低落。「小蟾斜影轉東籬」顯示出
時間的移轉，詞人從夕陽西下獨坐飲酒，直到新月移轉。「東籬」二
字是爲了搭配上片中的「黃花」。陶淵明詩說：「采菊東籬下，悠然見
南山。」這裡用「東籬」，爲整首詞增添幾分情致。他訴說自己白髮
早生是因爲愁緒太多，而「驚飆從捲烏紗去」僅以「孟嘉落帽」的典
故，應重陽故事。吳文英好用這個典故，一方面因爲看重自己的才華，
另一方面則著重於「憑誰爲整攲冠」的感嘆。〔註182〕其他如「帽墮
笑憑纖手取」〈蝶戀花・九日和吳見山韻〉（明月枝頭香滿路）等重陽
詞，幾乎必用落帽典故。最後，他帶著明知不可期待的期待，手持茱
萸，自言「但約明年，翠微高處」。

類似的無心過節的情懷也見於這首〈采桑子慢・九日〉：

桐敲露井，殘照西窗人起。悵玉手、曾攜烏紗，笑整風欹。
水葉沉紅，翠微雲冷雁慵飛。樓高莫上，魂消正在，搖落
江蘺。　　走馬斷橋，玉台妝榭，羅帕香遺。嘆人老、長
安燈外，愁換秋衣。醉把茱萸，細看清淚濕芳枝。重陽重
處，寒花怨蝶，新月東籬。〔註183〕

首句點出季節，桐葉飄墜敲響露井，正是重陽時節的景致。而詞中人
直到斜陽照西窗才起身，可見一整天都待在床上，無心過節。至於無

〔註181〕〈拆碎七寶樓臺——談夢窗詞之現代觀〉，《迦陵論詞叢稿》，頁
　　　　148。
〔註182〕〈霜花腴・重陽前一日汎石湖〉（翠微路窄）。
〔註183〕《楊箋》，頁344。

心過節的原因，和昔日幫他笑整烏帽的女子已經離開有關。「落帽」的典故吳文英一用再用，或許這真是他情感體驗中特別感到溫馨的一幕。下句續以秋景描寫，水葉沉紅、野雁慵飛的畫面，看在心情懶怠的人心裡，徒增無聊意緒，自然會說「樓高莫上」這樣的話了。心情已經夠壞，若是登樓遠望，又見風中搖落的香草，豈不更為消魂傷神？「江蘺」是蘼蕪，出處見〈離騷〉：「扈江離與辟芷兮，紉秋蘭以為佩。」〔註184〕下片開頭「走馬斷橋」三句乃回憶往事，意謂昔年遊此，曾發生遺帕留香之情事。〔註185〕「長安」借指南宋的首都臨安，燈外愁換秋衣與當年玉手整帽的情景，一黯淡一明亮，形成顯著對比。習俗上，在重陽節佩帶茱萸具有祛邪避災的涵義，雖是應景之舉，但「醉把茱萸」另有懷人之意。如杜甫〈九日藍田崔氏莊〉詩句即寫道：「明年此會知誰健，醉把茱萸仔細看。」〔註186〕而夢窗更進一層渲染，除了醉把茱萸的動作之外，難禁傷感，「清淚濕芳枝」的畫面描寫更顯其人之癡心。結句「重陽重處」的「處」當作「時」解，意指一日將盡時，新月浮現，日月並掛於天，詞中人對花對蝶，寂寞自飲。〔註187〕

　　以上所分析的兩首重陽詞，不約而同地寫出節日勾起的懷人之情，詞中人並因此感到懶怠、無聊。而它們在形式上的共同特色，則是跳脫了詞體因上、下片形式而自然形成的時空轉換方式，這種手法在詞裡的作用，請看第四章第二節的分析。

〔註184〕〔宋〕洪興祖注，《楚辭補注》（台北：漢京文化，1984 年），頁 4〜5。

〔註185〕說見《吳文英詞新釋輯評》，頁 1041。

〔註186〕《杜詩鏡銓》，頁 203。

〔註187〕如岳飛〈滿江紅〉：「怒髮衝冠憑欄處」的「處」，亦作「時」解。

第四章　吳氏「節序懷人」詞的藝術特點

　　尋找吳文英詞中眾多情節、意象相通的「節序懷人」詞作的美感特質，有助於瞭解吳文英的情詞在宋代情詞傳統中的特殊之處。至於其以何種手法言「情」，體現特殊之美感，更是一個重要且深具意義的問題。本章的第一節將先分析「節序懷人」詞的特殊美感，由詞人的特殊經歷推究形成此美感之因素，並析論其具體呈現形式，以及和「詞」這一體式的共通特質。在第二節中，則要從詞人在「節序懷人」詞中選用的字面，及其採取的時空轉換模式，論述形式上的嘗試所可能造成的特殊效果。

第一節　論「節序懷人」詞的「耽溺」美感

　　每一位作家都有需要花費一生處理、面對的命題，這也正是懷人詞之於吳文英的意義。前引數闋吳文英的節序懷人詞，當中節序包含元夕、寒食、清明、端午、七夕、中秋、重九、冬至、除夕，可說是「每逢節日必懷人」，差別僅在抒情對象的不同。在這些作品中我們看見一位被拋下了的，倍受情感煎熬的多情文士形象，個人化特色和私密性極為明顯。循環往復的節序，不但喚起詞人經歷過的短暫美好情愛回憶，也使詞人置身於一次又一次的失落之中。其間的反差使得吳文英的懷人詞流露出一股深刻沉重的哀感，對詞人而言，季節、

時令持續循環、幻滅，人生亦如是。並且，彷彿有一種不得不傾訴的壓力，驅使吳文英必須在詞裡一遍又一遍地訴說，到了「耽溺」的程度。〔註1〕

　　經由上一章的詞例分析，吳文英「節序懷人」詞的情意內涵可分為兩個方面：一是追憶昔日佳節與情人出遊的情景，撫昔傷今，感慨無限；一是抒發寫佳節美景當前，斯人獨憔悴的落寞處境。在他的懷人詞裡，總有情境圓滿的「他人」來對照自身的孤單與匱乏，當下的快樂是屬於他人的，自己的歡欣美好則已成過去，前引之〈祝英臺近‧立春〉（剪紅情）即為顯著之例。甚至是在他的一般「懷人」詞中，也可見此種表現方式。譬如〈慶春宮〉（殘葉翻濃）詞說：「別岸圍紅，千艷傾城。重洗清懷，同追深夜，豆花寒落愁燈。近歡成夢，斷雲隔、巫山幾層。」〔註2〕別人那裡是紅花繞岸，美女如雲，詞人這裡卻是清酒孤燈，夢隔雲山。

　　再者，他的七夕懷人詞寫道：「懶浴新涼睡早」（〈秋蕊香〉）、「睡輕時聞，晚鵲照庭樹」（〈荔枝香近〉）；〔註3〕重九懷人詞〈霜葉飛〉（斷煙離緒）則說：「聊對舊節傳杯，塵箋蠹管，斷闋經歲慵賦。」〔註4〕而〈瑞鶴仙〉（亂紅生古嶠）的結尾是「小樓寒，睡起無聊，半

〔註1〕張小虹教授評論香港導演林奕華的舞台劇〈半生緣〉的觀點對筆者理解吳文英「節序懷人」詞的創作動機有所啟發，茲摘錄其文：「箇中道理恐怕不是『我們回不去了』，而是不斷魂縈夢牽的回去，一而再，再而三地回去，而這種反覆衝動的本身，才是無法回去的殘酷，回不去了所以才一再嘗試回去。」見氏著《感覺結構》（台北：聯合文學，2005年），頁20。
　　另外，楊照對「耽溺」一詞的定義亦值得參考：「耽溺是對某種或某些東西的極端偏愛。偏愛到將耽溺之物擴大解釋為整個世界，可見可聞可觸可感的一切。或是偏愛到以自己的耽溺作為解釋宇宙之為宇宙的第一因與最後一因，邏輯盡在其中。其他的都只是衍生物。」〈人間絕望物語〉，黃碧雲《突然我記起妳的臉‧序》（台北：大田，1998年），頁3。
〔註2〕楊《箋》，頁51。
〔註3〕同上，頁97。
〔註4〕同上，頁7。

簾晚照。」〔註5〕要不就是早早睡去，要不就是備感無聊，對節日失去參與的熱情，反映出其生活步調的重複與生命的枯澀。年復一年地任由自己處於重複的情境之中，其實就是一種「耽溺」的表現。

　　「耽溺」亦是一份癡心與執著。在表達情事失落的傷感方面，吳文英是直接、無所隱晦的。〔註6〕在懷人詞中，他並不像傳統中國的文人那樣，企圖擺脫「沈溺於癡情」的面貌，〔註7〕反而藉由一首首的詞強調他的耽溺於情。並且，與同爲格律派的詞人姜夔相比，更顯得熱烈許多。〔註8〕一些情緒字眼如「傷心」、「斷腸」、「惆悵」、「無奈」、「愁」、「恨」等，構成了夢窗節序懷人詞的情感基調。誠如葉嘉

〔註5〕　同上，頁12。

〔註6〕　吳世昌指出，周邦彥和吳文英都是喜愛在詞中「寫故事」的詞人，差異在於「夢窗好在詞中發感慨。清眞非無感慨，然以敘事用字時出之，不浪費筆墨，亦增文詞結構之美，韻調之精。」見〈評白雨齋詞話〉，《詞學論叢》，《羅音室學術論著》（北京：中國文聯出版社，1991年），頁430。言下之意認爲夢窗詞不如清眞詞委婉含蓄。不過，筆者認爲，吳氏指出的「缺失」，其實正是夢窗詞在情意厚度上勝過清眞詞之處。

〔註7〕　孫康宜，〈擺脫與沈溺：龔自珍的情詩細讀〉，熊秉眞主編，《欲蓋彌彰：中國歷史文化中的「私」與「情」（私情篇）》（台北：漢學研究中心，2003年），頁15。

〔註8〕　筆者曾在碩士論文中舉姜夔、吳文英的同調詞作〈踏莎行〉爲例，說明他們在情感表現上一節制一熱烈的情形。茲引二詞略說之。姜詞全文爲：「燕燕輕盈，鶯鶯嬌軟，分明又向華胥見。夜長爭得薄情知？春初早被相思染。　　別後書辭，別時針線，離魂暗逐郎行遠。淮南皓月冷千山，冥冥歸去無人管。」吳詞全文爲：「潤玉籠綃，檀櫻倚扇。繡圈猶帶脂香淺。榴心空疊舞裙紅，艾枝應壓愁鬟亂。　　午夢千山，窗陰一箭。香瘢新褪紅絲腕。隔江人在雨聲中，晚風菰葉生秋怨。」兩詞同以夢寫「懷人」之情，同以景結，但姜詞的結尾「淮南皓月冷千山，冥冥歸去無人管」之語，傳達的情感較爲內斂，而吳詞的結尾「隔江人在雨聲中，晚風菰葉生秋怨」明白表現出仍未脫離夢醒之惆悵感的狀態。詳見《張炎「清空」、「質實」說與其創作實踐關係探討》（新竹：清華大學中文系碩士論文，2001年），頁91～92。又，可參考周茜，〈深情長是暗相隨——白石、夢窗情詞比較〉一文的剖析。《渝州大學學報》，第19卷第5期，頁70～73。

瑩所說：

> 夢窗詞中所具體敘述的情事，其寫最多的乃是他在感情方
> 面所曾經體認到的一份殘缺和永逝的創痛。……從夢窗詞
> 中，我們〔 〕時時可以窺見其心靈中那一份傷損殘缺的
> 陰影。〔註9〕

而他的節序懷人詞最出色、動人之處不光是「傷心男子」形象的呈
現，還有那些展現男子癡心意態的詞句，例如：

> 黃蜂頻撲秋千索，有當時、纖手香凝。(〈風入松〉(聽風聽
> 雨過清明)

> 細看清淚濕芳枝。(〈采桑子慢‧九日〉(桐敲露井))

> 佇立久，雨暗河橋，譙漏疏滴。(〈應天長‧吳門元夕〉(麗
> 花鬪靨))

> 離骨漸塵橋下水，到頭難滅景中情。(〈定風波〉(密約偷香
> □踏青))　〔註10〕

第一個句子是夢窗名句，陳洵評：「見秋千而思纖手，因蜂撲而念香
凝，純是癡望神理。」〔註11〕的確，像這樣因思念而引發的聯想，乃
至接近於幻覺的情形，讓人能夠體會「彩繩纖手」的畫面在詞人心中
留下的深刻印象。前兩句均從神態描寫心意之癡；第三、四句則是從
歷時之長久反映其人之執著。以上摘錄的四段詞句可見詞人的「癡」
與「執」，使讀者看見一位詩人對於失去生命中最美好的人事如何耿
耿於懷，又是如何在年歲往復的過程之中爲喚回那些已然消逝的華美
情境作徒勞之努力。

　　若問是何情境導致他耽溺於追憶舊情，究其根柢，可歸諸於生涯
不定，以及時間的印記、空間的召喚三方面。吳文英的生活，主要從

〔註 9〕葉嘉瑩，〈拆碎七寶樓臺──談夢窗詞之現代觀〉，《迦陵論詞叢稿》，
　　　　頁 203。

〔註10〕這幾個詞例在前面幾節的討論中筆者均已抄錄全詞，在此不重複標
　　　　明出處。

〔註11〕《海綃說詞》，頁 5 上。

事的活動不外陪侍官員遊山訪水或是參加時貴飲宴，應事賦詞以點綴。許多時候由於幕主改官或遷轉他職的關係，可能必須隨之轉徙或另投新主，生命充滿空虛和不確定的感覺。在這樣的情況下，將全副精神與情感投注在特定的對象身上，是可想見且合於常理的。若一旦失去情感的慰藉，對他的打擊將更為深重，此是導致其耿耿難忘舊情的可能原因之一。其次，從他的「節序懷人」詞也可看出，吳文英實處在時間與空間循環織就的網中，難以掙脫。時間上，節日有其固定的間隔及循環週期，雖使人們得以定期釋放生活的壓力，但也因「定時重複」這一特點，而使其形同啟動相關回憶的開關。第三，空間方面，由於經常往來於西湖、西園等地，亦容易喚起吳文英的往日生活回憶。借用加斯東‧巴舍拉在《空間詩學》一書的說法，「空間把壓縮的時間寄存於無以數計的小窩裡」、〔註12〕「回憶無所牽動，它們空間化得越好，就越穩固」。〔註13〕熟悉的空間對他而言，實深具召喚回憶之影響力。

而我們可以從兩方面看出吳文英對往事的執著與耽溺。首先，為數眾多且情節、意象一致的多組「節序懷人」詞是最好的證明。此點已見於前一章。並且，除「節序懷人」詞之外，他的一般懷人詞亦有與「節序懷人」詞意象相通之處，而其詠物詞則帶有濃厚的懷人色彩，此點容待本文第五章詳細論之。

再者，吳文英的「耽溺」形諸於「情愛之夢」的書寫上。在宋代詞人中，晏幾道、蘇軾、吳文英三位寫夢最具特色。〔註14〕吳文英自號夢窗，晚年又號「覺翁」，許多研究者皆曾提及「夢」這一主題在他作品中的重要性。〔註15〕站在「節序懷人」詞的角度觀察，夢窗擅

〔註12〕 龔卓君、王靜慧譯，《空間詩學》（台北：張老師文化，2003年），頁70。

〔註13〕 同上，頁71。

〔註14〕 林順夫，〈我思故我夢——試論晏幾道、蘇軾及吳文英詞裡的夢〉，《中外文學》，2001年6月，頁147。

〔註15〕 如陶爾夫以「夢幻的窗口」一語概括夢窗詞的藝術特性，甚至以「夢

長運用夢境寫情事，〔註16〕除以「入夢」與「夢醒」的情境對比抒發
「好夢易醒」之情外，〔註17〕亦不時流露出「歸夢難成」、「舊夢難尋」
的悵惘，在在皆表現出對情感的陷溺與執著。先說「好夢易醒」。例
如〈踏莎行〉（潤玉籠綃）詞的上片極力形容夢中美人的服飾與姿態，
下片則以「午夢千山，窗陰一箭」形容美夢短暫。而〈塞垣春‧丙午
歲旦〉（漏瑟侵瓊管）：「夢驚回，林鴉起，曲屏春事天遠」的句子，
以「驚夢」表達美好體驗之短暫。以夢寫愛情、寫往事，象徵的意義
是：情愛歡樂短暫、虛妄，最終難免歸向空無幻滅。

　　而吳文英的心中一直存在著「歸夢難成」的心結。吳文英曾在節
序懷人詞裡寫到他的「歸夢」，然而結局皆空餘惆悵。如前文所述之
〈祝英臺近‧除夜立春〉：「歸夢湖邊，還迷鏡中路」與〈鳳棲梧‧甲
辰七夕〉：「歸家夢向斜陽斷」即是。兩首詞中的「迷」、「斷」二字表
明他的想望難以實現。之所以想回去，又跟他的懷人心理密切結合。
在吳文英的回憶之中，過往都有一位美人相伴，他真正想回去的，是
那一段和美人共處的時光與空間。

　　最後是「舊夢難尋」。在夢窗的一部分節序懷人詞中，也有以
「夢」概括少年情事回憶的，如〈醉蓬萊‧七夕，和方南山〉（□碧
天書斷）：「盡是當時，少年清夢，臂約痕深，帕綃紅皺。」〈霜葉飛‧
重九〉（斷煙離緒）：「記醉踏南屏，彩扇咽、寒蟬倦夢，不知蠻素。」

幻詞人」稱之，強調他在詞中創造夢幻情境的特殊之處。〈夢窗詞與
夢幻的窗口〉，《文學遺產》，1997 年第 1 期，頁 76～85。
林瑞芳，《吳文英夢詞研究》更以專文探討之，歸納吳文英的「夢詞」
廣泛遍布於懷人、弔古感時、嘆老傷歲、敘事記遊、酬贈交遊五大
主題之中。(台北：臺灣師範大學國文研究所碩士論文，1998 年)，
頁 103～138。
〔註16〕如周茜從情愛心理的角度總結吳文英的情詞匯聚了「眷夢、戀物、
癡花」三種情結，而他之所以「眷夢」的原因就是無法滿足於現實
生活，因此向夢境尋求慰藉。見《映夢窗　零亂碧——吳文英及其
詞研究》，頁 48～52。
〔註17〕錢錫生，〈論夢窗懷人詞之藝術特色〉，《蘇州大學學報》，2004 年 11
月，頁 37。

將年輕時的浪漫情事視爲一場夢，表露情事美好易逝的特質。而離開之後的情境，正如他在〈思佳客・癸卯除夕〉（自唱新詞送歲華）詞裡寫的：「十年舊夢無尋處。」再如何費力尋找也難以尋回。

此外，吳文英在詞中也藉著「難以入夢」之語顯示無法重溫情感回憶，受阻礙隔絕的境況。譬如〈珍珠簾〉（密沉香爐莫煙泉）：「悵夢隔，銀屏難到。」〈滿江紅〉（結束蕭仙・甲辰歲，盤門外寓居過重午）：「揚州無夢銅華缺。」〈惜秋華・七夕〉（露罥蛛絲）：「人間夢隔西風。」〈尾犯・甲辰中秋〉（紺海掣微雲）：「夢不識，屏山路窄。」

由以上的歸納可得，「夢」在吳文英的「節序懷人」詞中具有概括情事回憶的象徵作用，無論是「好夢易醒」、「歸夢難成」、「舊夢難尋」、「難以入夢」，共同呈現的是一個飽受思念煎熬、難以掙脫的男子形象。吳文英對「夢」的思考與理解，雖然仍不脫「往事如夢」的感慨，〔註18〕用意卻不在透過詞裡的「夢」思考人生的課題或是得到解脫，而較傾向於耽溺其中。也就是說，面對消逝的時光與情感，吳文英採取的應對之道是經由夢境讓自己再一次地「身歷其境」，獲得暫時安慰。

吳氏「節序懷人」詞的「耽溺」特質，與「詞」的體式特性恰好有相應之處。楊海明歸納唐宋詞的美感特質有「以富爲美」、「以豔爲美」、「以柔爲美」及「以悲爲美」等數點，其中「以悲爲美」一項，指的是詞人在文學創作或鑑賞方面對悲哀、愁苦之情的偏好，具體表現之一爲偏愛「傷春悲秋」的題材；而在實際的書寫上偏好呈現出美好事物迅速消逝或無法長久的一面，甚至直接描寫美好的事物受催折而損傷的一面。〔註19〕吳文英的「節序懷人」詞亦然。在詞

〔註18〕在吳文英之前，「人生如夢」的感懷屢見於蘇軾詞，從中並可看出他人生觀的轉折由感傷至通達的痕跡，學者已指出這一點。見保刈佳昭〈蘇軾詞裡所詠的「夢」〉，《新興與傳統：蘇軾詞論述》（上海：上海古籍出版社，2005 年），頁 77～90。

〔註19〕《唐宋詞美學》，頁 74。

中，詞人慣於將美好的情事回憶攤開，而以傷心、孤獨憑弔舊情的姿態作收。

第二節　「節序懷人」詞的時空跨越、字面與美感呈現的關係

　　吳文英是南宋後期格律詞派的重要詞人，格律詞人作詞，對一首詞的起、結與過片均頗為注重。此一傾向具體反映在沈義父《樂府指迷》與張炎《詞源》二本詞論中。譬如《樂府指迷》對一首詞的起句、過處與結尾的主張是：「大抵起句便見所詠之意，不可泛入閒事，方入主意。詠物尤不可泛」；「過處多是自敘，若才高者，方能發起別意，然不可太野，走了原意」；「結句須要放開，含有餘不盡之意，以景結情最好」。〔註20〕而《詞源·製曲》云：「作慢詞看是甚題目，先擇曲名，然後命意；命意既了，思量頭如何起，尾如何結，方始選韻，而後述曲。最是過片不要斷了曲意。」〔註21〕另外，夢窗詞的「字面」素來為詞家所重視，〔註22〕如陸輔之的《詞旨》提到：

> 周清真之典麗，姜白石之騷雅，史梅溪之句法，吳夢窗之
> 字面。取四家之所長，去四家之所短，此翁（按：張炎）
> 之要訣。〔註23〕

本節即擬由夢窗「節序懷人」詞的「時空跨越安排」與「字面」兩方面觀察，分析此二要素對美感呈現之影響。

（一）詞中的時空轉換表現出美好事物瞬間消褪的哀感

　　詞在發展初期，因為上、下片的體製特色，極容易營造出「對比」的效果。〔註24〕所以早期許多詞人寫追憶年少盛事或往日歡情的

〔註20〕　《樂府指迷箋釋》，頁 54～56。
〔註21〕　《詞源注》，頁 13。
〔註22〕　按詞家所謂的「字面」，意涵接近現代所謂的「詞彙」。
〔註23〕　《詞旨》，卷上。《詞話叢編》第 1 冊，頁 301～302。
〔註24〕　劉少雄，《讀寫之間——學詞講義》（台北：里仁書局，2006 年），頁 39。

內容時，經常採用上片寫「過去」，下片寫「現在」的模式表現。美國學者 Ziporyn Brook 在〈時間的佯謬：宋詞中過去與現在的交會〉（筆者暫譯）一文指出，宋詞中書寫「過去」與「現在」對照的作品極為普遍，他稱這種手法為「時間的佯謬」（Temporal Paradox）。〔註25〕「時間的矛盾」與回憶、感覺密切相關，也因此營造出宋詞特有的美感。

　　而當代學者歸納出唐宋詞的時態跨越模式，可概分為以下幾種：

（1）年代跨越式
　　　以「少年……壯年」，「少年……而今」為常體。

（2）年度跨越式
　　　以「去年……今年（日）」為常體。

（3）時日跨越式
　　　以「今日（夜、朝）……明（后）日（朝）」為常體。

（4）時辰跨越式
　　　如「今宵……中夜」，「曉來……黃昏」

（5）時季跨越式
　　　春……秋

（6）時世跨越式
　　　如「古時……今時」，「古來……如今」〔註26〕

〔註25〕"Temporal Paradoxes: Intersections of Time Present and Time Past in the Song Ci." *Chinese Literature: Essays, Articles, Reviews* 17 (1995): 89~110.

〔註26〕許興寶，《人物意象研究：唐宋詞的另一種關注》（北京：中國社會科學出版社，2007 年），頁 210～255。文中舉例說明各種時態跨越式的常體，並列出「年代跨越式」、「年度跨越式」、「時日跨越式」、「時世跨越式」四種時態跨越式的幾種變體。除了「跨越式」以外，還有所謂「單項式」的時態表字，單獨出現在詞裡表示時間的流轉，譬如：「如今」、「去年」、「今朝」、「今日」等，詳見是書頁 239。不過，書中提到「時世跨越式」的變體時，作者主張「詞中出現不同時代的『人』，即代表著不同的時態。」這一點筆者不能認同。以他舉出的劉過詞〈沁園春・寄辛承旨（按：辛棄疾）。時承旨召，不赴〉（斗酒彘肩）為例，詞中「被香山居士，約林和靖，與坡仙老，駕

如果拿以上的幾種時態跨越模式來檢視吳文英節序懷人詞的時空轉換，我們看到的是他逸出常態的表現。許多詞中慣用的時間轉換標記如「少年……而今」、「去年……今年（日）」等詞語甚少為吳文英所採用，並且，他的懷人詞也打破上、下片對比的平衡感，較少出現上片憶往，下片回到現在的情形。

再進一步說，吳文英甚至有擺脫以時間標記作為歲月流轉、事件進展痕跡的傾向，這和他的前輩詞人周邦彥的作風大不相同。葉嘉瑩曾分析周邦彥詞的時空轉換，她指出，周詞的時空轉折跳脫了柳永擅長的那種平鋪直敘的時、地承接方式，出之以複雜曲折的變化。〈夜飛鵲〉（河橋送人處）、〈蘭陵王〉（柳陰直）是其中代表。〔註27〕在另一篇文章中，她比較周邦彥、吳文英二人的詞風特色時說：

> 周詞之錯綜乃是以段落與段落互相承接時之錯綜變化為主；而吳詞則往往在短短的一句之中便有了許多時間空間的複雜錯綜的變化；而且周詞在錯綜之敘寫中，還往往會有一條故事性的線索，而吳詞則往往但憑直覺的感受，而並無故事性的線索可尋。〔註28〕

確實，夢窗詞在今、昔情景的切換上，較清真詞更富於變化，不過夢窗詞並不是「無故事性的線索可尋」，他仍企圖在詞中「說故事」，只是採取了以空間標記多於時間標記的方式串連起故事的「情節」。而當我們回顧清代詞學家評論吳文英詞風的印象式評語時，發現像「空際轉身」、〔註29〕「騰天潛淵」這些詞語，〔註30〕都和「空間」概念

勒吾回。」舉出白居易、林逋、蘇軾三人，一方面為諧謔，博君一笑；一方面乃為表明企慕三人的風度，實際上詞裡的時間並沒有經過轉換。諸如此類以詞中提及古人名姓即表示時間轉換的看法並不恰當。

〔註27〕〈論周邦彥詞〉，葉嘉瑩，《唐宋詞名家論集》（台北：正中書局，1980年），頁300～301。

〔註28〕〈論吳文英詞〉，同上，頁410。

〔註29〕〔清〕周濟著，顧學頡校點，《介存齋論詞雜著》（北京：人民文學出版社，1998年），頁7。

〔註30〕〔清〕周濟著，鄺利安箋注，〈宋四家詞選箋注・目錄序論〉（台北：

關係密切。以他的懷人長調〈鶯啼序〉爲例，林順夫指出吳文英長調
作品的成就在於開創出一種「同心式」的層進結構，概言之爲「空間
性結構」。他認爲，周邦彥的詞沒有開創這種空間性結構，是因爲周
詞的故事性太強，而空間結構恰好與故事注重時間先後順序的特質相
對。〔註31〕確實，從前引的懷人詞例來看，引領詞意推展的多半是地
點的變換，不是明確的時間移轉，但筆者並不認爲吳文英懷人詞的故
事性弱於周邦彥的詞。可以說他並不刻意在詞中使用如柳永、周邦彥
使用的較爲明確的時間標記，但是就「在詞中說故事」而言，他還是
在意交代事件的先後順序，只不過是採取了較易產生混淆或模糊感的
地點爲座標。請看以下諸例：

> 猶記初來吳苑，未清霜、飛鶯雙鬢。（〈水龍吟·癸卯元夕〉
> 淡雲籠月微黃）

> 青樓舊日，高歌取醉，喚出玉人梳洗。（〈永遇樂·乙巳中
> 秋風雨〉風拂塵徽）

> 前事頓非昔，故苑年光，渾與世相隔。（〈應天長·吳門元
> 夕〉麗花鬭靨）

上列詞句均位於下片開頭，詞情進入往事追憶的關鍵之處，而扮演「提
醒」讀者的標記的是一個大範圍的空間（吳苑、青樓、故苑）。又如
前一章分析的〈鶯啼序〉（殘寒正欺病酒），引領詞的情節前進的是二、
三片開頭處的「西湖」、「水鄉」、「天涯」這種具涵蓋性質的空間。類
同於舞台上有時藉著「換場」表示時移事往的手法，空間一轉換，發
生在那個空間的情事便自然而然隨之現形。那麼，這種時空轉換形式
和夢窗節序懷人詞的美感有什麼關係呢？筆者認爲，它們所象徵的意
義是──美好的事物消逝得迅疾且突然。正如吳文英在〈三姝媚·過
都城舊居有感〉（吹笙池上道）寫的：「印蘚跡雙鴛，記穿林窈。頓隔
年華，似夢回花上，露晞平曉。」以夢中之花、露乾等事物比喻舊情

臺灣中華書局，1971 年），頁 2。
〔註31〕林順夫，〈南宋長調詞的空間邏輯──試讀吳文英鶯啼序〉，頁 253。

迅速消逝無痕。這一點讓人對詞人執著癡迷於往事的行徑多了一分理解與同情。

（二）敘述回憶的穠麗字面與描寫當下處境的灰暗字面對比，營造出強烈的失落感

夢窗詞的字面一向引起詞學家的注意，張炎「七寶樓臺」之喻、「炫人眼目」之說，〔註32〕況周頤「萬花爲春」之形容，〔註33〕都令人注意到夢窗詞字面華麗的特色。懷人詞作既然在夢窗集中佔有頗重的份量，則探討他懷人詞中使用的字面，對於全面掌握夢窗詞的風格也有很大的幫助。「以艷爲美」是宋代情詞的普遍特色，〔註34〕近來有學者借助電腦統計出夢窗詞當中常用的字彙，與溫庭筠、周邦彥、姜夔等詞人慣用的詞彙相互比較，得出夢窗詞的詞彙風格具有「哀艷美」的結論。〔註35〕如此固然可以幫助我們了解吳文英的用字偏好，但是仍須進一步追問，那些由「香」、「紅」、「清」、「寒」、「雲」、「雨」等字組成的詞彙在吳文英手裡如何運用，進而營造出夢窗懷人詞的獨特美感？筆者認爲，吳文英在懷人詞裡是透過敘述回憶的穠麗字面與描寫當下處境的灰暗字面對比，營造出一股強烈的失落感，並反映出失去情人之後內心的蒼白與晦暗。

前面提到他的元夕懷人詞〈六醜〉（漸新鵝映柳），在這首詞裡，他採取「現在、過去、現在」的時空模式表現今昔盛衰之感，這種結構在宋詞之中並不罕見，而他在這種習見的結構之中，以清麗的字面和感官描寫，極力呈現過去的美好情境。例如上片的「館娃舊遊，羅襦香未滅」、「玉夜花節」、「星河瀲灩春雲熱」、「笑靨敧梅，春衣舞纈」，使讀者感受到詞人享受過的是多麼美好且值得回味的體驗。不過，轉

〔註32〕《詞源注》，頁16。

〔註33〕《蕙風詞話》，卷2。「夢窗密處，能令無數麗字，一一生動飛舞，如萬花爲春，非若琱璚蹙繡，毫無生氣也。」

〔註34〕楊海明，《唐宋詞美學》，頁47。

〔註35〕田玉琪，《徘徊於七寶樓臺——吳文英詞研究》，頁59。

入下片，連用「消」、「歇」、「別」、「杳」、「絕」幾個含有衰微、斷絕意思的字眼，將情緒推至哀怨絕望處。他將過去寫得愈美，營造出的失落感或悲哀就愈強烈。

　　幾乎吳文英的節序懷人詞均傾向於如此。又如他的端午懷人詞〈澡蘭香〉上片的「盤絲」、「巧篆」「玉」、「紺紗」、「銀瓶」、「彩箑」、「雲窗」、「榴裙」等描寫回憶景象的字面，均有多彩、精緻、色澤明亮的特色。雖然這首詞的下片並沒有表現衰微、斷絕的字面，不過，詞人在上片的豔麗詞彙已達到強調往日情事之美的效果。

　　還可以舉一首完整的詞例加以說明。〈西子妝慢〉一詞，是吳文英自創。張炎稱讚它「聲調妍雅」，〔註36〕是夢窗詞中的佳作：

　　　流水麴塵，艷陽醅酒，畫舸游情如霧。笑拈芳草不知名，
　　　□凌波、斷橋西堍。垂楊漫舞，總不解、將春繫住。燕歸
　　　來，問彩繩纖手，如今何許。　　　歡盟誤。一箭流光，又
　　　趁寒食去。不堪衰鬢著飛花，傍綠陰、冷煙深樹。玄都秀
　　　句。記前度、劉郎曾賦。最傷心、一片孤山細雨。〔註37〕

詞題爲「湖上清明薄遊」，所指當爲西湖。整首詞是寫清明遊湖懷人之感。「麴塵」形容水色淡黃，〔註38〕「醅酒」是指艷陽之熾熱。陽光照射在水面上，水氣蒸騰，所以說「遊情如霧」，形容眼前的場景。「笑拈芳草」一韻雖然缺字，但由前後語境判斷，應屬於過去同遊的回憶。「燕歸來，問彩繩纖手，如今何許」是借外物自問，人既已離開，情何以堪？下片開頭的「歡盟誤」回答了上片結尾提出的問題。「一箭流光」比喻時光消逝之迅易，自上片結尾的「燕歸來，問彩繩纖手，如今何許」已經使人難以招架，下片又提到兩鬢花白的人面對寒食暮春，落花紛飛的情景，倍感沉重，所以說「不堪」。「玄都秀句」指劉禹錫〈再遊玄都觀〉詩句：

〔註36〕吳則虞校輯，《山中白雲詞》（北京：中華書局，1983 年），頁 36。
〔註37〕楊《箋》，頁 149。
〔註38〕說見《吳夢窗詞傳》，頁 188：「酒麴發酵後表面所生的菌絲，顏色微黃似塵土，後便稱淡黃色爲麴塵。」

> 百畝庭中半是苔，桃花淨盡菜花開。種桃道士歸何處，前
> 度劉郎今又來。〔註39〕

詩意暗示著此番遊湖乃是重複過去的經驗，然而同樣的舉動，時移事易，人事全非之後，看在「前度劉郎」的眼裡，著實難以承受。最後，身處濛濛細雨之中的詞人就這樣讓感傷的情緒所籠罩。

上片中，「艷陽」、「畫舸」、「彩繩」等幾個字面營造出一片明亮溫暖的氛圍，而整首詞的感傷情緒集中在下片，自過片處以下的「寒食」、「衰鬢」、「綠陰」、「冷煙」、「深樹」等字面都偏向灰暗、清冷，加上「飛花」、「細雨」，和「不堪」、「傷心」形成一張難以逃遁的網，撲天蓋地向人襲來。

綜合上一節所談的夢窗懷人詞的時空過渡手法，搭配本節中所說的字面安排，詞人透過詞體的特殊形式傳遞的訊息是：美好的年月、情事迅速消逝，而「失落」卻經由曲子的演唱一遍一遍地被重複記認、喚起。

〔註39〕見《全唐詩》，卷 365，頁 4116。

第五章 與「節序懷人」詞相關的其他類型懷人詞

　　經由三、四章所舉的詞例可以看出，「節序懷人」詞實爲吳文英懷人詞之主幹。而且，「節序懷人」詞的意象、情節重複之處頗多。除此之外，他的非「節序懷人」詞亦存在意象和「節序懷人」詞重複的情況。在敘事文學或帶有敘事意味的詩歌之中，觀察哪些事件被重複提起以及它們經由何種形式重複，對於掌握作品的整體意義頗有助益。借用敘事學理論中「敘事頻率」之概念，可以幫助我們了解「重複」的用意：

　　　　敘述者或人物對某一事件一再提起也屬於重複敘述這一類
　　　　型，與前面不同的是，多次敘述都來自同一視角。這種重
　　　　複往往用於一些特殊的敘述意圖。〔註1〕

〔註 1〕 胡亞敏將「敘事頻率」分爲四種類型：(1)敘述一次發生一次的事件；
　　　　(2)敘述幾次發生幾次的事件；(3)多次敘述發生一次的事件；(4)敘
　　　　述一次發生多次的事件。而「多次敘述發生一次的事件」的類型又
　　　　可以分爲由故事中各類人物針對同一事件，站在不同的角度敘述，
　　　　以及敘述者一再重複敘述同一事件兩種情形。引文中「與前面不同」
　　　　的「前面」，指的即是「故事中各類人物針對同一事件，站在不同的
　　　　角度敘述」的情形。此出自人物對事件理解的差異，因而經常出現
　　　　觀點相互矛盾的現象；並且由於敘述口吻各異，使得文體風格紛呈
　　　　多變。而敘述者以相同的角度一再重複敘述同一事件的情況，通常
　　　　是爲了營造人物的特殊心境。見《敘事學》(武漢：華中師範大學出

吳文英的「懷人」詞，最長如〈鶯啼序〉（殘寒正欺病酒），不過二百四十個字，與敘事詩或其他敘事文學的篇幅相較而言，分量似乎不足以討論「敘事頻率」的問題，但是如果我們將他的懷人詞視爲一個整體，則當中意象重複的情況可供我們思考：爲什麼吳文英選擇這些意象予以呈現？它們對詞人的意義爲何？故在此先歸納吳文英其他類型的「懷人」詞與「節序懷人」詞在意象方面的類似之處。

第一節　與「節序懷人」詞意象類似的一般「懷人」詞

　　歸納吳文英一般「懷人」詞中與「節序懷人」詞相似的意象，最顯著者有以下四類：

（一）含情的眼神

　　第三章分析吳文英的「寒食、清明」懷人詞時，引用一首〈渡江雲三犯〉（羞紅顰淺恨），﹝註2﹞當中有一句「留情緣眼」，筆者認爲這句非僅泛寫，在他的〈齊天樂〉詞裡，吳文英重複提起令他難忘的含情美目，並且添加相關的情節敘述：

> 煙波桃葉西陵路，十年斷魂潮尾。古柳重攀，輕鷗聚別，陳跡危亭獨倚。涼颸乍起。渺煙磧飛帆，暮山橫翠。但有江花，共臨秋鏡照憔悴。　　華堂燭暗送客，眼波回盼處，芳豔流水。素骨凝冰，柔蔥蘸雪，猶憶分瓜深意。清尊未洗，夢不溼行雲，漫沾殘淚。可惜秋宵，亂蛩疏雨裡。
>
> ﹝註3﹞

這首詞的主旨和整體情調在第一個韻拍裡已明確指出：分開十年之後，詞人重經當年分手之處，觸景傷情。詞的上片瀰漫著一股哀傷的情緒，下片敘述致使詞人如此哀傷的緣由。第一句「煙波桃葉西陵

版社，2004年），頁88。

﹝註 2﹞ 請看本論文第四章第一節的分析。

﹝註 3﹞ 《楊箋》，頁68。

路」七個字凝練地傳達出幾層意思。首先，「桃葉」出自王獻之的〈桃葉歌〉，在這首詩裡，王獻之表達出對所鍾情女子的珍惜憐愛之情。〔註4〕同時，「桃葉」一詞暗示詞人所懷之人身分與她頗為類似。「西陵」一說位於杭州西湖的孤山路上，〔註5〕一說位於錢塘江之西，〔註6〕是渡口所在。確認「西陵」的地理位置對理解詞意很有幫助，如果西陵指的是渡口，那麼很有可能表示詞人當年曾在此地送他的情人坐船離開，因為是分手之處，再經過遂浮現諸多感慨。筆者認為「西陵」指渡口較為合宜，根據有二：其一是和夢窗時代接近的一部詞選——《陽春白雪》選錄了這首詞，流傳下來的一個版本便作「西陵渡」。〔註7〕其二是夢窗詞集中的一首〈桃源憶故人〉，詞境和這首詞的開頭兩句有疊合之處：

> 越山青斷西陵浦。一片密陰疏雨。潮帶舊愁生暮。曾折垂楊處。桃葉桃根當時渡。嗚咽風前柔櫓。燕子不留春住。
> 空寄離牆語。〔註8〕

「浦」意指水邊或河流入海之處。〔註9〕況且，由〈齊天樂〉詞中的「潮尾」、「江花」二詞語，足可證明「西陵」為渡口無誤。第一句確立了詞人的抒情位置與視野，而他所處的「位置」是一個涵蓋豐富情感意義的空間，這就使得整首詞一開始便籠罩在一股感傷的氣氛之中。下一句「十年斷魂潮尾」將時空距離拉開，時間從抒情的當下往回追溯十年之間的種種。潮尾指詞人站在潮水退去之處，〔註10〕錢塘

〔註4〕　按〈桃葉歌〉共有三首，第三首最為盛傳。全詩為：「桃葉復桃葉，渡江不用楫。但渡無所苦，我自迎接汝。」又《樂府詩集》卷45引《古今樂錄》：「桃葉歌者，晉王子敬之所作也。桃葉，子敬妾名，緣於篤愛，所以歌之。」見《樂府詩集》，頁664～665。

〔註5〕　《武林舊事》，卷5。《東京夢華錄（外四種）》，頁389。

〔註6〕　見王琦等評註，《三家評註李長吉歌詩》（香港：中華書局，1976年），頁46王琦註。

〔註7〕　《陽春白雪》，卷4，頁399。

〔註8〕　楊《箋》，頁292。

〔註9〕　見《吳文英詞新釋輯評》，頁848。

〔註10〕陶爾夫解釋「潮尾」是「潮水漸退，進入尾聲。」見《吳夢窗詞傳》，

江往東北流入海中，潮水每月十日、二十五日最小，三日、十七日最大。﹝註11﹞潮水的往復正如詞人對所愛之人和愛情回憶的追念循環不止。而詞人之所以「斷魂」的原因，是因為當年在此地和情人分手，追尋往事，無限傷感。接下來的幾句，透過詞人的行跡表露出一種孤獨的況味。「古柳」、「陳跡」表明時間間隔之久，而江上的「輕鷗聚別」，使人聯想到情愛的分合如沙鷗聚散，皆為偶然，似乎沒有道理可依循，而有情之人面對此無理可依循的現象卻難免傷感。「危亭獨倚」將詞的視野從平面轉為立體，亭子是一個開放的空間，而詞人舉目四望，所見的景色無不是他孤獨與淒涼心情的寫照。「磧」指水中的沙洲，﹝註12﹞「渺煙磧飛帆」形容江上的船隻行駛迅疾，一會兒便不見蹤影，只留下「暮山橫翠」。而詞人更以「但有」二字強調他所感受到的孤獨感。廣闊天地間，只有水邊的花與他同樣對著江面，讓江水映照出各自的寂寞與憔悴。其實不單是詩人明白指出的「江花」，上句中「暮山」的意象也與詩人的「憔悴」成一整體。儘管上片中並沒有對詞人所懷念的人、事多作描述，但是由於開頭的暗示，使讀者能夠想像，無論詞人倚亭遠望，或對著錢塘江上的沙鷗、船隻，甚至是江花，這些景物都留存著往日愛情回憶的痕跡。

下片一開始，詞人藉由「華堂燭暗送客」這個典故述說女子對他的深情，引出往事。這個典故含意是說主人送走了其他客人，唯獨留下他一人。﹝註13﹞「眼波回盼處，芳豔流水」除了表示女子的美貌之

頁 191。但筆者認為以潮尾代指潮退之處，與上一句「西陵路」皆指地點，似乎比較恰當。

﹝註11﹞ 見《輿地紀勝》，卷 2，頁 96。

﹝註12﹞ 說見《吳文英詞新釋輯評》，頁 170。

﹝註13﹞ 《史記・滑稽列傳》：「日暮酒闌，合尊促坐，男女同席，履舄交錯，杯盤狼藉。堂上燭滅，主人留髡而送客。羅襦襟解，微聞薌澤。當此之時，髡心最歡，能飲一石。」見《史記會注考證》，卷 126，頁 6。陳洵（《海綃說詞》，頁 8 上）根據顧況〈宜城放琴客歌〉裡所提，柳渾有侍妾名琴客一事，將「送客」解為「送妾」。針對此說，陳文華《海綃翁夢窗詞說銓評》頁 103 已提出反駁。

外，更重要的是她對詞人的眷顧，帶給他一種深受重視的感受。「流水」比喻女子的眼神如水流一般動人。下一句裡的冰、雪形容女子肌膚和手的白皙，兼有脫俗出塵的意味。而「分瓜」一詞使人聯想到周邦彥著名的〈少年遊〉詞的情景：「幷刀如水，吳鹽勝雪，纖手破新橙。」〔註14〕在這裡，也許是爲了創新，或出自詞人的個人經驗，改「破橙」爲「分瓜」，類似的舉動傳達出女子的深情。「清尊未洗」四字回到抒情的當下，之所以未洗，可能是想留下殘酒澆愁，也可能是無心洗盞更酌，原因在於下句的「夢不濕行雲」。〔註15〕分別之後，甚至在夢中也難諧歡愛之情，只餘「漫沾殘淚」的感嘆。最後，詞就在蛩鳴唧唧混雜著雨聲點點的淒迷景象中結束。下片從「華堂」到「分瓜深意」敘述的是情事回憶的片段，概言情事由盛至衰的過程，而詞裡的時間在往事的追憶之中，從上片的傍晚過渡到夜晚。

　　在〈絳都春〉詞裡，吳文英又一次強調這令他難忘的眼神：

　　南樓墜燕。又燈暈夜涼，疏簾空卷。葉吹暮喧，花露晨晞秋光短。當時明月娉婷伴。悵客路、幽扃俱遠。霧鬟依約，除非照影，鏡空不見。　　別館。秋娘乍識，似人處、最在雙波凝盼。舊色舊香，閑雨閑雲情終淺。丹青誰畫眞眞面？便祇作、梅花頻看。更愁花變梨霙，又隨夢散。〔註16〕

詞題是「燕亡久矣，京□適見似人，悵怨有感。」按「燕」用燕姞事，〔註17〕對照下片中的「秋娘」一詞，皆有代指「妾」的涵義。〔註18〕

〔註14〕見孫虹校注，《清眞集校注》，頁176。

〔註15〕劉永濟說這一句的意思「言別之速也」，可作爲參考。「清尊未洗」在詞裡的確予人情境驟轉之感，有可能以這四個字概括離別情景，也可能藉此將詞的時空從往事移轉到抒情的當下。

〔註16〕楊《箋》，頁210。

〔註17〕夏承燾，〈夢窗詞集後箋〉，《唐宋詞論叢》，頁212。按「燕姞」事見《左傳・宣公三年》：「冬，鄭穆公卒。初，鄭文公妾燕姞夢天使與己蘭，曰：『余爲伯鯈。余，而祖也。以是爲而子。』」燕姞所生的兒子名蘭，後來即位爲鄭穆公。見〔清〕阮元校勘，《十三經注疏・春秋左傳正義》（台北：藝文印書館，1979年），卷21，頁368。

本詞的抒情對象，陳洵認爲是蘇州的去妾，〔註19〕筆者認爲，依劉永
濟的看法，「專憶亡妓」較合乎詞情。〔註20〕京□所缺之字應當爲
「口」，京口在今日江蘇鎭江。〔註21〕「似人」典出《莊子・徐無鬼》：
「見似人而喜。」意爲面貌相似之人。〔註22〕上片先提姬已身亡之事，
下片圍繞著詞題發揮，抒發遇見與亡姬面貌相似的女子內心所生的感
觸。「南樓墜燕」用石崇寵妾綠珠墜樓的故事。石崇有美妾名綠珠，
擅長吹笛，孫秀命人求之，被石崇回絕，於是他設計陷害石崇。綠珠
知道石崇因爲自己而獲罪，跳樓而死。〔註23〕在此以「燕」代指亡姬。
以「南樓墜燕」作爲開頭，整首詞便定調在一種低迷的情緒之中。塡
詞少用虛字連接的吳文英在這裡運用了較多的虛字承接或轉折詞
意，「又」字領起的四句色澤昏暗，使人難受。室內燈光昏黃，涼氣
滲入；屋外傳來樹葉作響之聲，花上的露水已乾，秋光短暫。屋內的
涼意與屋外的秋聲，營造出一片蕭瑟冷清的感覺。下一句以對比的情
境反映今日獨居之苦。當時有明月、娉婷女子相伴，如今「客路、幽
扃俱遠」，令人惆悵。「幽扃」指墓門，〔註24〕「霧鬟」指女子的髮式，
出處見杜甫〈月夜〉詩：「香霧雲鬟濕，清輝玉臂寒。」〔註25〕一說
「霧鬟」形容姿容憔悴，不過參考前後文，並沒有姿容憔悴的意思。
〔註26〕這一句和「除非照影，鏡空不見」串講，意思是說依稀記得她
的霧鬟雲鬟，進而心生除非照鏡或許能一睹姿容的念頭，可是轉念細

〔註18〕按「秋娘」指杜秋娘，她是唐憲宗時浙西觀察使李錡的妾，金陵人。
〔註19〕《海綃説詞》，頁 17 下。
〔註20〕劉永濟，《微睇室説詞》，頁 200。
〔註21〕楊《箋》，頁 210。
〔註22〕說見《彙校集評》，頁 525。
〔註23〕《晉書・石崇傳》，卷 33，頁 1008。
〔註24〕《海綃翁夢窗詞説詮評》，頁 207。
〔註25〕《吳夢窗詞傳》，頁 405 引杜甫〈月夜〉詩。全詩見《杜詩鏡詮》，
　　　卷 3，頁 126。
〔註26〕吳蓓引李清照〈永遇樂〉詞句「於今憔悴，風鬟霧鬢，怕見夜間出
　　　去」爲說，認爲「霧鬢」具有形容人容貌憔悴的意味。說見《彙校
　　　集評》，頁 523。

想，伊人早已身亡，即便照鏡也難以見到她的形影了。〔註27〕這一番心理轉折鋪陳出下片巧遇面似亡姬之人的過程與心理反應。

　　「別館」指在客居的旅館裡，詞人見一名女子，她與亡姬神似之處就在眼神流轉的姿態。「舊色舊香」是說女子貌似亡姬，但是像歸像，到底不是本人，也和詞人沒有關係，所以說「閑雨閑雲情終淺」。「丹青」句比喻京口的女子面貌與亡姬相似的程度，如畫像一般。「眞眞面」出自唐朝進士趙顏與畫上女子眞眞的短暫情緣故事。〔註28〕「便」字順著「情終淺」而來，因爲在情感上沒有關係，只將對方視作梅花般欣賞。「更愁」二字傳達出恐怕這難得的時光不能久留的心理。「梨霙」指雪，比喻眼前如「梅花」的女子幻化爲雪，隨夢飄散無蹤。之所以對一名陌生女子產生不捨她離開的情感，乃是由於她的面貌和亡姬神似，可見詞人對亡姬之情深。

　　唐宋歌詞中雖然不乏對歌伎或女子眉目美態的描寫，但吳文英對一雙眼神的感受如此深刻，和他身爲清客的身分或多或少也有關係。吳文英長時間奔走於權貴之門，不知見過多少淡漠的或熱烈的眼神，這些眼神所傳遞的情分淡寡，敏感的他自然領略在心。以前述之〈絳都春〉詞爲基礎，參照夢窗詞中其他類型之「懷人」詞，筆者推測，

〔註27〕《吳文英詞新釋輯評》將這三句視爲夢窗因想念愛姬而產生幻覺，「彷彿見到昔日梳著雲鬟的愛姬，似乎見到她在春波旁照著倩影，但『除非』二字，一個轉折，寫到春波已沒有她的倩影，連如鏡的水波都已不見，影又何存！」將「照影」與陸游的〈沈園〉詩句：「傷心橋下春波綠，曾是驚鴻照影來」連結在一起，似乎引申過度。見頁577。

〔註28〕唐代進士趙顏得到一幅軟障，上面畫有一名容貌甚爲姣好的女子畫像。趙顏對畫工說：「有什麼辦法可以使畫像上的美女化爲眞人？我願意納她爲妾。」畫工告訴趙顏，畫上的女子名喚眞眞，只要不斷呼喚她的名字，持續百日，當眞眞回應的時候，灑以百家彩灰酒，即可令她化生爲人。趙顏按照畫工教的方法做，果然奏效。一年之後，眞眞產下一子。這時友人對趙顏說，眞眞乃是妖怪，必然爲趙顏步來禍患。眞眞於是帶著他們所生的小孩步入畫障，只見畫障上一切如常，只添了一名孩兒。事見杜荀鶴，《松窗雜記》。收入《筆記小說大觀　三十編　十》（台北：新興書局，1979年），頁6393。

吳文英於詞中著重描寫女子眼神者，多與杭州情事有關。

（二）纖細的香手

吳文英的「寒食、清明」懷人詞〈風入松〉（聽風聽雨過清明），其中「黃蜂頻撲鞦韆索，有當時、纖手香凝」一句表現出的癡情，令人動容。〔註29〕在他的懷人詞中，不乏對伊人香手描寫的例子，如這首〈青玉案〉：

> 短亭芳草長亭柳，記桃葉、煙江口。今日江村重載酒。殘杯不到，亂紅青冢，滿地閑春繡。　　翠陰曾摘梅枝嗅，還憶鞦韆玉蔥手。紅索倦將春去後。薔薇花落，故園蝴蝶，粉薄殘香瘦。〔註30〕

詞的上片以柳起意，短亭、長亭是古時送別之處，「芳草」與「柳」在詩詞傳統之中都和離別關係密切。唐詩裡有「春草明年綠，王孫歸不歸」的詩句，〔註31〕在芳草青翠、柳暗成蔭的時節，詞人回想起當年和情人在渡口分別的情景。「柳」的讀音近於「留」，古人送行時習慣折柳贈人，表示挽留之意。「桃葉煙江口」同於〈齊天樂〉詞的「煙波桃葉西陵路」之意。「今日」句說明重到當時和情人分別的渡口旁的江村，〔註32〕可嘆伊人已矣，難以親自到墳前酹酒祭奠，「殘杯不到，亂紅青冢」就是這個意思。因此，儘管遍地開花如錦繡，在詞人眼裡都無關緊要。下片開頭提到兩件和「手」的意象有關的畫面——手摘梅枝嗅與香繫鞦韆。「紅索倦將春去後」的「將」字意同「扶」，整句的意思是因春去而倦扶鞦韆索。〔註33〕結尾三句是「春去後」的

〔註29〕楊《箋》，頁185。

〔註30〕同上，頁340。

〔註31〕王維，〈山中送別〉。陳鐵民校注，《王維集校注》（北京：中華書局，1997年），卷5，頁465。

〔註32〕另有一說「江村」指「古江村」，即詞人在蘇州的寓居之地——西園。如果把江村解為古江村的話，不但與下片結尾的「故園」重複，且也難合於詞意。見《彙校集評》，頁770。按西園即古江村的說法見〈夢窗詞集小箋〉，《彊村叢書》本《夢窗詞集》，頁4084。

〔註33〕說見《吳文英詞新釋輯評》，頁1028。

景象，園子裡薔薇花凋謝，蝴蝶採不著花粉，「粉薄」是就蝴蝶而言，「殘香瘦」則兼有比喻園花和蝴蝶的姿態。

要言之，詞的上、下片分別用「記」與「還憶」這兩個標記引出兩段回憶，情人的纖手最令夢窗留戀，並且，幾乎寫及鞦韆就連結到玉人的纖手握住鞦韆索的畫面。其實夢窗「懷人」詞裡還有多處著墨於女子之香手或手腕動作的詞句，例如：

> 一握柔蔥，香染榴巾汗。（〈點絳唇〉（推枕南窗））
>
> 闌干橫暮，酥印痕香，玉腕難憑。（〈慶春宮〉（殘葉翻濃））
>
> 門隔花深夢舊遊。夕陽無語燕歸愁。玉纖香動小簾鉤。（〈浣溪沙〉（門隔花深夢舊遊。））

這些句子裡的意象均可說明他對情人之「手」的眷戀。

有學者認為吳文英特意描寫情人的手，乃是出自「心靈支離破碎」的緣故，導致他將對所懷對象的身體部位的片斷印象呈現於詞篇。〔註34〕筆者認為，以眼神或手代指女子的寫作方式，未必是吳文英心靈破碎的寫照，而是欲呈現她所懷之人帶給他的強烈感官印象以及溫馨的感受。

（三）敗壁題詩

吳文英曾有過題詞於壁展現才華的得意經歷，最讓人津津樂道的是在淳祐十一年（1251）大書〈鶯啼序〉（天吳駕雲闐海）於豐樂樓之事。〔註35〕不過在他的懷人詞中，提及「題壁」、「敗壁題詩」的情節，均與情人分離有關。例如〈永遇樂〉：

> 春酌沉沉，晚妝的的，仙夢遊慣。錦激維舟，青門倚蓋，還被籠鶯喚。裴郎歸後，崔娘沉恨，漫客請傳芳卷。聯題在、頻經翠袖，勝隔紺紗塵幔。　桃根杏葉，膠黏細縹，幾回憑闌人換。峨髻愁雲，蘭香膩粉，都為多情褪。離巾拭淚，征袍染醉，強作酒朋花伴。留連怕、風姨浪妒，又

〔註34〕《映夢窗　凌亂碧——吳文英及其詞研究》，頁55～56。

〔註35〕〈夢窗詞集小箋〉，《彊村叢書》本《夢窗詞集》，頁4101。

吹雨斷。〔註36〕

詞的小序說:「過李氏晚妝閣,見壁間舊所題詞,遂再賦。」從詞序和開頭三句的形容可知,李氏的身分當爲歌伎。「春酌」句用杜甫詩「清夜沉沉動春酌」之語,〔註37〕「的的」本意爲明白、顯著的樣子,形容女子妝容明艷。〔註38〕「仙夢」比喻如遊仙之夢一樣美好。這一韻的意思是說詞人回到從前曾經與李氏對飲的地方,下一韻則寫重來故地所見的景象。「錦澉維舟」的「澉」是水浦,〔註39〕「青門」位於長安城東南,代指都城之門。〔註40〕「籠鶯」代指歌伎,身爲歌伎,處境猶如籠中之鶯。整句串講的意思是:尋芳的客人或將小舟繫於水邊,或將車駕停駐在城門外,而歌伎們倚樓喚客。〔註41〕「裴郎」一韻出自「崔徽私會裴敬中」故事,〔註42〕「漫客請傳芳卷」的意思是,請漫客代傳寄託情思的畫卷給情郎也是徒然。「漫客」謂「漫遊之人」。〔註43〕這個典故似乎暗示了詞人與李氏的關係,而她可能已經不在人世。「聯題在」一韻的典故出自《青箱雜記》:

> 世傳魏野嘗從萊公游陝府僧舍,各有留題。後復同游,見萊公之詩已用碧紗籠護,而野詩獨否,塵昏滿壁。時有從行官妓頗慧黠,即以袂就拂之。野徐曰:「若得常將紅袖拂,也應勝似碧紗籠。」萊公大笑。〔註44〕

官妓以袖拂詩的舉動,解除了魏野的尷尬處境,還流露出一股愛惜文

〔註36〕 楊《箋》,頁 201。

〔註37〕 〈醉時歌〉,《杜詩鏡詮》,卷 2,頁 60。

〔註38〕 見《吳夢窗詞傳》,頁 393。

〔註39〕 見《吳文英詞新釋輯評》,頁 553。

〔註40〕 說見《彙校集評》,頁 502。

〔註41〕 《吳文英詞新釋輯評》頁 553 根據「仙夢遊慣」一語,認爲從「春酌沉沉」到「還被籠鶯喚」都是想像之詞,此解恐有拘執之嫌。從前後文來看,「仙夢」一詞主要形容過往的美好體驗,未必指入夢。

〔註42〕 張君房,《麗情集》,收入《宋代筆記小說》第 15 冊(石家莊:河北教育出版社,1995 年),頁 91。

〔註43〕 見《彙校集評》,頁 502。

〔註44〕 〔宋〕吳處厚撰,李裕民點校,《青箱雜記》,卷六(北京:中華書局,1985 年),頁 60～61。

采之情。魏野的回應以紅袖與碧紗作對照，表明佳人的貼心舉動帶給他的安慰。回到詞裡，「聯題」即序中所說的「壁間舊所題詞」，詞人設想多情的李氏也如同故事裡的官妓那般，曾殷勤地為他拂去詩上的灰塵。

　　過片處的「桃根杏葉」代指像李氏一樣的歌伎，至於「緗縹」，鍾振振引《後漢書‧輿服志》說是商人衣服的顏色，整句的意思是說那些平凡歌伎但愛錢財，如膠一般黏著商人不放，這個解釋比歷來的詮釋都較為合適。〔註45〕「幾回憑闌人換」意指類似的事件不曉得上演過多少回。「峨髻」指女子的高聳髮髻，峨髻染上愁雲，蘭香成膩粉，原因出自「都為多情褪」，這是就歌伎們的處境而言。下一句寫詞人自身的情緒。「征袍」點出他此番只作短暫停留，「離巾拭淚」是多情佳人因離別所流下的淚水，「強作酒朋花伴」表明無奈之情。結尾句「風姨」的出處較為冷僻，出自《博異志》。〔註46〕詞人以風姨妒花作為比喻，擔心若留連過久，恐怕招來忌妒，就連這短暫的遇合

〔註45〕　見鍾振振，〈讀夢窗詞札記〉，《文學遺產》，1999年第4期，頁61。原文出自《後漢書‧輿服志》：「至於賈人，緗縹而已。」（北京：中華書局，1965年），第12冊，頁3677。在此之前，有一說將「緗縹」解釋為裝書成冊，見《吳夢窗詞傳》，頁394。但如果將這個解釋置於詞中實有扞格之感。另有一說同樣把「緗縹」解釋作衣裳的顏色，「以顏色分屬桃根、杏葉，以泛指妓名。」並將「膠黏」解為「粘連不斷、前後相屬、接二連三」之意。見《彙校集評》，頁503。如此解釋「膠黏緗縹」四字亦難免牽強之感。

〔註46〕　說見《吳夢窗詞傳》，頁394。陶爾夫注此典出自《合璧遺事》。故事的大意是說，崔元徽在某個月夜遇見楊氏、李氏、陶氏等數位美人，還有一位身穿緋衣的少女叫石醋醋。之後又出現一位封家十八姨。少女告訴崔元徽，她們前往苑中總會受到惡風的阻撓，幸虧十八姨庇護才免於危險。她請求元徽在歲旦作一朱幡，上面畫日月五星圖案，可以幫助她們避免惡風阻撓。崔元徽答應了。到了歲旦，崔元徽拿出朱幡，忽然颳起東風，花木均受到摧折，只有苑中的花兒不受影響，崔元徽才領悟到少女等人是花精，而封家姨乃是風神。然筆者查詢書目索引系統，未見《合璧遺事》一書，惟〔唐〕谷神子之《博異志》記載此一故事。（板橋：藝文印書館，1966年百部叢書集成本），頁9～11。

也會受到阻撓。

　　詞中寫到「題壁」的情節，和〈鶯啼序〉（殘寒正欺病酒）的「青樓彷彿，臨分敗壁題詩，淚墨慘淡塵土」情節可相互印證。另一首〈新雁過妝樓〉（夢醒芙蓉）的下片同樣以「敗壁」的意象作爲兩情中分的標誌：

> 宜城當時放客，認燕泥舊跡，返照樓空。夜闌心事，燈外敗壁哀蛩。江寒夜楓怨落，怕流作、題情斷腸紅。行雲遠，料淡娥人在，秋香月中。〔註47〕

「宜城放客」出自柳渾遣妾琴客故事，唐人顧況有〈宜城放琴客歌〉詠此事：

> 佳人玉立生此方，家住邯鄲不是倡。頭髻鬖鬖手爪長，善撫琴瑟有文章。新妍籠裙雲母光，朱絃綠水喧洞房。忽聞斗酒初決絕，日暮浮雲古離別。巴猿啾啾峽泉咽，淚落羅衣顏色暍。不知誰家更張設，絲履牆偏釵股折。南山闌干千丈雪，七十非人不暖熱。人情厭薄古共然，相公心在持事堅。上善若水任方圓，憶昨好之今棄捐。服藥不如獨自眠，從他更嫁一少年。〔註48〕

詩序提到作詩的緣由。「宜城」指柳渾，封宜城縣伯。柳渾年老，允其愛妾另嫁他人，並請顧況作此詩以爲紀念。在夢窗詞中，「琴客」一詞亦代指侍妾。詞在「當時」與「今情」的對比下抒發遣妾之後的失落與憂傷，詞中的「敗壁」、「哀蛩」並非泛泛寫景或緣情設景，可能與「敗壁題詩」的情節相關，是吳文英的實際經驗。

　　說到「題壁」，在宋代最著名的莫如陸游的「沈園題壁」故事。周密《齊東野語》「放翁鍾情前室」條記載：

> 陸務觀初娶唐氏，閎之女也，於其母夫人爲姑姪。伉儷相得，而弗獲於姑。既出，而未忍絕之，則爲別館，時時往焉。姑知而掩之，雖先知挈去，然是不得隱，竟絕之，爲

〔註47〕　楊《箋》，頁 279。
〔註48〕　《全唐詩》第 4 冊，卷 265，頁 2947。

人倫之變也。

唐後改適同郡宗子士程。嘗以春日出遊，相遇於禹跡寺南
之沈氏園。唐以語趙，遣致酒餚，翁悵然久之，爲賦〈釵
頭鳳〉一詞，題園壁間云……，時紹興乙亥歲也。〔註49〕

近來雖有學者撰文質疑〈釵頭鳳〉並非沈園題壁詞，〔註50〕然而不
論陸游在沈園壁上所題的詞是否爲〈釵頭鳳〉，他題詞於壁以表達對
婚姻決裂的哀痛是可信的。陸游晚年的詩裡兩度提及此事，可爲印
證：

楓葉初丹槲葉黃，河陽愁鬢怯新霜。林亭感舊空回首，泉
路憑誰說斷腸！壞壁醉題塵漠漠，斷雲幽夢事茫茫。年來
妄念消除盡，回向蒲龕一炷香！〔註51〕

城南小陌又逢春，只見梅花不見人。玉骨久成泉下土，墨
痕猶鎖壁間塵。〔註52〕

兩首詩都是陸遊在前妻亡故後所寫的。「壞壁醉題塵漠漠」、「墨痕猶
鎖壁間塵」均強調當年題壁抒懷之事。雖然不能說吳文英的「臨分敗
壁題詩」之舉是模仿陸游的沈園題壁，不過，「題壁」一事在他們的
情事回憶中所佔的份量皆是非常重的。

（四）藍橋望斷

吳文英七夕懷人詞〈荔枝香近〉（睡輕時聞）曾寫道：「夢入藍
橋，幾點疏星映朱戶，淚濕沙邊凝竚。」「藍橋」出自裴鉶的《傳
奇·裴航》，敘述裴航與雲英的傳奇愛情故事。在他的一般類型懷人
詞裡，亦提及「藍橋」的典故。在此以〈齊天樂·白酒自酌有感〉
爲例：

〔註49〕〔宋〕周密撰，張茂鵬點校，《齊東野語》，頁 17。
〔註50〕如吳熊和認爲是「客中偶興的冶遊之作」。見〈釵頭鳳本事質疑〉，《吳
　　　　熊和詞學論集》，頁 265～274。
〔註51〕〈禹跡寺南，有沈氏小園。四十年前，嘗題小詞一闋壁間。偶復一
　　　　到，而園已三易主，讀之悵然〉，錢仲聯校注，《劍南詩稿校注》（上
　　　　海：上海古籍出版社，1985 年），卷 25，頁 1809。
〔註52〕〈十二月二日記夢遊沈氏園亭〉。同上，卷 65，頁 3677。

> 芙蓉心上三更露。茸香漱泉玉井。自洗銀舟，徐開素酌，
> 月落空杯無影。庭陰未暝。度一曲新蟬，韻秋堪聽。瘦骨
> 侵冰，怕驚紋簟夜深冷。　　當時湖上載酒，翠雲開處
> 共，雪面波鏡。萬感瓊漿，千莖鬢雪，煙鎖藍橋花徑。留
> 連暮景。但偷覓孤歡，強寬秋興。醉倚修篁，晚風吹半醒。
> 〔註53〕

整首詞抒發獨飲勾起情事回憶的寂寞感受。詞家對首句的詮釋見解
各異。一說「芙蓉」是酒杯的代稱，「三更露」則謂以酒杯盛酒。
〔註54〕另一說「芙蓉」指酒名，〔註55〕「三更露」乃是詞人以夜深時
芙蓉花上凝結的露水比喻美酒。考慮到後面的「自洗銀舟」句已以
「銀舟」代指酒杯，在此將「芙蓉」一句解作美酒較爲妥當。下一句
的「茸」字意指草初生時柔細的樣子，以「茸香」形容酒香，是夢窗
的獨特用語。〔註56〕「玉井」可能指吳縣華山頂的玉井池。〔註57〕
「漱泉」乃形容這酒是由清洌甘甜的泉水釀製而成。下一句的「銀舟」
是酒杯的代稱，「徐開素酌」指緩緩地飲酒，由此可推想飲酒的時間
之長。「月落空杯無影」反用李白詩：「舉杯邀明月，對影成三人」的
句意，〔註58〕意思是說把杯裡的酒喝光了，因此雖有月照，酒杯之中
卻無月影。「庭陰未暝」句描寫黃昏時庭院傳來陣陣蟬鳴，聽在獨酌
的人耳裡，倍添秋意，難以承受。「瘦骨侵冰」形容身形之瘦弱，且
由於飲酒的關係，更容易感受到寒氣侵骨之烈。「紋簟」是有花紋的
竹蓆，時節入秋，躺在紋簟上，涼意隨之上身，所以「怕驚」是因爲
紋簟使人感受到濃厚的秋意。〔註59〕上片著重表現「靜」與「獨」，

〔註53〕 楊《箋》，頁 63。
〔註54〕 說見《彙校集評》，頁 163。
〔註55〕 楊《箋》，頁 63。
〔註56〕 《吳夢窗詞傳》，頁 179。
〔註57〕 說見《彙校集評》，頁 163。
〔註58〕 〈月下獨酌四首〉其一，《李太白全集》中冊，卷23，頁 1062～
1063。
〔註59〕 《吳文英詞新釋輯評》，頁 155 說「怕驚」是多情之語，不明說自己

置身在如此寂靜的環境之中，不但感官的知覺特別敏銳，也容易觸發內心深處的幽微情感。這幽微的情感在下片的開頭中吐露出來。「當時」是回憶中事，「翠雲開處共，雪面波鏡」意思是說曾經和某人攜酒共賞如雪一般澄淨、波光如鏡的湖面。這個「共」字和結尾處「偷覓孤歡」的「孤」形成對比。標舉出這樣的對比，對解讀「萬感瓊漿」一韻的涵義頗有幫助。這裡，吳文英再度使用「藍橋」的典故暗示感情的失落。吳文英的〈法曲獻仙音・放琴客，和宏庵韻〉詞亦以「望極藍橋，彩雲飛、羅扇歌斷」表示和姬妾分離的狀態。﹝註60﹞「萬感瓊漿」句用「藍橋」故事中雲翹夫人答贈裴航的詩：「一飲瓊漿百感生，玄霜搗盡見雲英。藍橋便是神仙窟，何必崎嶇上玉京。」﹝註61﹞所以，「煙鎖藍橋花徑」意味著路既不通，則想和神仙美眷在一起的想望也必定落空。下一句「偷覓孤歡」是失去了曾經與他共飲美酒同賞湖光的女子而做的寬慰之舉，也只能勉強地得到紓解。「秋興」一語所指為「因秋天而生的感慨」。﹝註62﹞結尾，晚風中詞人半醉半醒地倚著「修篁」，﹝註63﹞沉浸在強烈的孤獨感裡。

　　綜合第三章與本節，可見吳文英的「懷人」詞實為一充滿自傳色

難眠而說怕驚擾紋簟。就前後文來看，如果是在薄暮時候飲酒，不至於提到難以成眠，因此「怕驚紋簟」應當與這個物品帶有深重的涼意有關。

﹝註60﹞ 這首詞雖然是和韻之作，但是從詞意判斷，吳文英自己可能也有相同的經歷。全詞如下：「落葉霞翻，敗窗風咽，暮色淒涼庭院。瘦不關秋，淚緣輕別，情消鬢霜千點。悵翠冷搔頭燕，那能語恩怨？　　紫簫遠。記桃根、向隨春度，愁未洗、鉛水又將恨染。粉縞澀離箱，忍重拈、燈夜裁剪。望極藍橋，彩雲飛、羅扇歌斷。料鶯籠玉鎖，夢裡隔花時見。」見楊《箋》，頁85。另一首〈風入松・為友人放琴客賦〉也有「莫道藍橋路遠，行雲只隔幽坊」的詞句，似乎吳文英寫到和「妾」有關的詞經常使用「藍橋」的典故。詞見楊《箋》，頁165。

﹝註61﹞ 〔唐〕裴鉶〈傳奇・裴航〉。見汪國垣編，《唐人傳奇小說集》，頁273。

﹝註62﹞ 《吳文英詞新釋輯評》，頁154。

﹝註63﹞ 按修篁為長而美的竹子。同上，頁155。

彩的之**整體**創作。透過詞題與多首「懷人」詞之共同情節、意象，主導了詮釋的方向。

第二節　滲入「節序懷人」詞色彩的「詠物懷人」詞

在吳文英之前，詠物詞在宋代的發展，歷經柳永、蘇軾、周邦彥、姜夔等詞人的嘗試、開拓，大致遵循著從客觀體物到擬人化呈現，再轉化為象徵表現的路徑發展。吳文英的詠物詞中少見純粹對「物」作客觀觀察的詞作，而有從擬人過渡到象徵的痕跡，〔註64〕而此特色與他的「懷人」詞關係緊密。吳文英的詠物詞，以詠花卉為大宗，雖然詠花卉之作多夾帶男女之情或閨房之思以增色，〔註65〕但吳文英的詠花詞中所涉及的男女情思具有明顯之個人特色，亦與其「懷人」詞有互通之處。

本節將以三首詠花詞〈風流子‧芍藥〉（金谷已空塵）、〈鶯啼序‧荷，和趙修全韻〉（橫塘棹穿艷錦）、〈瑣窗寒‧玉蘭〉（紺縷堆雲）為例，說明吳文英的詠物詞受「懷人」詞影響或滲入的程度之輕重。先看〈風流子‧芍藥〉一詞：

> 金谷已空塵。薰風轉、國色返春魂。半欹雪醉霜，舞低鶯翅，絳籠密炬，〔註66〕綠映龍盆。窈窕繡窗人睡起，臨砌脈無言。慵整墮鬟，怨時遲暮，可憐憔悴，啼雨黃昏。　　輕橈移花市，秋娘渡，飛浪濺濕行裙。二十四橋南北，羅薦香分。念碎劈芳心，縈絲千縷，贈將幽素，偷剪重雲。終

〔註64〕 方秀潔指出，「吳文英前一代詞人的詠物之作，已經呈現出象徵意義與客觀物象分離的趨向；而吳氏的某些詠物詞，則是將這種趨向推到了極端。」見方秀潔著，陳磊譯，〈論詠物詞的發展與吳文英的詠物詞〉，《詞學》第12輯，頁89。

〔註65〕 《樂府指迷箋釋》，頁71。

〔註66〕 按「密」字為錯字，當作「蜜」。參照《彊村叢書》本《夢窗詞集》可確定。見是書頁3881。

待鳳池歸去，催詠紅翻。〔註67〕

本詞受「懷人」詞滲透的痕跡明顯可見，而且，吳文英在這首詞的某些部分裡展現出將「詠物」與「懷人」結合的傾向。「金谷」用綠珠墜樓之事，金谷園是石崇的別館。「國色返春魂」一句，「國色」指牡丹花，相傳芍藥是牡丹的精魂化身，王禹偁〈芍藥〉詩說：

牡丹落盡正淒涼，紅藥開時醉一場。羽客謾傳尸解術，仙家重爇返魂香。〔註68〕

芍藥的花期在農曆四、五月，因此，結合「薰風轉」三字，整句的意思是夏日的南風吹來，芍藥花便如同牡丹返魂般盛開。「欹雪醉霜，舞低鸞翅」句形容芍藥的顏色雪白，姿態如鸞鳳低翅。絳籠是紅色的紗籠，以此護花；「蜜炬」是蜜蠟所製的紅燭。「綠映龍盆」是描寫芍藥的綠葉與花盆相映。〔註69〕至此為止，夢窗對芍藥的描繪都不脫傳統詠物詞的模式，著力於形容芍藥的色澤、姿態。從「窈窕繡窗」句開始跳脫外形的描寫，芍藥轉化成一名剛睡醒的女子，懷著許多心事。「臨砌脈無言」就是形容她若有所思的模樣。而她「慵整墮鬟」的原因是因為情人的歸期未定，無心打扮。也因為這樣，感嘆年華流逝，在黃昏冷雨之中，模樣更顯憔悴。

下片「輕橈移花市」一句，楊鐵夫認為暗指姬由杭返蘇，這麼說恐怕有引申過度之嫌，詞中並沒有明言蘇、杭兩地。〔註70〕按照字面

〔註67〕楊《箋》，頁８０。

〔註68〕見氏著，《小畜集》，卷11。《四庫全書》本（台北：臺灣商務，1983年），第1086冊，頁112。

〔註69〕見《吳夢窗詞傳》，頁215。有的注解認為「絳籠」二句化用韓愈的〈芍藥〉詩句：「浩態狂香惜未逢，紅燈爍爍綠盤龍。」意思是形容芍藥花「如紅燈籠、紅火炬，葉子則如盤旋而起的碧龍。」見《吳文英詞新釋輯評》，頁208。但是前一句「半欹雪醉霜」明白指出詠的是白芍藥，如果將「絳籠」、「蜜炬」視作比喻之詞，則前後矛盾，因此筆者不採此說。

〔註70〕楊鐵夫說「否則，何美人不可比喻，必比之歸鄉之杜秋娘耶？」杜秋娘典故請見第四章註62。但是後文的「鳳池」為什麼能夠同時代指西湖、西園，欠缺合理的解釋。見楊《箋》，頁81。

所說理解，是指芍藥被裝上小船，進入花市。〔註71〕「秋娘」是美女
的代稱。詞人彷彿見到在芍藥花離去的渡口，飛浪打濕了花葉，如同
女子的羅裙被濺濕一般。有研究者指出吳文英詠物詞的特性之一便是
具有「明顯的敘事性」，〔註72〕敘事性與擬人的手法結合，便容易產
生與他情事相關的聯想。以下幾句就被詮釋者認為是寫和情事有關的
遭遇。「二十四橋」位在揚州，揚州盛產芍藥。「羅薦」，或說指輕軟
的絲織品所製的墊褥，而「香分」有暗示情人分開的意味。〔註73〕另
一說將「薦」解為「獻」，形容芍藥的香氣飄散在橋的南北。〔註74〕
依照詞的語境來判斷，將「薦」字解為「獻」的說法較為適合，且類
似的用法也可以在夢窗集中找到依據。如〈霜葉飛〉（斷煙離緒）的
「半壺秋水薦黃花，香噀西風雨」，意思就同於此處的「羅薦香分」。
〔註75〕到「念碎劈芳心」句以下，芍藥轉為被拿來贈送以表示男女愛
情的信物。「贈將幽素」化用《詩經・鄭風・溱洧》的句子：「維士與
女，伊其將謔，贈之以芍藥。」〔註76〕原來芍藥自古以來就作為傳達
男女愛悅之情的禮物之一。「重雲」形容複瓣芍藥。〔註77〕整句的意
思是和情人分別之際剪下芍藥作為信物，傳遞心中幽微的情愫。結尾
「鳳池歸去」又回到詠物主題，意指芍藥最終的歸宿，是在禁苑中讓
人歌詠她的美麗。〔註78〕而末句的「紅翻」一詞只是沿用王禹偁〈芍
藥花開憶牡丹〉詩：「翻階紅藥滿朱欄」詩的字面，〔註79〕未必表示

〔註71〕 說見《吳文英詞新釋輯評》，頁 208。

〔註72〕 路成文，《宋代詠物詞史論》（北京：商務印書館，2005 年），頁 215。

〔註73〕 見《吳夢窗詞傳》，216 頁引秦觀〈滿庭芳〉（山抹微雲）詞下片：「消
魂。當此際，香囊暗解，羅帶輕分。」詞見徐培均箋注，《淮海居士
長短句箋注》（上海：上海古籍出版社，2008 年），頁 51。

〔註74〕 見《彙校集評》，頁 208。

〔註75〕 楊《箋》，頁 81。

〔註76〕 〔漢〕毛亨撰，〔漢〕鄭玄箋，〔唐〕孔穎達正義，《毛詩正義》（台
北：藝文印書館，1979 年），卷 4，頁 182。

〔註77〕 《吳文英詞新釋輯評》，頁 207。

〔註78〕 按鳳池指鳳凰池，本指禁苑中的池沼。見《吳夢窗詞傳》，頁 217。

〔註79〕 《小畜集》，卷 11。《四庫全書》本，第 1086 冊，頁 111。

詞人所詠的是紅芍藥。

　　雖然這首詞花與人事之間切換的痕跡明顯，在詠物與敘事的融合方面雖不是成功之作，但已可見詞人企圖結合兩者的傾向。

　　而接下來的這首長調詠物詞〈鶯啼序・荷，和趙修全韻〉，所詠之物「荷花」的形貌有時與詞人所懷的女子合而為一，有時作為情事回憶的背景，情況較為複雜。令詞人念念不忘的兩個空間——「西湖」和「西園」再次出現在詞裡，藉著歌曲的節拍，重複述說熱烈與憂傷交錯的情愛往事：

> 橫塘棹穿艷錦，引鴛鴦弄水。斷霞晚、笑折花歸，紺紗低護燈蕊。潤玉瘦、冰輕倦浴，斜扮鳳股盤雲墜。聽銀床聲細。梧桐漸攪涼思。　　窗隙流光，冉冉迅羽，訴空梁燕子。誤驚起、風竹敲門，故人還又不至。記琅玕、新詩細掐，早陳跡、香痕纖指。怕因循，羅扇恩疏，又生秋意。　　西湖舊日，畫舸頻移，歡幾縈夢寐。霞佩冷、疊瀾不定，麝靄飛雨，乍溼鮫綃，暗盛紅淚。練單夜共，波心宿處，瓊簫吹月霓裳舞，向明朝、未覺花容悴。嫣香易落，回頭澹碧消煙，鏡空畫羅屏裏。　　殘蟬度曲，唱徹西園，也感紅怨翠。念省慣、吳宮幽憩。暗柳追涼，曉岸參斜，露零漚起。絲縈寸藕，留連歡事。桃笙平展湘浪影，有昭華、穠李冰相倚。如今鬢點淒霜，半簏秋詞，恨盈蠹紙。〔註80〕

詞題點明是和韻之作，趙修全的原作目前未見，他的身分也不清楚，吳文英另有一首〈夢行雲〉（箄波皺纖縠），〔註81〕也是和韻趙修全之作，推測兩人應該是詞友的關係。〈鶯啼序〉詞調分四疊，諸家解詞多依照結構將詞情分為四個部分，然而說解紛紜。〔註82〕歸納而言，

〔註80〕楊《箋》，頁 193。
〔註81〕同上，頁 312。
〔註82〕有的學者認為吳文英將他一生中的兩段情事一併寫入這首詞中，也有人認為是單寫蘇州情事。主張一生情事總結的以楊鐵夫、陶爾夫、謝桃坊為代表；而主張單寫蘇州情事的有陳洵、陳文華及吳蓓。不

第一段寫當年攜伴橫塘穿棹之樂；第二段抒發人去已久的落寞心情；第三段憶及西湖歡遊；第四段先述說在西園傷別懷人，最後以嘆老總收全詞。

橫塘位在蘇州西南，〔註83〕這個地方因為賀鑄〈青玉案〉（凌波不過橫塘路）詞而聞名。「棹穿」意指划船穿越橫塘，兩旁荷花叢生，「艷錦」比喻荷花盛開絢麗如錦。詞的開頭到「笑折花歸」所描寫的情景，和五代詞人李珣的〈南鄉子〉詞骨架相似：

乘彩舫，過蓮塘，棹歌驚起睡鴛鴦。帶香遊女偎伴笑。爭窈窕，競折團荷遮晚照。〔註84〕

不同之處在李珣以清麗的筆觸描繪女子嬉遊蓮塘的活潑姿態，吳文英則以重筆形容而加以變化、鋪陳。「艷錦」加上「鴛鴦」，畫面艷麗。而〈鶯啼序〉「笑折花歸，紺紗低護燈蕊」的情調，也大異於〈南鄉子〉裡遊女們的「競折團荷遮晚照」。接下來「潤玉瘦」這一韻，將荷花的形象與所愛的女子合而為一，看似寫花的姿態，又彷彿是形容女子的體態樣貌。「潤玉瘦」指女子體瘦而肌膚溫潤如玉，「冰輕倦浴」形容沐浴之後不勝柔弱的姿態。「扡」字意同「拖」，「鳳股」指鳳釵，「盤雲」是一種女子髮式的名稱。〔註85〕整句看來使人懷疑與詞人共聽「銀床聲細」的似乎不是荷花，而是一名女子。「銀床」指井欄，古樂府〈淮南王篇〉有：「後園鑿井銀作床，金瓶素綆汲寒

過，即使是抱持同一種觀點的學者，對這首詞的內容說解仍有小異。例如陳洵（《海綃說詞》頁 21 上）純粹將此詞的第二段視為「閉門思舊」，而吳蓓（《彙校集評》，頁 485～486）則認為「第一段寫夢，第二段寫夢醒，第三段補述情由，藉詠荷渲染對離人的愛憐之情，第四段賦感傷意。」

〔註83〕《姑蘇志·鄉都》：「去縣西南十三里有橫塘橋，風景特勝，宋賀鑄有別墅在焉。」第 2 冊，卷 18，頁 80。

〔註84〕見曾昭岷等編撰，《全唐五代詞》（北京：中華書局，1999 年），頁 600。

〔註85〕按陶爾夫引溫庭筠〈張靜婉採蓮曲〉：「蘭膏墜髮紅玉春，燕釵拖頸拋盤雲。」詩見劉學鍇注，《溫庭筠全集校注》（北京：中華書局，2007 年），上冊，卷 1，頁 42。

漿」的詩句，〔註86〕而梧桐葉飄落暗示著秋天的到來，因此說「漸攪涼思」。

第二疊開始，詞人並沒有明說距離穿棹橫塘的往事已經過了多久，只以「流光」、「迅羽」比喻時光的流逝。「空梁燕子」和蘇軾〈永遇樂〉詞「燕子樓空，佳人何在，空鎖樓中燕」詞句的含意相近，〔註87〕而燕子飛舞招來的一陣風，使得門旁的竹葉翻動，讓詞人錯認爲是故人回來了，結果卻是一場誤會。〔註88〕由「故人」引出「往事」，下一句的「琅玕」指美好的竹子，〔註89〕詞人訴說記得他的情人曾在竹上以指甲刻劃詩作，只是隨著她離開的時間越長，竹上的詩痕早已成爲陳跡。「怕因循，羅扇恩疏」用班婕妤〈怨詩〉的典故，〔註90〕羅扇恩疏象徵著情人之間的情份斷絕，「又生秋意」四個字承接上句的「羅扇恩疏」，同時也含有不祥的寓意在。〔註91〕整句說來，詞人表面上說怕兩人分離的景況就這樣持續下去，但心裡也明白時日既久，分離早成定局，難有轉圜。在這一疊裡，我們發現「詠物」的色彩全然褪去，取而代之的是詞人感傷別離的情緒，在這種情緒下娓娓訴說情事的回憶。

第三疊時空一轉，詞人提起過去在西湖賞荷的回憶。在這裡，荷花與她所愛的女子形象再次重疊爲一。「幾縈夢寐」的除了遊湖所領略到的美景，還有和情人共遊的開心回憶。接下來詞人使用一系列繁複的修飾詞語形容荷花之美。先是以「霞佩」比喻荷花的花瓣形狀近似

〔註86〕《樂府詩集》，卷 54，頁 792。
〔註87〕《東坡樂府編年箋注》，頁 129。
〔註88〕 在夢窗的〈解連環〉（暮檐涼薄）詞裡也出現類似的形容：「疑清風動竹，故人來邀。」見楊《箋》，頁 22。
〔註89〕 說見《吳夢窗詞傳》，頁 382。
〔註90〕 按此詩又名〈怨歌行〉，全詩爲：「新裂齊紈素，鮮潔如霜雪。裁爲合歡扇，團團似明月。出入君懷袖，動搖微風發。常恐秋節至，涼飆奪炎熱。棄捐篋笥中，恩情中道絕。」見《先秦漢魏晉南北朝詩》，卷 2，頁 116～117。
〔註91〕黃兆漢，《夢窗詞選注釋》（台北：臺灣學生書局，2003 年），頁 142。

人身上的佩帶，如彩雲一般美麗。〔註92〕而「疊瀾」是湖水微瀾重疊起伏的樣子。〔註93〕「麝」是麝香，形容香氣濃郁，「麝靄」指香霧。〔註94〕「暗盛紅淚」乃是用官妓灼灼聚淚於綃帕寄贈情人的事典，〔註95〕比喻飛雨驟降，水滴落在荷葉上的樣子。「練單」是練葛所製的被單，這一句寫夜宿在西湖上的情景。詞人在月下吹簫，荷花搖曳翩翩如霓裳舞，一夜盡歡。直到隔天早晨，荷花仍亭亭玉立，未有倦容。而後「嫣香易落」四字急轉直下，說明這種美盛的情景短暫，〔註96〕「澹碧消煙」意指湖面上煙消霧散，湖水碧綠澹然。以「鏡」喻湖水，花落香消，鏡空不見，就只能在畫屏裡才能見得到她的芳蹤了。

第四疊以「秋聲」的象徵——「殘蟬度曲」——起頭。「西園」是一個具有特殊意義的空間，詞人曾在多首詞中提及這個地點，表達思念蘇妾的情感。蟬聲穿透西園的每一個角落，在詞人看來，不僅僅是時序之必然，而且是由於荷花、荷葉凋零，「感紅怨翠」的緣故。「念省慣」一韻是就「殘蟬」的角度而言，意思是它早已習慣在吳王的宮殿裡幽憩，難以適應這種花葉殘敗的場面。〔註97〕「暗柳追涼」以下的三句謂在柳樹下乘涼，直到參星西斜接近天曉。而「漚」有兩個解釋，一指「水泡」，另一個意思通「鷗」，〔註98〕在此解釋成水

〔註92〕 這三個字的另外一種詮釋爲：「『霞佩』以飛霞作佩帶，指仙人服飾，代指二人過著仙人一般的幸福生活，「霞佩」後著一「冷」字，驀然一轉，寫仙人般的幸福生活消逝了。」見《吳文英詞新釋輯評》，頁535。

〔註93〕 溫庭筠〈太液池歌〉：「疊瀾不定照天井，倒影蕩搖晴翠長。」《溫庭筠全集校注》，上冊，卷1，頁62。

〔註94〕 說見《彙校集評》，頁486。

〔註95〕 按灼灼爲錦城官妓，與御史裴質有一段情緣。裴質受召回京之後，灼灼經常派人將沾滿她思念之淚的綃帕寄予裴質。事見《麗情集》。《宋代筆記小說》第15冊，頁91。

〔註96〕 楊鐵夫說：「嫣香易落，驀頭一轉，天地變色。」見《夢窗詞選箋釋》，卷2，頁5。

〔註97〕 參看《彙校集評》，頁486。

〔註98〕 說見《吳文英詞新釋輯評》，頁534。

泡較爲恰當。葉上的朝露及湖裡的水泡與破曉時的寧靜清明之感恰好成一整體。「絲縈寸藕」一句又回到「荷」的身上，并以此象徵情事的回憶如藕絲纏繞於心。「流連歡事」，這一句扮演著連接前後兩段回憶的作用。令人流連不捨的歡事，除了前述的「暗柳追涼」之外，還有下一句中佳人倚著竹席乘涼的畫面。「桃笙」是桃竹編織成的席子，〔註99〕「湘浪影」是指竹席展開後，紋路如湘水的水紋。〔註100〕下一句裡的「昭華」、「穠李」，一說指貴人家的婢女；〔註101〕一說「昭華」爲古樂器名，「穠李」泛指妝扮艷麗的女子。〔註102〕根據前後文推測，與桃笙「冰相倚」的，應當是女子。結尾的「如今」三句，把時間推移到距離「殘蟬度曲」之後更久的以後，詞人自嘆年華已老，「鬢點凄霜」，鬢髮斑白，如秋霜染頭，只餘箱中的那些帶有幽怨之意的「秋詞」，恨意充盈紙上。「蠹紙」一詞讓人感受到時間的巨大破壞力。

這首詞的焦點並不是集中在所詠之物──荷花身上，荷花的形、色、貌有時獨立存在，有時又與女子的形象重疊爲一，取而代之成爲關注焦點的是詞人藉由集中其他作品一再提醒讀者注意的個人情事回憶。像這種所詠之「物」如「蛇灰蚓線」，〔註103〕時現時隱串連起「故事」的表現方式，是吳文英嫻熟的一種寫作手法。

〔註99〕　左思〈吳都賦〉：「桃笙象簟」。李善注云：「桃笙，桃枝簟也，吳人稱簟爲笙。」見《吳夢窗詞傳》引，頁384。原文見《文選》，卷5，頁89。

〔註100〕　《夢窗詞選注釋》，頁145。

〔註101〕　黃庭堅〈趙子充示竹夫人詩蓋涼寢竹器憩臂休膝似非夫人之職予爲名曰青奴并以小詩取之二首〉其二：「穠李四弦風拂席，昭華三弄月侵床。我無紅袖堪娛夜，正要青奴一味涼。」詩後自注云：「穠李、昭華，貴人家兩女妓也。」見《全宋詩》（北京：北京大學出版社，1993年），第17冊，卷989，頁11390。

〔註102〕　見《吳夢窗詞傳》，頁384。

〔註103〕　鄒祇謨《遠志齋詞衷》說：「梅溪、白石、竹山、夢窗諸家，麗情密藻，盡態極妍。要其瑰琢處，無不有蛇灰蚓線之妙，則所云一氣流貫也。」《詞話叢編》第1冊，頁650。

　　最後，我們要分析吳文英詠物懷人詞中具代表性的一首——〈瑣
窗寒・玉蘭〉。這首詞不但是夢窗詠物詞的佳作，而且學者探討夢窗
情事時莫不提及，可見它的重要性。楊鐵夫箋釋說：「此詞更於姬之
來踪去跡詳載無遺，可作一篇琴客小傳讀。」〔註104〕體製上是詠物
詞，卻富含傳記的性質：

> 紺縷堆雲，清腮潤玉，汜人初見。蠻腥未洗，海客一懷悽
> 惋。渺征槎、去乘闐風，占香上國幽心展。□遺芳掩色，
> 真姿凝澹，返魂騷畹。　　一盼。千金換。又笑伴鴟夷，
> 共歸吳苑。離煙恨水，夢杳南天秋晚。比來時、瘦肌更消，
> 冷薰沁骨悲鄉遠。最傷情、送客咸陽，佩結西風怨。〔註105〕

歷來的詮釋者幾乎可以為這首詞裡的每一個字詞找到出處，在依賴這
些出處為我們勾勒出一個更廣闊的世界的同時，也需要理解詞人如何
將這些在文學或文化傳統中富含意義的詞語以再創作的方式加以組
織，才能作出適切的詮釋。在此，先須辨明詞題「玉蘭」所指為何。
陶爾夫說「蘭」是蘭草，而「玉」是一種美稱。〔註106〕鄭文焯懷疑
夢窗所詠的是「西洋玉蘭」，它產自嶺海，花氣濃烈。〔註107〕依詞中
的「蠻腥」、「幽心展」字眼來看，「玉蘭」不太可能是蘭草，當以鄭
說較為近似，可惜無法確證。「紺」色微紅帶黑，「紺縷堆雲」四個字
形容玉蘭的葉子層層堆疊，如女子高聳的紺髮一般動人，「清腮潤玉」
形容花朵清麗的樣子，前兩句從細節寫起，第三句的「汜人初見」則
是一個總括式的印象。「汜人」典出沈亞之〈湘中怨解〉，故事述說太
學生鄭生偶經洛橋，聽聞橋下傳來女子的哭聲，甚為哀傷。鄭生循聲
探視，見一位容貌艷麗的女子掩面哭泣，自述其受兄嫂虐待，因而產
生尋短之意。鄭生問女子，是否願意隨他返家，女子答應了。於是兩

〔註104〕　《楊箋》，頁1。

〔註105〕　同上。

〔註106〕　《吳夢窗詞傳》，頁72。

〔註107〕　鄭文焯批校，《鄭文焯手批夢窗詞》（台北：中研院文哲所，1996
　　　　　年），頁31。

人同居，鄭生並爲她取個名號叫「氾人」。鄭生家貧，氾人曾拿出輕綃，讓鄭生出售給胡人，獲得千金的報酬。過了幾年，鄭生打算前往長安一遊。這時氾人才告訴鄭生，她眞正的身份乃是「湘中蛟宮之娣」，因事謫居人間，如今已屆期滿。鄭生無法挽留她，兩人無奈地分別。十幾年後，鄭生的兄長擔任岳州刺史，上巳日與家人登岳陽樓飲宴，鄭生神情愁悶地吟誦著「情無垠兮蕩洋洋，懷佳期兮數三湘。」忽然間見到一艘畫船，上有高百餘尺的彩樓，裝飾極爲華麗。其中有一位女子眉頭深鎖，神情淒怨，形貌與氾人相似。此女子亦以歌舞答贈鄭生，表達怨別之情。過了一會兒，湖上波濤洶湧，彩樓畫舫已不見影蹤。〔註108〕回到本詞，以鄭生在洛橋下遇氾人的愛情故事，一方面扣合「蠻腥」二字（湘中蛟宮之娣），一方面由於這個典故帶有情人分離的含意，所以在描繪美人外貌的同時也暗示著情事的收場。「蠻腥未洗」點出玉蘭的來處，「蠻」字指當時中國的南方，而這個字眼一向帶有未開化的意思；「腥」字是吳文英愛用的字眼，用以表示氣味強烈。〔註109〕「海客」一詞有版本的爭議，一作「海谷」。〔註110〕考慮到和「淼征槎」一韻的關連，筆者認爲「海客」是合理的。「征槎」用張華《博物志》的典故，傳說天河和海相通，每年的八月便可見浮槎來去。〔註111〕「閶風」是指高空的天風，意指浮槎乘著天風而去，上達天河。有的注本將「上國」解作杭州。〔註112〕但筆者認爲，「上國」一語和蘭被稱爲「國香」有關，對照前後文，則應該順著「去承閶風」解釋，意指蘭花承著天風飛上了天。「遺芳掩色」這句缺了一個字，由前後句情緒的跌宕判斷，蘭花並沒有留

〔註108〕　見《沈下賢集》，卷2，頁8。收入王雲五編，《四部叢刊初編》第36冊（台北：商務印書館，1979年）。

〔註109〕　按夢窗詞集中〈八聲甘州〉（淼空煙四遠）詞也有「膩水染花腥」的句子，同樣形容花氣之強烈。見楊《箋》，頁276。

〔註110〕　《彙校集評》，頁4～5。

〔註111〕　卷3。

〔註112〕　楊《箋》，頁2。

在天上，她的姿容淡雅，以「返魂」的姿態到了屈原的「騷畹」那兒。〔註113〕「騷畹」象徵著潔淨無染的園地，藉此強調玉蘭的品性高潔。

下片「一盼，千金換」比喻玉蘭的風采出眾，顧盼動人，價值千金。而玉蘭的形象在這裡再度具體轉化為古代的美人西施，原因或許是出自她和蘇州（吳苑）一地的關係緊密。「鴟夷」是范蠡的自號，〔註114〕傳說范蠡協助越王勾踐復國之後即辭官退隱，與西施相偕泛舟五湖。「共歸吳苑」承接上片「渺征槎」以下的敘述，這位高潔的美人回到人間，回到蘇州和他心愛的人生活在一起。但相聚的歡樂在下一句裡瞬間被離恨取代。詞人想像她孤伶伶地想念南方的家鄉，冷風沁骨，姿態可憐。結句把離別的傷感推到了極致，意指讓美人最為傷感的，是「送客咸陽」的經歷。這出自李賀〈金銅仙人辭漢歌〉的詩句：「衰蘭送客咸陽道」，而「咸陽」一詞可能借指南宋的首都臨安（杭州）。

開頭以「汜人初見」象徵玉蘭的寫作手法，使得吳文英雖以旁觀的角度敘述美人的來歷去向，卻因為吳苑、咸陽和他的真實生活經驗貼合，極容易讓讀者聯想到他一再重複的情事記憶。如此虛實交錯，如真似幻的手法，豐富了詞的詮釋空間，並且，更添迷離之致。

另一個觀察的要點則是詞裡的空間轉換。如果這首詞透過往事敘述的手法使得它具有「琴客小傳」的意味，那麼構成這篇「小傳」的線索並不是一般傳記裡所仰賴的時間元素，而是空間。上、下片中代表地點的幾個詞語——上國、騷畹、吳苑、咸陽——將詞的空間劃分為二：非現實與現實的世界。詞人藉著美人所在之處的轉移，搭配表達情緒的句子，講述一段愛情故事。

〔註113〕 「騷畹」出自屈原〈離騷〉：「余既滋蘭之九畹兮，又樹蕙之百畝。」《楚辭補注》，頁10。

〔註114〕 《史記・越王勾踐世家》：「范蠡浮海出齊，變姓名，自謂鴟夷子皮。」《史記會注考證》，卷41，頁25。

　　除前述的三首詠物詞之外，還有幾首詠物詞亦受到「懷人」詞所
滲透，茲舉兩首爲例，簡略說明：

　　　蘭舟高蕩漲波涼。愁被矮橋妨。暮煙疏雨西園路，誤秋
　　　娘、淺約宮黃。還泊郵亭喚酒，舊曾送客斜陽。　　蟬聲
　　　空曳別枝長。似曲不成商。御羅屏底翻歌扇，憶西湖、臨
　　　水開窗。和歌重尋幽夢，殘衾已斷薰香。（〈風入松・桂〉）
　　　〔註115〕

　　　路遠仙城，自王郎去後，芳卿憔悴。錦段鏡空，重鋪步障
　　　新綺。凡花瘦不禁秋，幻臘玉、腴紅鮮麗。相攜。試新妝
　　　乍畢，交扶輕醉。　　長記斷橋外，驟玉驄過處，千嬌凝
　　　睇。昨夢頓醒，依約舊時眉翠。愁邊暮合碧雲，倩唱入、
　　　六么聲裏。風起。舞斜陽、闌干十二。（〈惜秋華・木芙蓉〉）
　　　〔註116〕

這兩首詠物詞皆具有將所詠之物象徵化的特點，在詞裡，桂花和木
芙蓉分別化身爲多情的「秋娘」與「周瑤英」，這兩位女子的傳說故
事與詞人的情事記憶交纏，譜出情調感傷的戀歌。而詞的空間及情
節，和吳文英的「節序懷人」詞亦有重疊之處。例如〈風入松・桂〉
一詞提及的「西園」、「西湖」，是夢窗懷人詞的主要場景，「郵亭喚
酒」則與〈塞垣春・丙午歲旦〉的「還似新年，過郵亭、一相見」情
節相似。〈惜秋華・木芙蓉〉的：「長記斷橋外，驟玉驄過處，千嬌凝
睇」句則注入詞人幾度提及的，在杭州西湖斷橋冶遊的情節。而且，
這句和另一首詠物詞〈夢芙蓉・趙昌芙蓉圖，梅津所藏〉的上片內容
相似：

　　　西風搖步綺。記長橋驟過，紫驄十里。斷橋南岸，人在晚
　　　霞外。錦溫花共醉。當時曾共秋被。自別霓裳，應紅消翠
　　　冷，霜枕正慵起。〔註117〕

〔註115〕楊《箋》，頁186。
〔註116〕同上，頁216。
〔註117〕楊《箋》，頁152。

當然，所「芙蓉圖」所畫是芙蓉花，和〈惜秋華・木芙蓉〉一詞的詞
彙重疊情有可原，但筆者認為，這兩首詠物詞的筆法、情節如此接近，
其主因還是和吳文英所執著的往事回憶關係緊密。這也說明了夢窗在
詠物詞的創作方面確實受「懷人」詞的影響頗深。

第六章　結　論

　　本文以吳文英最具私密書寫性質的「懷人」詞為研究主題，利用「節序懷人」詞裡共通的情節、意象為基礎，擴展至「一般懷人」詞及「詠物懷人」詞，探求其之整體藝術特色，獲得之研究成果，可分下列數點概述之：

　　一、吳文英身世隱微，一生依人幕下，生活時常處於未知與不安定的情境。情感方面的依靠除卻江湖詩友便是紅粉知己。特殊的生涯具體展現在他的詞作主題及風格上。集中近三分之一的「應酬」詞可供吾人一窺其遊士生活的諸多面向，從中並可見其好用奇字僻典以吸引關注的傾向。而集中為數眾多的詠物詞，與南宋結社分韻題詠的風氣不無關係。至於他的「懷人」詞，既屬私人書寫之範疇，又是因特殊的遊士身份與個人生命情調相結合的產物，足以幫助我們瞭解詞人的內心世界。

　　二、長年陪同幕主或名流時貴宴飲的遊士生活，使得吳文英有許多接近歌舞妓的機會。儘管缺乏足夠的證據可以證實吳文英「懷人」詞中的兩位抒情對象之確切身份，但從其詞作可側面得知，他所懷念的女子當為能歌善舞之女子。而吳文英對她們的感情並非施恩或逢場作戲，而是投注一己之真情。

　　三、「節序」活動是宋人生活中極重要的一環，宋人的節序詞也

反映出宋代人在各個節日中恣情享樂的風貌。至於節序對吳文英的
意義，屬於較不需要參與應酬的私人時間，這可以說明為何他總在
節日時寫懷人詞，而其「節序懷人」詞所涉情事多與節序風俗或活動
相關。

　　四、吳文英作於理宗淳祐四年（1244）端午、七夕、中秋、冬至
的四首「節序懷人」詞，其抒情對象明確，乃為在曾與他蘇州同居，
之後離開的情人所寫。而其清明、重九懷人詞的抒情內容則較為複
雜，亦兼有追念杭州的戀愛對象而寫者。綜觀之，吳文英的每一組「節
序懷人」詞均具有題材接近、情節重複、意象集中的特點。

　　五、吳文英的「節序懷人」詞反映出詞人耽溺於往事，一再試圖
在詞中重溫過往美好回憶的傾向。然而這並非思慮枯竭所導致，而是
一位受熟悉的空間與時間標記之召喚，以藝術的形式不斷回應生命重
要主題的一種方式。

　　六、以往吳文英的詞曾受「炫人眼目，碎拆下來，不成片段」的
批評。雖然他詞集裡的部分作品確實可能給人這樣的印象，然而以吳
文英的一般類型「懷人」詞、「詠物懷人」詞與「節序懷人」詞相互
對照可發現，他的懷人詞作非但不是破碎、零亂的，並且具有高度的
整體感與一致性。若單獨閱讀吳文英的懷人詞，可能對某些由冷僻的
字面與典故所營造出的情境感到晦澀難解，給人一種模糊、指涉不定
的印象。譬如明明題為「詠物」，所懷之人的形象卻栩然如生；表面
上是為他人而作，卻富含澆自己胸中塊壘的意味。其詮釋空間寬廣。
但假使我們把夢窗所有的懷人詞視為一個整體或是大的網狀結構，則
那些重複的晦澀意象便能在首首獨立的懷人詞作之間產生重複強
調、相互補足的功能。

引用書目

說明：

（一）引用書目依照書名或作者姓名之漢語拼音順序排列；西文著作依作者姓氏之字母順序排入；日文著作則依作者姓氏之漢語發音順序排入。

（二）中文著作中，清代（含）以前著作因一向多以書名為人所熟知，均以書名為排列依據。民國以來的著作則主要以作者姓名為排列依據。少數以書名為人所熟知者依書名排列。

B

1. 白鋼主編，朱瑞熙著。《中國政治制度通史》第 6 卷。北京：人民出版社，1996 年。

2. 《白居易集》。顧學頡校點。北京：中華書局，1979 年。

3. 《白石詩詞集》。夏承燾校輯。北京：人民文學出版社，1998 年。

4. 《褒碧齋詞話》。〔清〕陳銳撰。收入《詞話叢編》第 5 冊（見該條）。

5. 保刈佳昭。〈蘇軾詞裡所詠的「夢」〉。收於其《新興與傳統：蘇軾詞論述》。上海：上海古籍出版社，2005 年。

6. 《本事詩》。〔唐〕孟棨撰。板橋：藝文印書館，1966 年影印本。

7. 《博物志》。〔晉〕張華撰。台北：臺灣中華書局，1978 年。

8. 《博異志》。〔唐〕谷神子撰。板橋：藝文印書館，1966 年影印本。

C

1. 《詞源注》。夏承燾校注。北京：人民文學出版社，1998 年。

2. 《詞旨》。〔元〕陸輔之撰。收入《詞話叢編》第 1 冊（見該條）。

3. 陳邦炎。〈吳夢窗生卒年管見〉。《文學遺產》，1983 年第 1 期，頁 64～67。

4. 陳凱莉。《唐代遊士研究》。台北：台灣大學中國文學研究所碩士論文，1992 年。

5. 陳妙如。《歲時廣記研究》。台北：文化大學中國文學究所所碩士論文，2006 年。

6. 陳文華。《海綃翁夢窗詞說詮評》。台北：里仁書局，1996 年。

7. 陳熙遠。〈中國夜未眠——明清時期的元宵、夜禁與狂歡〉。《中研院歷史語言研究所集刊》，第 75 本第 2 分，2004 年 6 月，頁 283～329。

8. 《楚辭補注》。〔宋〕洪興祖注。台北：漢京文化，1984 年。

9. 《春明退朝錄》〔宋〕宋敏求撰。北京：中華書局，1980 年。

10. 《春秋左傳正義》。〔晉〕杜預著，〔唐〕孔穎達正義。《十三經注疏》本。台北：藝文印書館，1979 年影宋本。

11. 村上哲見。〈吳文英及其詞〉。《詞學》第 9 輯。上海：華東師範大學出版社，1992 年。

D

1. 鄧紅梅，侯方元。《南宋詞研究史稿》。濟南：齊魯書社，2006 年。

2. 《帝京景物略》。〔明〕劉侗，于弈正撰。收入《中國風土志叢刊》15。揚州：廣陵書社，2003 年。

3. 《東京夢華錄》。〔宋〕孟元老撰，伊永文箋注。北京：中華書局，2006 年。

4. 《東京夢華錄（外四種）》。孟元老等著，周峰點校。北京：文化藝術出版社，1998 年。

5. 《杜詩鏡銓》。〔清〕楊倫箋注。台北：華正，1993 年。

F

1. 《樊川詩集注》。〔清〕馮集梧注。台北：漢京文化，1983 年。

2. 費君清。〈南宋江湖詞人的生計問題〉。收入《宋代文學研究叢刊》第 10 期。高雄：麗文文化，2005 年。

3. Fong, Grace. *Wu Wenying and the Art of Southern Song Ci Poetry.* Princeton: Princeton University, 1987.

G

1. 龔延明。《宋代官制辭典》。北京：中華書局，1997 年。

2. 《姑蘇志》。〔明〕王鏊撰。上海：上海書局，1990 年影印本。

3. 廣重聖佐子。《宋代節令詞研究》。台北：臺灣大學中國文學研究所碩士論文，1994 年。

4. 《桂海虞衡志》。〔宋〕范成大撰。台北：藝文印書館，1966 年影印本。

5. 《癸辛雜識》。〔宋〕周密撰，吳企明點校。北京：中華書局，2004 年。

6. 郭鋒。《南宋江湖詞派研究》。成都：巴蜀書社，2004 年。

H

1. 韓廣澤、李岩齡著。《中國古代詩歌與節日習俗》。天津：天津人民出版社，1992 年。

2. 《漢語大詞典》。漢語大詞典編委會編。上海：漢語大詞典出版社，1989 年。

3. 《浩然齋雅談》。〔宋〕周密撰。板橋：藝文，1966 年影印本。

4. 何林天。〈吳文英考辨〉。《山西師大學報》，第 21 卷第 2 期（1994 年 4 月），頁 30～34。

5. 何忠禮，徐吉軍。《南宋史稿》。杭州：杭州大學出版社，1999 年。

6. 《後村詞箋注》。台北：大立出版社，1982 年。

7. 《後村先生大全集》。〔宋〕劉克莊撰。台北：商務印書館，1979 年。

8. 《後漢書》。〔南朝宋〕范曄撰。北京：中華書局，1965 年。

9. 胡亞敏。《敘事學》。武漢：華中師範大學出版社，2004 年。

10. 《畫墁錄》。〔宋〕張舜民撰。收入朱易安，傅璇琮等主編。《全宋筆記》第 2 編第 1 冊。鄭州：大象，2006 年。

11. 黃坤堯。〈吳文英的節令詞〉。《中國文化研究所學報》，第 4 期，頁 101～119。

12. 黃杰。《宋詞與民俗》。北京：商務印書館，2005 年。

13. 黃兆漢。《夢窗詞選注釋》。台北：臺灣學生書局，2003 年。

14. 《淮海居士長短句箋注》。徐培均箋注。上海：上海古籍出版社，

2008 年。

15. 《淮南子》。〔漢〕劉安撰。台北：臺灣中華書局，1974 年。

J

1. 《雞肋編》。〔宋〕莊綽撰。收入周光培編。《宋代筆記小說》第 15 冊。石家莊：河北教育，1995 年。

2. 《稼軒詞編年箋注》。鄧廣銘箋注。上海：上海古籍出版社，1998 年。

3. 加斯東・巴舍拉著，龔卓君、王靜慧譯。《空間詩學》。台北：張老師文化，2003 年。

4. 賈志揚。《宋代科舉》。台北：東大圖書股份有限公司，1995 年。

5. 《劍南詩稿校注》。錢仲聯校注。上海：上海古籍出版社，1985 年。

6. 《江蘇省吳郡志五十卷》。〔宋〕范成大撰。台北：成文，1970 年。

7. 《介存齋論詞雜著》。〔清〕周濟著，顧學頡校點。北京：人民文學出版社，1998 年。

8. 《晉書》。〔唐〕房玄齡著。北京：中華書局，1974 年。

9. 《荊楚歲時記》。〔梁〕宗懍撰。台北：藝文印書館，1966 年。

10. 《金剛般若波羅蜜經》。台北：佛山經律文物藏，出版年不詳。

K

1. 孔凡禮撰。《蘇軾年譜》（全三冊）。北京：中華書局，1998 年。

L

1. 《老學庵筆記》。〔宋〕陸游撰。台北：廣文書局，1972 年。

2. 《李賀詩集》。〔唐〕李賀撰。台北：里仁書局，1980 年。

3. 《禮記》。陳澔注。上海：上海古籍，1987 年。

4. 《麗情集》。〔宋〕張君房撰。收入周光培編。《宋代筆記小說》第 15 冊。石家莊：河北教育出版社，1995 年。

5. 《李清照集校注》。王仲聞注。台北：漢京文化，1983 年。

6. 《李太白全集》。〔清〕王琦注。北京：中華書局，1977 年。

7. 《列仙傳校箋》。〔漢〕劉向撰，王叔岷校箋。北京中華書局，2007 年。

8. 《列子集釋》。楊伯峻著。北京：中華書局，1979 年。

9. 林瑞芳。《吳文英夢詞研究》。台北：臺灣師範大學國文研究所碩士論文，1998 年。

10. 林順夫。〈南宋長調詞中的空間邏輯——試讀吳文英〈鶯啼序〉〉，收入林玫儀主編。《詞學研討會論文集》。台北：中研院文哲所，1996 年。

11. 林順夫。〈我思故我夢——試論晏幾道、蘇軾及吳文英詞裡的夢〉。《中外文學》，第 30 卷第 1 期（2001 年 6 月），頁 146～181。

12. 劉航。《中唐詩歌嬗變的民俗觀照》。北京：學苑出版社，2004 年。

13. 劉少雄。《南宋姜吳典雅詞派相關詞學論題之探討》。台北：台大出版委員會，1995 年。

14. 劉少雄。《讀寫之間——學詞講義》。台北：里仁書局，2006 年。

15. 劉學燕。《兩宋七夕重九詞研究》。台北：東吳大學中國文學研究所碩士論文，1996 年。

16. 劉永濟。《微睇室說詞》。北京：中華書局，2007 年。

17. 路成文。《宋代詠物詞史論》。北京：商務印書館，2005 年。

18. 逯欽立輯。《先秦漢魏晉南北朝詩》。台北：學海出版社，1984 年。

19. 呂正惠。《抒情傳統與政治現實》。台北：大安出版社，1989 年。

20. 《綠窗新話》。〔宋〕皇都風月主人編，周愣伽箋注。上海：上海古籍出版社，1991 年。

21. 《洛陽名園記》。〔宋〕李格非撰。收入周光培主編。《宋代筆記小說》第 9 冊。石家莊：河北教育出版社，1995 年。

22. 《羅隱集校注》。羅隱著。杭州浙江古籍出版社，1995 年。

M

1. 《漫塘集》。〔宋〕劉宰撰。台北：台灣商務印書館，1979 年。

2. 《毛詩正義》。〔漢〕毛亨撰，〔漢〕鄭玄箋，〔唐〕孔穎達正義。《十三經注疏》本。台北：藝文印書館，1979 年影宋本。

3. 《孟浩然集校注》。徐鵬注。北京：人民文學，1989 年。

4. 〈夢窗詞集小箋〉。〔清〕朱祖謀撰。收於其《彊村叢書》第 12 冊《夢窗詞集》。台北：廣文書局影印本，1970 年。

5. 《夢梁錄》。〔宋〕吳自牧撰。台北：文海，1981 年。

N

1. 《南宋制撫年表》。〔清〕吳廷燮撰，張枕石點校。北京：中華書局，2004 年。

P

1. 《平江紀事》。〔元〕高德基撰。收入《叢書集成新編》第 95 冊。台北：新文豐出版社，1985 年。

Q

1. 《齊東野語》。〔宋〕周密撰。北京：中華書局，2004 年重印。

2. 《乾淳歲時記》。〔宋〕周密撰。收入《歲時習俗資料彙編》第 7 冊。板橋：藝文印書館，1970 年影印本。

3. 錢鴻瑛。《夢窗詞研究》。上海：上海古籍出版社，2004 年。

4. 錢錫生。〈關於吳文英生平中的兩個問題〉，《文學遺產》，1993 年第 2 期，頁 79～83。

5. 錢錫生。〈論夢窗懷人詞之藝術特色〉，《蘇州大學學報》，2004 年 11 月，頁 35～38。

6. 《欽定四庫全書總目（整理本）》。〔清〕紀昀，陸錫熊，孫士毅等原著，四庫全書研究所整理。北京：中華，1997 年。

7. 《青箱雜記》。〔宋〕吳處厚撰，李裕民點校。北京：中華書局，1985 年。

8. 《慶元條法事類》。戴建國點校。收入楊一凡，田濤主編，《中國珍稀法律典籍續編》第 1 冊。哈爾濱：黑龍江人民出版社，2002 年。

9. 《清眞集校注》。孫虹校注。北京：中華書局，2002 年。

10. 《全宋詞典故辭典》。范之麟編。湖北：湖北辭書出版社，1996 年。

11. 《全宋詩》。北京大學古文獻研究所編。北京：北京大學出版社，1993 年。

12. 《全唐五代詞》。曾昭岷等編撰。北京：中華書局，1999 年。

13. 《全唐詩》。〔清〕聖祖編。台北：文史哲出版社，1978 年。

S

1. 《三家評註李長吉歌詩》。王琦等評註。香港：中華書局，1976 年。

2. 《山中白雲詞箋》。黃畬箋。杭州：浙江古籍出版社，1994 年。

3. 沈松勤。《唐宋詞社會文化學研究》。杭州：浙江大學出版社，2000 年。

4. 《沈下賢集》。〔唐〕沈亞之撰。收入王雲五編，《四部叢刊初編》

第 36 冊。台北：商務印書館，1979 年。

5. 《侍兒小名錄》。〔宋〕張邦幾撰。收入《說郛》卷77。清順治四年（1647）兩浙督學李際期刊本。

6. 《史記會注考證》。瀧川龜太郎著。板橋：藝文印書館，1972 年。

7. 石聲淮，唐玲玲箋注。《東坡樂府編年箋注》。台北：華正書局，1993 年。

8. 《世說新語》。〔南朝宋〕劉義慶撰。上海：上海古籍出版社，1982 年。

9. 《世說新語箋疏》。余嘉錫箋疏。上海：上海古籍出版社，1993 年修訂本。

10. 施議對。〈走出誤區──吳世昌語詞體結構論〉，收於其《施議對詞學論集》第 2 卷《今詞達變》。澳門：澳門大學出版社，1999 年。

11. 《拾遺記譯注》。〔晉〕王嘉撰，孟慶祥，商妹注。哈爾濱：黑龍江人民出版社，1989 年。

12. 《四民月令》。〔漢〕崔寔撰。台北：藝文印書館，1970 年。

13. 《松窗雜記》。〔唐〕杜荀鶴撰。收入《筆記小說大觀》第 30 編第 10 冊。台北：新興書局，1979 年。

14. 《宋六十名家詞》。〔明〕毛晉輯。上海：上海古籍出版社，1989 年。

15. 《宋詩紀事》。〔清〕厲鶚輯。台北：鼎文書局，1971 年。

16. 《宋史》。〔元〕脫脫等著。北京：中華書局，1985 年。

17. 《宋四家詞選箋注》。〔清〕周濟著，鄺利安箋注。台北：臺灣中華書局，1971 年。

18. 《宋書》。〔梁〕沈約著。北京：中華書局，1974 年。

19. 《搜神後記》。〔晉〕陶潛撰，汪紹楹校注。北京：中華書局，1981 年。

20. 蘇芳民。《夢窗憶姬情詞意象研究》。台北：國立臺灣師範大學國文研究所在職專班博士論文，2006 年。

21. 《蘇軾詩集》。〔清〕王文誥，馮應榴輯註。台北：學海，1983 年。

22. 《歲時廣記》。〔宋〕陳元靚編。收入周光培編。《宋代筆記小說》第 12、13 冊。石家莊：河北教育出版社，1995 年。

23. 《歲時雜詠》。〔宋〕宋綬撰。收入《四庫全書珍本三集》第 380 冊。台北：臺灣商務印書館，1972 年。

24. 孫康宜。〈擺脫與沈溺：龔自珍的情詩細讀〉。熊秉真主編。《欲蓋

彌彰：中國歷史文化中的「私」與「情」（私情篇）》。台北：漢學
研究中心，2003 年，頁 13～32。

T

1. 《太平廣記》。〔宋〕李昉等編。北京：中華書局，1961 年。

2. 譚其驤主編。《中國歷史地圖集》第 6 冊。北京：地圖出版社，1982
   年。

3. 唐圭璋。《唐宋詞簡釋》。上海：上海古籍出版社，1981 年。

4. 唐圭璋編。《詞話叢編》（全五冊）。台北：新文豐出版公司，1988
   年。

5. 唐圭璋編。《全宋詞》（全五冊）。北京：中華書局，1998 年。

6. 唐圭璋等校點。《唐宋人選唐宋詞》（全二冊）。上海：上海古籍出
   版社，2004 年。

7. 《唐國史補》。〔唐〕李肇撰。收入周光培編。《唐代筆記小說》第 1
   冊。石家莊：河北教育出版社，1994 年。

8. 《唐宋白孔六帖》。〔唐〕白居易，〔宋〕孔傳撰。台北：新興書局，
   1969 年。

9. 《唐宋詞鑒賞詞典》（全二冊）。上海：上海辭書出版社，1988 年。

10. 陶爾夫，劉敬圻。《吳夢窗詞傳》。遼寧：黑龍江人民出版社，1992
    年。

11. 陶爾夫。〈夢窗詞與夢幻的窗口〉，《文學遺產》，1997 年第 1 期，頁
    76～85。

12. 陶子珍。《兩宋元宵詞研究》。台北：東吳大學中國文學研究所碩士
    論文，1992 年。

13. 田育奇。〈青鸞何時杳，鈿車何時絕——再議吳文英蘇妾離去之時
    間〉。《台州師專學報》，第 23 卷第 1 期（2003 年 1 月），頁 42～
    44。

14. 田玉琪。《徘徊於七寶樓臺——吳文英詞研究》。北京：中華書局，
    2004 年。

W

1. 萬建中，周耀明，陳順宣著。《漢族風俗史》第 3 卷《隋唐·五代
   宋元漢族風俗》。上海：學林出版社，2004 年。

2. 汪國垣編。《唐人傳奇小說集》。台北世界書局，1958 年。

3. 王海棻。《古漢語時間範疇辭典》。合肥：安徽教育出版社，2004 年。

4. 王述堯。《劉克莊與南宋後期文學研究》。上海：東方出版中心，2008 年。

5. 王萬儀。《經驗與形式之間：姜夔的遊士生涯與其詞作之關係研究》。新竹：清華大學中國文學研究所碩士論文，1994 年。

6. 《王維集校注》。陳鐵民校注。北京：中華書局，1997 年。

7. 王熹，李永匡。《中國節令史》。台北：文津，1995 年。

8. 《韋應物詩集繫年校箋》。孫望編著。北京：中華書局，2002 年。

9. 《溫庭筠全集校注》。劉學鍇注。北京：中華書局，2007 年。

10. 《文選》。〔梁〕蕭統編，〔唐〕李善注。台北：漢京文化，1973 年。

11. 吳蓓箋校。《夢窗詞彙校箋釋集評》。杭州：浙江古籍出版社，2007 年。

12. 吳蓓。〈夢窗詞「情事說」解構〉。《浙江學刊》，2008 年 6 月，頁 56～63。

13. 《武林舊事》。〔宋〕周密撰。《文淵閣四庫全書》第 590 冊。台北：台灣商務印書館，1983 年。

14. 吳世昌。《詞學論叢》，收於其《羅音室學術論著》第 2 卷。北京：中國文聯出版社，1991 年。

15. 《吳文英資料彙編》。馬志嘉，章心綽編。北京：中華書局，2006 年。

16. 《吳縣圖經續記》。〔宋〕朱長文撰。南京：江蘇古籍出版社，1999 年。

17. 吳熊和。〈夢窗詞補箋〉。《文學遺產》，2007 年第 1 期，頁 68～71。

18. 吳熊和。《吳熊和詞學論集》。杭州：杭州大學出版社，1999 年。

19. 吳則虞校輯。《山中白雲詞》。北京：中華書局，1983 年。

20. 吳宗國。《唐代科舉制度研究》。瀋陽：遼寧大學出版社，1997 年。

X

1. 《西湖老人繁勝錄三種》。〔宋〕西湖老人等撰，王民信編。台北：文海，1981 年。

2. 奚如谷。〈釋「夢」──《東京夢華錄》的來源、評價與影響〉。收入樂黛雲、陳玨編。《北美中國古典文學研究名家十年文選》。南京：江蘇人民出版社，1996 年。

3. 奚如谷。〈皇后、葬禮、油餅與豬──《東京夢華錄》和都市文學的興起〉。收入李豐楙編。《文學、文化與世變》。台北：中研院文

哲所，2002 年。

4. 《新編醉翁談錄》。〔宋〕金盈之撰。板橋：藝文印書館，1970 年影印本。

5. 《新書》。〔漢〕賈誼撰。台北：藝文，1966 年影印本。

6. 夏承燾。《唐宋詞人年譜》。上海：中華書局，1961 年。收有下列兩種本書引用著作：〈吳夢窗繫年〉、〈周草窗年譜〉。

7. 夏承燾。《唐宋詞論叢》。香港：中華書局香港分局增訂本，1985 年。

8. 夏承燾。《姜白石詞編年箋校》。上海：上海古籍出版社，1998 年。

9. 《小畜集》。〔宋〕王禹偁撰。《文淵閣四庫全書》第 1086 冊。台北：臺灣商務印書館，1983 年。

10. 蕭放。《歲時——傳統中國民眾的時間生活》。北京：中華書局，2002 年。

11. 蕭鵬。《群體的選擇——唐宋人選詞與詞選通論》。台北：文津出版社，1992 年。

12. 〔法〕謝和耐撰，馬德程重譯。《南宋社會生活史》。台北：中國文化大學出版部，1982 年。

13. 謝思煒。〈夢窗情詞考索——兼論本事考索及情詞發展歷史〉。《文學遺產》，1992 年第 3 期，頁 85～93。

14. 謝桃坊。〈詞人吳文英事跡考辨〉。《詞學》第 5 輯。上海：華東師範大學出版社，1986 年。

15. 謝桃坊。《宋詞概論》。成都：四川文藝出版社，1992 年。

16. 謝桃坊。《中國市民文學史》。成都：四川人民出版社，1997 年。

17. 《續齊諧記》。〔梁〕吳均撰，〔明〕吳琯校。台北：藝文印書館，1966 年影印本。

18. 許興寶。《人物意象研究：唐宋詞的另一種關注》。北京：中國社會科學出版社，2007 年。

19. 《續資治通鑑》。〔清〕畢沅編，北京：中華書局，1957 年。

20. 薛瑞生選註。《柳永詞選》。北京：中華書局，2005 年。

21. 《巽齋文集》。〔宋〕歐陽守道撰。台北：臺灣商務印書館，1971 年影印四庫全書珍本。

Y

1. 楊伯峻譯注。《孟子譯注》。香港：中華書局香港分局，1984 年。

2. 《陽春白雪》。王祥注。瀋陽：春風文藝出版社，1995 年。

3. 楊海明。《唐宋詞史》。江蘇：江蘇古籍，1987 年。

4. 楊海明。《唐宋詞美學》。南京：江蘇教育出版社，1998 年。

5. 楊軍。《元稹集編年箋注》。西安：三秦出版社，2002 年。

6. 楊聯陞著，彭剛，程剛譯。〈中華帝國的作息時間表〉。收於其《中國制度史研究》。南京：江蘇人民出版社，2007 年。

7. 楊鐵夫。《夢窗詞全集箋釋》。台北：學海出版社，1998 年再版。

8. 楊鐵夫箋釋，陳邦炎、張奇慧校點。《吳夢窗詞箋釋》。廣州：廣東人民出版社，1992 年。

9. 楊鐵夫。〈吳夢窗事蹟攷略〉。收於其《改正夢窗詞選箋釋》。台北：廣文書局，1971 年。

10. 楊宇勛。《南宋理宗中、晚期的政爭（A.D. 1233～1264）：從史彌遠卒後相位的更替來觀察》。台南：成功大學歷史語言研究所碩士論文，1991 年。

11. 楊子聰。《兩宋元旦與除夕詞研究》。台北：華梵大學東方人文思想研究所，2008 年。

12. 揚之水。〈宋人的沉香〉。收於其《古詩文名物新證》（全二冊）。北京：紫禁城出版社，2004 年。

13. 楊照。〈人間絕望物語〉。黃碧雲。《突然我記起妳的臉・序》。台北：大田，1998 年。

14. 《藝文類聚》。〔唐〕歐陽詢等撰。臺北：新興書局，1960 年。

15. 伊永文。《宋代市民生活》。北京：中國社會出版社，1999 年。

16. 顏崑陽。《李商隱詩箋釋方法論》。台北：里仁書局，2005 年。

17. 《野客叢書》。〔宋〕王楙撰。北京：中華書局，1987 年。

18. 葉嘉瑩。〈拆碎七寶樓臺——論夢窗詞的現代化〉。收於其《迦陵論詞叢稿》。台北：明文出版社，1981 年。

19. 葉嘉瑩。《唐宋詞名家論集》。台北：正中書局，1980 年。

20. 葉嘉瑩。《南宋名家詞講錄》。天津：天津古籍出版社，2005 年。

21. 《鄞縣志》。〔清〕董沛等纂。清光緒三年（1877）刊本。

22. 《瀛奎律髓彙評》。〔元〕方回選評，李慶甲集評校點。上海：上海古籍出版社，2005 年。

23. 《輿地紀勝》。〔宋〕王象之撰。北京：中華書局，1992 年。

24. 宇文所安著，鄭學勤譯。《追憶：中國古典文學中的往事再現》。台北：聯經，2006 年。

25. 《玉谿生詩集箋注》。〔清〕馮浩箋注。台北：漢京文化，1983 年。

26. 宇野直人著，張海鷗，羊昭紅譯。《柳永論稿》。上海：上海古籍出版社，1998 年。

27. 余英時。《士與中國文化》。上海：上海人民出版社，2003 年。

28. 《幽明錄》。〔南朝宋〕劉義慶撰，王公偉注釋。收入《中國文言小說百部經典》第 3 冊。北京：北京出版社，2000 年。

29. 《遠志齋詞衷》。〔清〕鄒祇謨撰。收入《詞話叢編》第 1 冊（見該條）。

30. 《樂府詩集》。（全二冊）。〔宋〕郭茂倩編。台北：里仁書局，1981年。

31. 《樂章集校註》。薛瑞生校註。北京：中華書局，1994 年。

32. 《樂府指迷箋釋》。蔡嵩雲箋釋。北京：人民文學出版社，1998年。

Z

1. 曾淑姿。《兩宋中秋詞研究》。台北：東吳大學中國文學研究所碩士論文，1996 年。

2. 張邦煒。〈兩宋時期的社會流動〉。收於其《宋代婚姻家族史論》。北京：人民出版社，2003 年。

3. 張宏生。《江湖詩派研究》。北京：中華書局，1995 年。

4. 張金蓮。《兩宋上巳清明寒食詞研究》。台北：東吳大學中國文學研究所碩士論文，1993 年。

5. 張如安。〈吳夢窗生平考證二題〉。《中國韻文學刊》，2000 年第 2期，頁 52～56。

6. 張小虹。《感覺結構》。台北：聯合文學，2005 年。

7. 趙慧文，徐育民。《吳文英詞新釋輯評》。北京：中國書店，2007年。

8. 《趙氏鐵網珊瑚》。〔明〕朱存理撰，趙琦美編。上海：上海古籍出版社，1991 年。

9. 《中國詞學大辭典》。馬興榮等編。杭州：浙江教育出版社，1996年。

10. 《中國歲時節令辭典》。喬繼堂，朱瑞平主編。北京：中國社會科學出版社，1988 年。

11. 鍾振振。〈讀夢窗詞札記〉。《文學遺產》，1999 年第 4 期，頁 55～63。

12. Ziporyn Brook. "Temporal Paradoxes: Intersections of Time Present

and Time Past in the Song Ci." *Chinese Literature: Essays, Articles, Reviews* 17 (1995): 89~110.

13. 《周邦彥清眞集箋》。羅忼烈箋注。香港：三聯書店香港分店，1985年。

14. 周茜。《映夢窗　零亂碧——吳文英及其詞研究》。廣州：廣東教育出版社，2006年。

15. 周茜。〈深情長是暗相隨——白石、夢窗情詞比較〉。《渝州大學學報》，第 19 卷第 5 期，2002 年 10 月，頁 70~73。

16. 朱德才主編。《增訂注釋吳文英詞》。北京：文化藝術出版社，1999年。

17. 朱德慈。〈吳夢窗早年客杭考〉。《詞學》第 10 輯。上海：華東師範大學出版社，1992 年。

18. 諸葛憶兵。〈宋戀情詞情感價值評估〉。收於其《宋代文史考論》。北京：中華書局，2002 年。

附錄：吳文英應酬詞作主題分類

說明：「編號」乃是按照楊鐵夫箋，陳邦炎、張奇慧校點之《吳夢窗詞箋釋》一書的排列順序而定。

編號	詞　牌	首　　句	詞　　題	分　　類
12	瑞鶴仙	夜寒吳館窄	餞郎糾曹之嚴陵分韻得直字	餞別
17	解連環	思和雲結	留別姜石帚	餞別
25	水龍吟	夜分溪館漁燈	用見山韻餞別	餞別
29	水龍吟	幾番時事重論	送萬信州	餞別
35	解語花	檐花舊滴	立春風雨中餞處靜	餞別
39	宴清都	翠羽飛梁苑	餞嗣榮王仲亨還京	餞別
43	宴清都	柳色春陰重	送馬林屋赴南宮	餞別
68	塞翁吟	有約西湖去	餞梅津除郎赴闕	餞別
74	荔枝香近	錦帶吳鈎	送人遊南徐	餞別
80	瑞龍吟	黯分袖	送梅津	餞別
142	暗香	懸花誰葺	送魏句濱宰吳縣解組，分韻得闊字	餞別
155	江神子	天街如水翠塵空	送桂花吳憲，時已有檢詳之命，未赴闕	餞別
157	江神子	送翁五峰自鶴江還都	西風一葉送行舟	餞別

159	沁園春	情如之何	送翁賓暘遊鄂渚	餞別
179	絳都春	羈雲旅雁	餞李太博赴括蒼別駕	餞別
187	惜秋華	數日西風	七夕前一日送人歸鹽官	餞別
190	惜黃花慢	送客吳皋	次吳江小泊，夜飲僧窗惜別。邦人趙簿攜小伎侑尊，連歌數闋，皆清眞詞。酒盡，已四鼓，賦此詞餞梅津	餞別
195	燭影搖紅	飛蓋西園	餞馮深居	餞別
208	木蘭花慢	幾臨流送遠	施芸隱隨繡節過浙東作詞留別用其韻以餞	餞別
226	聲聲慢	旋移輕鷁	餞魏繡使泊吳江，為友人賦	餞別
229	高陽臺	泜水秋寒	送王歷陽以右漕赴闕	餞別
234	倦尋芳	暮帆挂雨	餞周糾定夫	餞別
76	西河	春乍霽	陪鶴林登袁園	陪遊
202	木蘭花慢	紫騮嘶凍草	遊虎丘（陪倉幕，時魏益齋已被親擢，陳芬窟、李方庵皆將滿秩）	陪遊
209	喜遷鶯	凡塵流水	同丁基仲過希道家看牡丹	陪遊
220	聲聲慢	檀欒金碧	陪幕中餞孫無懷於郭希道池亭，閏重九前一日	陪遊
245	龍山會	石徑幽雲冷	芙蓉（陪毗陵幕府載酒雙清）	陪遊
246	八聲甘州	渺空煙四遠	靈巖（陪庚幕諸公游）	陪遊
329	金縷歌	喬木生雲氣	陪履齋先生滄浪看梅	陪遊
181	絳都春	情黏舞線	為李簣房量珠賀	賀詞
217	探芳信	探春到	賀麓翁秘閣滿月	賀詞
10	瑞鶴仙	記年時茂苑	壽史雲麓	壽詞
11	瑞鶴仙	轆轤春又轉	癸卯歲壽方蕙巖寺簿	壽詞
27	水龍吟	望中璇海波新	壽嗣榮王	壽詞
28	水龍吟	望春樓外滄波	壽尹梅津	壽詞

32	水龍吟	杜陵折柳狂吟	壽梅津	壽詞
41	宴清都	萬壑蓬萊路	壽榮王夫人	壽詞
42	宴清都	翠匝西門柳	壽秋壑	壽詞
52	齊天樂	玉皇重賜瑤池宴	壽榮王夫人	壽詞
178	絳都春	春深霧暖	為郭清華內子壽	壽詞
193	燭影搖紅	西子西湖	壽荷塘（時荷塘寓京）	壽詞
197	燭影搖紅	天桂飛香	壽嗣榮王	壽詞
225	聲聲慢	鶯團橙徑	壽魏方泉	壽詞
230	高陽臺	風裊垂楊	壽毛荷塘	壽詞
240	漢宮春	名壓年芳	壽梅津	壽詞
241	漢宮春	懷得銀符	壽王虎州	壽詞
2	尉遲杯	垂楊徑	賦楊公小蓬萊	賦名屋池館
4	三部樂	江鷗初飛	賦姜石帚漁隱	賦名屋池館
14	滿江紅	雲氣樓臺	澱山湖	賦名屋池館
36	慶春宮	春屋圍花	越中錢得閒園	賦名屋池館
47	齊天樂	凌朝一片陽臺影	齊雲樓	賦名屋池館
54	丹鳳吟	麗景長安人海	賦陳宗之芸居樓	賦名屋池館
59	掃花遊	暖波印日	賦瑤圃萬象皆春堂	賦名屋池館
77	浪淘沙慢	夢仙到	賦李尚書山園	賦名屋池館
79	瑞龍吟	墮紅際	賦蓬萊閣	賦名屋池館
82	大酺	峭石帆收	荷塘小隱	賦名屋池館
124	賀新郎	浪影龜紋皺	為德清趙令君賦小垂虹	賦名屋池館
134	江南春	風響牙籤	賦德清縣圃明秀亭	賦名屋池館
144	念奴嬌	思生晚眺	賦張藥翁杜蘅山莊	賦名屋池館
149	水調歌頭	屋下半流水	賦魏方泉望湖樓	賦名屋池館
152	江神子	長安門外小林丘	賦洛北碧沼小庵	賦名屋池館

158	沁園春	澄碧西湖	冰漕鑿方泉，賓客請以名齋，邀賦	賦名屋池館
166	鶯啼序	天吳駕雲閬海	豐樂樓	賦名屋池館
172	金盞子	卜築西湖	賦秋壑西湖小築	賦名屋池館
180	絳都春	螺屏暖翠	題蓬萊閣燈屏（履翁帥越）	賦名屋池館
210	喜遷鶯	煙江白鷺	吳江與閒堂（王臞菴家）	賦名屋池館
223	聲聲慢	清漪銜苑	畿漕新樓（上尹梅津）	賦名屋池館
242	秋霽	一水盈盈	雲麓園長橋	賦名屋池館
243	花心動	入眼青紅	郭清華新軒	賦名屋池館
247	八聲甘州	步晴霞倒影	姑蘇台（和施芸隱韻）	賦名屋池館
18	夜飛鵲	金歸印遙漢	蔡司戶席上南花	席間賦詞
21	繞佛閣	夜空似水	與沈野逸東皋天街盧樓追涼小飲	席間賦詞
23	拜星月慢	絳雪生涼	姜石帚以盆蓮數十，置中庭，宴客其中	席間賦詞
49	齊天樂	竹深不放斜陽度	毗陵陪兩別駕宴丁園	席間賦詞
73	垂絲釣近	聽風聽雨	雲麓先生以畫舫載洛花宴客	席間賦詞
150	洞仙歌	芳辰良宴	方庵春日花勝宴客，為得雛慶。花翁賦詞，俾屬韻末	席間賦詞
154	江神子	翠紗籠袖映紅霏	李別駕招飲海棠花下	席間賦詞
156	江神子	西風來晚桂開遲	十日荷塘小隱賞桂，呈朔翁	席間賦詞
164	風入松	一番疏雨洗芙蓉	麓翁園堂宴客	席間賦詞
194	燭影搖紅	新月侵階	麓翁夜飲園堂	席間賦詞
216	探芳信	轉芳徑	麓翁小園早飲，客供棋事、琴事	席間賦詞
221	聲聲慢	春星當戶	飲時貴家，即席三姬求詞	席間賦詞
222	聲聲慢	寒筲晴墜	宏庵宴席，有持桐子侑俎者，自云其姬親剝之	席間賦詞
237	三姝媚	酣春青鏡裡	姜石帚館水磨方氏，會飲總宜堂，即事寄毛荷塘	席間賦詞

250	新雁過妝樓	闃院高寒	中秋後一夕，李方庵月庭延客，令小妓過〈新水令〉，座間賦詞	席間賦詞
65	法曲獻仙音	落葉霞翻	放琴客和宏菴韻	友人酬唱
85	花犯	剪橫枝	謝黃復庵除夜寄古梅枝	友人酬唱
88	蝶戀花	明月枝頭香滿路	九日和吳見山韻	友人酬唱
89	浣溪沙	新夢遊仙駕紫鴻	仲冬望後，出迓履翁，舟中即興	友人酬唱
119	月中行	疏桐翠井早驚秋	和黃復庵	友人酬唱
146	江南好	行錦歸來	友人還中吳，密圍坐客，杯深情浹，不覺沾醉。越翼日，吾儕載酒問奇字，時齋示〈江南好〉詞，記前夕之事，輒次韻	友人酬唱
176	永遇樂	閣雪雲低	探梅，次時齋韻	友人酬唱
213	探芳信	夜寒重	與李方庵連舟入杭，時方庵至嘉興，索舊燕同載。是夕，雪大作，林麓洲渚皆瓊瑤。方庵馳小序求詞，且約訪蔡公甫。	友人酬唱
232	倦尋芳	墮瓶恨井	花翁遇舊歡吳門老妓李憐，邀分韻同賦此詞	友人酬唱
239	漢宮春	花姥來時	牡丹（追和尹梅津賦俞園牡丹）	友人酬唱
248	八聲甘州	記行雲夢影	和梅津	友人酬唱
8	瑞鶴仙	薄心抽瑩繭	贈絲鞋莊生	酬贈
13	瑞鶴仙	彩雲棲翡翠	贈道女陳華山內夫人	酬贈
19	一寸金	秋入中山	贈筆工劉衍	酬贈
22	繞佛閣	蒨霞豔錦	贈郭季隱	酬贈
30	水龍吟	外湖北嶺雲多	過秋壑湖上舊居寄贈	酬贈
53	齊天樂	餘香纔潤鶯綃汗	贈姜石帚	酬贈
57	掃花遊	草生夢碧	贈芸隱	酬贈

67	塞翁吟	草色新宮綬	贈宏庵	酬贈
84	倒犯	茂苑	贈黃復庵	酬贈
86	花犯	小娉婷	郭希道送水仙索賦	酬贈
136	高山流水	素弦一一起秋風	丁基仲側室善絲桐賦詠，曉達音呂，備歌舞之妙	酬贈
139	玉京謠	蝶夢迷清曉	陳仲文自號藏一，蓋取坡詩中「萬人如海一身藏」語，為度夷則商犯無射宮腔制此贈之。	酬贈
151	秋思	堆枕香鬟側	荷塘為括蒼名姝求賦其聽雨小閣	酬贈
161	風入松	春風吳柳幾番黃	為友人放琴客賦	酬贈
252	尾犯	翠被落紅妝	贈陳浪翁重客吳門	酬贈